Lindsay Clarke

Die Zauberharfe der Druiden

HERDER / SPEKTRUM

Band 4643

Das Buch

Wenn der weise Meimne Finn einen guten Rat brauchte, mußte er nur an seinem Daumen der Erkenntnis lutschen. Dann wußte er auf einmal alles, was ihm zu wissen not tat. Von den abenteuerlichen Folgen erzählt eine Geschichte. Und in einer anderen hören wir vom feierlichen Gelübde des mächtigen Math, zu allen Zeiten so auf seinem Thron zu sitzen, daß sein Fuß im Schoß einer wunderschönen Jungfrau ruhte.

Neun der schönsten keltischen Mythen – fünf aus Irland, vier aus Wales – entführen uns in eine geheimnisvolle, fremde Welt: eine Welt voller magischer Gegenstände, überraschender Wendungen und übernatürlicher Geschehnisse. Überliefert werden die Geschichten seit dreitausend Jahren, und doch sind sie für uns heute von unveränderter, ja von neuer Faszination. Denn es geht in ihnen um grundlegende menschliche Erfahrungen und Konflikte: Liebe, Eifersucht und schicksalhafte Bestimmung, Treue, Leidenschaft und Verrat, Fluch und Rache, List und Gewalt. Uralte menschliche Wahrheiten und Sehnsüchte nehmen archetypische Gestalt an: nahezu unbesiegbare Helden, gute und böse Magier, unermeßlich schöne Frauen, Götter und Göttinnen, Barden und Druiden, weise Männer und nicht weniger weise Frauen. Wir hören vom Reich der Zwerge und der Riesen, Menschen werden in Tiere verwandelt, und Kämpfe mit furchterregenden Ungeheuern sind zu bestehen.

Der Charme einer uralt-lebendigen Kultur, in den wesentlichen Texten, mit all den Vorzügen, die die Keltenfreunde erfreuen: eine lustvolle Lektüre, ein farbiger Kosmos, überschäumender Erzählwitz.

Vorangestellt ist den Geschichten eine kurze und informative Einführung in die zauberhafte und seelenvolle Welt der Kelten.

Der Autor

Lindsay Clarke hat sich vor allem als Romanautor einen Namen gemacht, 1989 schrieb er „The Chymical Wedding. A Romance" und erhielt den Whitbread Prize for Fiction. 1994 erschien „Alice's Masque". Mit Mythen und Legenden beschäftigt er sich seit vielen Jahren intensiv.

Lindsay Clarke

Die Zauberharfe der Druiden

Die schönsten keltischen Mythen aus Irland und Wales

Aus dem Englischen von Lukas Trabert

Herder
Freiburg · Basel · Wien

Originally published in English by
Thorsons, a Division of
HarperCollinsPublishers Ldt under the title
„Essential Celtic Mythology"

Gedruckt auf umweltfreundlichem,
chlorfrei gebleichtem Papier

Deutsche Erstausgabe

Satz: Fotosetzerei G. Scheydecker, Freiburg im Breisgau
Herstellung: Freiburger Graphische Betriebe
Umschlaggestaltung: Joseph Pölzelbauer
Umschlagmotiv: John Duncan: The Riders of the Sidhe, 1911
© Barbican Art Gallery, London
ISBN 3-451-04643-1

Zu Ehren von
Donaldeina Cameron
(1875–1935),
der Großmutter,
der ich nie begegnet bin

Inhalt

Einführung

Als Colum Cille, ein großer Apostel der keltischen Kirche und später als Kolumban der Ältere heiliggesprochen, einmal aufgefordert wurde, über zwei wettstreitende Dichter zu urteilen, soll er gesagt haben:

> Wenn die Verse der Dichter nichts anderes sind als
> Geschichten,
> Dann sind auch Essen und Gewänder Geschichten;
> Dann ist die ganze Welt eine Geschichte;
> Dann ist der Mensch aus Staub eine Geschichte.

Und da die ganze Welt nichts als eine Geschichte ist, behauptet er, ist es auch besser, eine fortlaufende Geschichte in Kauf zu nehmen als eine, die nicht weitergeht.

Daß Kolumban auf dem eigentümlich fiktionalen Charakter der Welt besteht, mag typisch keltisch sein. Aber der Geist dieser Aussage hallt viele Jahrhunderte später wider, wenn der jüdische Schriftsteller Elie Wiesel in einem einzigen fesselnden Satz wohl eine der kürzesten Schöpfungsmythen formuliert, nämlich daß Gott die Menschen geschaffen hat, weil er Geschichten liebt.

Wiesels Mythos rückt Schöpfer und Schöpfung so nahe aneinander, daß ein Skeptiker einfach die Begriffe umdrehen und sagen könnte, daß die Menschen ihre vielen Götter aus eben diesem Grunde erfunden hätten. Schließlich sind die Menschen, wie Kolumban selbst zu verstehen gibt, Geschöpfe einer Geschichte, und sehr viel wird davon abhängen, welche Art von Geschichten wir wählen, um sie einander zu erzählen.

Soweit wir wissen, leben die anderen Arten ihr Leben vollständig in dem vorgegebenen Reich der natürlichen Ordnung, allerdings nur, solange wir diese Ordnung nicht mit unseren eigenen Interessen in Unordnung bringen. Wir leben natürlich auch in diesem Reich – unser Leben entsteht aus seinen Abläufen, und letztendlich bleiben wir, was unseren Lebensunterhalt angeht, auf es angewiesen –, doch sind die Dinge für uns deshalb verwickelter, weil wir auch in einer Welt aus Geschichten leben. Was mir sowohl in dem Wortlaut von Kolumbans Ausspruch als auch in der tiefen Bedeutung von Elie Wiesels Mythos gefällt, ist die Erkenntnis, daß die Fähigkeit, Geschichten zu erzählen, eng mit dem zusammenhängt, was uns im Innersten zu Menschen macht.

Es dürfte kaum überraschen, daß ein Schriftsteller so denkt; schließlich haben Geschichtenerzähler ein unabdingbares Interesse an solchen Fragen. Aber erzählen wir nicht alle immer wieder Geschichten? Wir erzählen unser Leben in Geschichten – die Geschichte unseres Tages, unserer Reise, unserer Unglücksfälle und Abenteuer, unserer Freuden, Kümmernisse und Leiden. Dadurch geben wir uns und dem, was mit uns geschieht, einen Sinn. Dadurch geben wir unstrukturierten Ereignissen die Form von mitteilbaren Erfahrungen und sprechen unseren Gefühlen Bedeutungen zu. Dadurch schaffen wir uns unsere persönliche Welt.

Obwohl in den letzten Jahren die Kommerzialisierung der Welt zu einer Betonung von Information geführt hat, teilen wir unsere wichtigen Erfahrungen nicht miteinander, indem wir mit Informationen handeln. Wir tun dies, indem wir Geschichten erzählen. Und wenn Geschichten die Währung sind, mit der wir uns über unser ureigenstes persönliches Menschsein austauschen, so untermauern sie auch unser Denken über die gemeinsame Welt.

Es lohnt sich, sich an dieser Stelle zu erinnern, daß das englische Wort *world* von den angelsächsischen Wurzeln *wer,* was man (Mensch) bedeutet, und *eld,* was *age* (Alter, Zeit, Zeitalter) bedeutet, stammt; so bezeichnet Welt etymologisch eine Zeit des Menschen. Oder ein wenig weiter gefaßt: eine Sichtweise von Wirklichkeit, die für eine Zeitlang von Menschen für gut befunden wird. Ein man-age-ment-System, wenn das Wortspiel erlaubt ist.

Der Bestand einer solchen Welt ist durch eine Geschichte oder durch eine Sammlung von Geschichten gewährleistet, die, solange sie in der Vorstellung der Hörer lebendig bleibt, nicht nur als erfunden erfahren werden wird, sondern geradezu als das Gewebe der Wirklichkeit selbst. Wir nennen solche Geschichten Mythen. Und recht verstanden, sind Mythen weltstiftende Geschichten – Geschichten, mit denen Gemeinschaften von Menschen leben und durch die Menschen nicht selten darauf vorbereitet werden zu sterben oder zu töten. Denn solche Geschichten sind in ihrer Bedeutung so vielschichtig, daß sie nur von denjenigen als fiktional angesehen werden können, die nicht in der Wirklichkeit leben, der sie Geltung verleihen (und, so sollte ich vielleicht hinzufügen, auch von denjenigen, die die Einsicht erlangt haben, daß alle Geschichten dieser Art über ihre Bilder hinaus auf eine tiefere Wirklichkeit verweisen, die anders nicht ausgedrückt werden kann – daß sie das sind, was Joseph Campbell mit dem Titel seiner denkwürdigen Geschichte der Mythologie bezeichnet hat: die Masken Gottes).

Die Welt einer jeden Kultur blüht so lange, wie sie Vertrauen zu ihren Geschichten hat. Wenn sich die Geschichten als unglaubwürdig erweisen, wenn sie nicht mehr der gelebten Erfahrung entsprechen und nicht mehr länger ihre Wirkung entfalten (was früher oder später mit allen Geschichten passiert, da das Universum sich mit jedem Versuch, es zu erklären, auszudehnen scheint), dann steckt diese Welt in Schwierigkeiten. Aus diesem Grund haben Imperialisten schon längst erkannt, daß ein besiegtes Volk schneller unterworfen werden kann, wenn man ihm die Würde der eigenen Sprache nimmt und den Glauben an die Gültigkeit seiner Mythen untergräbt.

Sobald wir diesen Zusammenhang verstehen, können wir anfangen zu begreifen, warum in Großbritannien lange Zeit so wenige Menschen mit den keltischen Göttern und Göttinnen vertraut waren, die einst die Hügel und Wälder der Britischen Inseln bevölkerten – mit Ausnahme jener Gebiete, in denen die kulturelle Identität der walisischen, irischen und schottischen Völker gewissenhaft beibehalten wurde.

Vor zweitausend Jahren war jede Quelle oder Talmulde, jeder Fluß, Wald oder Felsturm in Britannien der einen oder anderen keltischen Gottheit geweiht. Die mit ihnen verbundenen Geschichten wären ein unauslöschbarer Teil des Stammesgedächtnisses geworden, sie wären in jeder Siedlung erzählt und von Generation zu Generation weitererzählt worden. Doch nachdem Kaiser Claudius die keltischen Gebiete Südbritanniens zur römischen Provinz erklärt hatte, sind diese Inseln vielmals eingenommen worden. So wie die Kelten selber zuvor während ihrer Expansion über ganz Europa einheimische Kulturen verdrängt hatten, so haben später die Römer, Angeln, Sachsen, Jüten und Nordländer ihre eigenen mächtigen Geschichten über die keltischen Traditionen gelegt.

Aus dieser reichhaltigen Mischung entwickelte sich allmählich die vorherrschende Kultur des südenglischen Adels, dessen klassische Bildung sich größtenteils auf die Riten des Christentums und die griechischen und römischen Mythen gründete. So ist es kaum verwunderlich, daß in einer Kultur, in der der rationale Skeptizismus nach und nach selbst das Wort Mythos so weit abgeschwächt hat, daß es nur noch für das steht, was nachweislich falsch und unwahr ist, daß in einer solchen Kultur die Namen und das Wesen der einheimischen keltischen Götter und Göttinnen nur wenigen Gelehrten und Liebhabern bekannt sind.

Wie die Götter selbst, so sterben allerdings auch gute Geschichten niemals. Und diejenigen, die das, was uns von den uralten keltischen Mythen überliefert worden ist, kennen und lieben, empfinden zunehmend ein Gefühl der Zuversicht, daß unsere Begeisterung für sie alles andere als nur akademisch oder antiquarisch ist, sondern sich vielmehr als ein bedeutsamer Ausdruck – einer unter vielen – eines neuen wirksamen und lebendigen Bewußtseins erweisen wird.

Dazu werde ich gleich mehr zu sagen haben. Aber erst sollten wir uns die Menschen anschauen, die ursprünglich diese wunderbaren Geschichten erzählt haben, und die Weisen der Variation und sogar Entstellung in Betracht ziehen, denen die Mythen im Laufe der Jahrhunderte ausgesetzt waren.

Den Griechen waren die Kelten als Keltoi oder auch als Galatae bekannt. Die Römer achteten sie und nannten sie Celtae oder Galli. Zeitweilig hatten sie Grund, die Kelten als eines der vier großen Völker, die ihre mediterrane Welt umgaben, zu fürchten, und die Tatsache, daß die Sprache der westlichen Inseln noch heute als Gälisch bekannt ist und daß gleichzeitig weit östlich von dem Gebiet, das einstmals Gallien hieß, eine Provinz in Kleinasien bis vor kurzem als Galatien bezeichnet wurde, läßt den Einfluß und die Macht ahnen, die ihre Kultur einmal ausgeübt hat.

Die Kelten werden erstmals im sechsten Jahrhundert vor Christus in den Annalen der Geschichte aufgeführt. Am Ende des dritten Jahrhunderts hatten sie mit ihrer rastlos auf Ausdehnung gerichteten Energie fast ganz Zentraleuropa sowie viele südliche Gebiete von Spanien über Norditalien bis zum Balkan und Teile von Griechenland und der Türkei erobert und besiedelt. Doch trafen die Kelten in ihrem Kampf um diese ausgedehnten Landgebiete auf mächtige Widersacher: sowohl von seiten germanischer und dakischer Stämme als auch von seiten der aufstrebenden Macht jenseits der Alpen in Rom. Zwar waren sie leidenschaftliche und verbissene Kämpfer – Kopfjäger mit einer adligen Kriegerkultur, deren Frauen in der Schlacht so gefürchtet waren wie die Männer –, doch fehlte ihnen die Fähigkeit und der Sinn für ein hochgradig zentralistisch organisiertes militärisches und politisches System, das sich als die große Stärke des Römischen Reiches erweisen sollte. Als Julius Cäsar seine Legionen gegen Gallien führte, hatte das Ausmaß des keltischen Einflusses anderswo in Europa bereits abgenommen, und als Gallien besiegt worden war, wurde Britannien eine Zeitlang das wichtigste Zentrum des Widerstands gegen die römische Expansion im Westen.

Verschiedene keltische Stämme hatten in den vorangehenden Jahrhunderten die Britischen Inseln in aufeinanderfolgenden Einwanderungswellen besiedelt. Das waren die sogenannten „alten Britonen". Unter Anführern wie Caratacus und Boudicca leisteten einige dieser Stämme erbitterten Widerstand gegen das imperialistische römische Machtstreben, wohingegen andere damit zufrieden waren, als politisch abhängige Gebiete zu gedeihen. Nach der vollständig vernichtenden Niederlage der ostbritannischen Iceni durch Suetonius Paulinus war es jedoch nur eine Frage der Zeit, bis alle Völker Schottlands, Irlands und der wilderen Gegenden von Wales in das römische Imperium eingegliedert wurden. Als der letzte Widerstand durch Agricola überwunden worden war, war ganz Britannien südlich des Kaledonischen Hochlandes kolonisiert, und schnell entwickelte sich eine ausgeprägte romanobritische Kultur, die ihre eigenen heidnischen und später christlichen Riten hatte. Diese Kultur sollte eine bedeutsame Rolle spielen, als es darum ging, das Ansehen des Reiches während einiger seiner dunkelsten Zeiten zu bewahren. In den Jahren seines endgültigen Niedergangs dürfte einer der größten keltischen Helden, Arthur, mit der geschichtlichen Figur eines römisch-keltischen Dux Bellorum verschmolzen worden sein, dessen höchst flexibler Einsatz der Kavallerie die Insel eine Zeitlang erfolgreich gegen die eindringenden englischen Widersacher zu verteidigen vermochte. Ironischerweise war es dieser Traditionsstrang der keltischen Mythologie (und der Gebrauch, den die Bewohner von Anjou und – viel später – die Viktorianer davon gemacht haben), der den lebendigsten Einfluß auf die englische Literatur ausgeübt hat.

Schon im Altertum wurde die Besonderheit der keltischen Kultur hinsichtlich des Wesens ihrer religiösen Überzeugungen, der eigentümlichen Art der Bekleidung, der Kampfweisen und ihrer gesellschaftlichen Organisationsformen beschrieben. Heutige Gelehrte halten jedoch die vielen verschiedenen Dialekte ihrer schriftlosen Sprache für das bezeichnendste Merkmal der keltischen Stämme. Abgesehen von noch erhaltenen Inschriften, ist die gälische Sprache inzwischen vollständig verschwunden, doch haben Teile des goidelischen Dialekts noch im Irischen, auf der Insel Man und im schottischen Gälisch überlebt, und die brythonische Form, die einstmals von den Bretonen und in Cornwall gesprochen wurde, wird heute noch in Wales gesprochen. Doch welchen Dialekt sie auch gesprochen haben mögen, in der antiken Welt waren die Kelten berühmt für ihre unwiderstehliche Sprachgewalt.

Diodorus von Sizilien hob die reiche Bildkraft und die geistreichen Rätsel und Anspielungen ihrer Sprache hervor. Allerdings glaubte er auch eine Schwäche für angeberische und hochtrabende Übertreibung ausgemacht zu haben. Das hohe Ansehen, das die Sprachkunst bei den Kelten genoß, kommt lebhaft in ihrer Verehrung des Gottes Ogmios zum Ausdruck. Der griechische Dichter Lukian erzählt, wie er auf einer Reise in Gallien auf das Bild eines alten Mannes stieß, der in ein Löwenfell gehüllt war und eine Gruppe verzückter Anhänger anführte. Diese wurden mit offensichtlichem Vergnügen und auf unwiderstehliche Weise hinter ihm her gezogen, da ihre Ohren durch feine Ketten aus Bernstein und Gold mit seiner Zunge verbunden waren. Dies war Ogmios. Lukians gallischer Führer verglich die Figur mit Herakles und bemerkte, daß die Kelten glaubten, daß Redegewandtheit viel mehr Macht bedeute als rohe Körperstärke, nicht zuletzt, weil die Redekunst mit dem Alter eher zu- als abnehme.

Die Sprache der Kelten blieb bis ins fünfte Jahrhundert nach Christus ohne schriftliche Form, und darum wurden sowohl die Gedächtnisstärke als auch die erfinderische Kraft des gesprochenen Wortes außerordentlich hoch geschätzt. Ihre Mythen, religiösen Überzeugungen, Orakel, rituellen Praktiken, Hymnen und Loblieder, Gedichte, Mysterienspiele, geschichtlichen Erinnerungen, Genealogien, Gesetze, ihr Sagengut, ja im Grunde genommen alle untereinander verbundenen geistigen Güter ihrer Kultur wurden ausschließlich durch eine mündliche Tradition bewahrt. Sorgfältig gepflegt und weitergegeben wurde diese Tradition durch die verschiedenen Stände der Druiden, Barden und Wahrsager. Neben ihren anderen Aufgaben waren diese auch das lebende Gedächtnis ihres Stammes, und ihre höchst einflußreiche Stellung konnten sie nur nach Jahren strengster Übung und Anleitung erlangen.

Diesen beiden hohen Künsten, Gedächtnis und Redegewandtheit, verdanken wir letztendlich die Überlieferung der keltischen Mythen. Aber nur ein Teil von dem, was einmal ein überwältigender Schatz gewesen sein muß, liegt uns heute vor, und bedauerlicherweise sind die ursprünglichen Geschichten aus Wales später weitgehend abgeändert worden.

Die Zeiten verändern sich, und mit ihnen verändern sich die Geschichten. Innerhalb von jahrhundertelangen Auseinandersetzungen wurden ursprünglich matriarchalische Kulturen von Gesellschaften verdrängt, in denen der überwiegend aus Männern bestehende Kriegeradel das Sagen hatte. Diese Gesellschaften wiederum wurden später von einer neuen, monotheistischen Religion, die oftmals gegenüber der alten äußerst intolerant war, eingeschränkt und umgestaltet. Selbst die keltische Ausprägung des Christentums wurde allmählich durch Regeln, die ihr aus Rom auferlegt wurden, verändert. Sich den mittelalterlichen Texten anzunähern, durch die die keltischen Mythen überliefert worden sind, gleicht in gewisser Weise dem Besuch einer einmal reichen Ausgrabungsstätte, von der lediglich Reste übriggeblieben sind. Der mythische Kosmos der Kelten muß einmal so lebendig, fein, kostbar und stimmig gewesen sein wie die vollständiger erhaltenen Mythologien der griechisch-römischen Welt.

Matthew Arnold merkt in seiner *Study of Celtic Literature* über das *Mabinogion* an, daß einem als erstes auffalle, „wie offensichtlich der mittelalterliche Geschichtenerzähler eine Vorzeit ausplündert, deren Geheimnis er nicht ganz versteht. Er ist wie ein Bauer, der seine Hütte an dem Ort wie Halikarnassos oder Ephesus errichtet. Er baut, doch das, was er baut, besteht weitgehend aus Materialien, deren Geschichte er nicht kennt. Oder dank einer manchmal aufglimmenden Überlieferung weiß er lediglich: Steine, aber nicht von einem solchen Gebäude, sondern von einer älteren Architektur, die größer, geschickter, majestätischer gewesen ist ... Steine, die zu einer älteren, heidnischen, mythologischen Welt gehören."

Auch die sorgfältiger überlieferten irischen Geschichten hatten, als sie schließlich aufgeschrieben wurden, ihre religiöse Bedeutsamkeit weitgehend verloren. So räumt ein Schreiber um 1100 im Buch von der braunen Kuh ein, daß, obzwar die gelehrten Männer nicht wüßten, woher die Tuatha de Danann gekommen seien, „es ihnen aufgrund ihrer Intelligenz und der Vortrefflichkeit ihres Wissens wahrscheinlich erschiene, daß sie vom Himmel gekommen wären". Ein anderer Schreiber fand es notwendig, darauf hinzuweisen, daß, auch wenn er die keltischen Götter aufzähle, er sie nicht anbete. Und wir können immer noch die ängstlichen Zweifel heraushören, mit denen ein dritter Mönch das Manuskript der Tain Bo Cuailnge (Der Viehraubzug von Cuailnge), für das er verantwortlich zeichnete, beschrieb: „Ich, der ich diese Geschichte, oder richtiger gesagt: Dichtung, niedergeschrieben habe", fügt er in einer Schlußinschrift hinzu, „kann gewisse Dinge in dieser Geschichte – oder vielmehr Dichtung – nicht als glaubwürdig ansehen; denn einige Dinge sind teuflische Täuschungen, einige sind dichterische Erfindung, einige haben den Anschein von Wahrheit, andere nicht, und einige sollen zur Unterhaltung der Narren dienen."

Da das Wesen und die Taten der keltischen Götter die Zensur von solch äußerst sensiblen Mönchen passieren mußten, wurden ehrfurchtgebietende Götter zu menschlichen Heldengestalten, die über Zauberkräfte verfügten, herabgesetzt. Noch schwerer wiegt, daß ihre Göttinnen wie Danu oder Macha, die offenbar einstmals in der Vorstellung der Menschen die höchsten waren, in den späteren Texten kaum mehr als gefühlsmäßig aufgeladene Namen sind. Die Ausnahme ist die Morrigan, die ungestüme Krähe der Schlacht, deren schrecklicher Schatten sich über so viele der alten irischen Geschichten legt.

Wenn auch kein keltischer Schöpfungsmythos überliefert worden ist, so lernen wir doch in der ersten Geschichte, „Die Ankunft des Lugh", einige der wichtigsten und mächtigsten Gottheiten des keltischen Pantheons kennen. Die Geschichte erzählt, wie Irland von aufeinanderfolgenden Einwanderungswellen besiedelt wurde, bis die Tuatha de Danann, das Volk der Göttin Danu (die den Kindern der Don in den walisischen Geschichten entsprechen), sich das Land zu eigen machten, indem sie ihre riesenhaften Rivalen, die Fir Bolg und die Fomorier, besiegten.

Von Danu heißt es, sie selbst sei die Göttermutter, doch liegt in der Variante des Mythos, die uns überliefert wurde, der Schwerpunkt des Interesses deutlich auf ihren männlichen Nachkommen. Unter ihnen ragt der Dagda heraus („der Gute

Gott" – „gut" im Sinne von „gewandt" oder „vortrefflich"), der manchmal der „Allvater" genannt wird und den listigen Liebesgott Aengus sowie Brigid, die den Künsten der Dichtung und der Gelehrsamkeit vorsteht, gezeugt hat. Zur Zeit der ersten Schlacht mit den Fir Bolg war Nuada der König und Kriegsherr der Tuatha de Danann. Nuada, der aufgrund der silbernen Hand, die als Ersatz für die Hand, die er im Kampf verloren hatte, angefertigt wurde, Argetlam genannt wurde, entspricht dem Nudd oder Nodens, in dessen Namen in Lydney am Ufer des Severn in Gloustershire ein Traumtempel errichtet wurde. Nuadas wunderbare Hand wurde von Goibniu, dem Schmied unter den Göttern, angefertigt, und der Arzt der Götter war Diancecht. Ogma war eine Spielart des gallischen Ogmios, sowohl was seine körperliche Stärke als auch seine Sprachfertigkeit anbelangt, und Lugh wurde in die Gesellschaft der Götter nicht um einer bestimmten Kunst willen aufgenommen, sondern weil er ein Meister in allen Künsten war. Obwohl wir wenig über den Meeresgott Lir wissen – die magischen Kräfte seines Sohnes Manannan spielen oft sowohl in den irischen als auch in den walisischen Geschichten, in denen er Manawydan heißt, eine entscheidende Rolle.

Auch andere keltische Gottheiten kommen in den folgenden Geschichten vor, aber es gibt auch viele, von deren Existenz wir zwar wissen, die aber in den Geschichten nicht vorkommen. Die Leser und Leserinnen, die mehr über die Götter und die Religion der keltischen Völker erfahren möchten – vom unbarmherzigen Teutates, von Esus, dessen roher Schrein die Menschen erschaudern läßt, und Taranis, dessen Altar auch nicht freundlicher ist als der der skythischen Diana (so wie Lukian sie vor bald zwei Jahrtausenden beschrieben hat); oder von dem gehörnten Gott Cernunnos und der Pferdegöttin Epona, deren Abzeichen womöglich in die Kreidefelsen in den Downs von Südengland eingemeißelt sind; oder von den Zusammenhängen, die diese und andere nebelhafte Gottheiten mit den geheimnisvollen Kulten um Köpfe, Tiere und Brunnen haben ... – solchen Lesern und Leserinnen sei empfohlen, die vorzüglichen wissenschaftlichen Arbeiten von Anne Ross, Myles Dillon, Nora Chadwick, Stuart Piggott und von anderen

Fachleuten aus dem Bereich der neuerdings wiederbelebten Keltologie zu Rate zu ziehen[1]. Denn dies ist kein Buch *über* keltische Mythologie, sondern eine neue, zeitgenössische Erzählung von einigen alten keltischen Mythen. Es beabsichtigt nichts anderes, als dem breiten Lesepublikum eine lebendige und leicht zugängliche Fassung von Geschichten zu bieten, die es verdienen, von mehr Menschen gekannt und geliebt zu werden.

Abgesehen von „Der Ankunft des Lugh", die einem Text entnommen wurde, der im allgemeinen als *Buch der Invasionen* bekannt ist, stammen die irischen Geschichten in diesem Band aus dem Ulsterzyklus und dem Fenierzyklus. Der Ulsterzyklus dürfte im siebten Jahrhundert aufgeschrieben worden sein, ist aber viel älter als die Mythen, die in ihrer Verehrung großer Helden der Ilias nacheifern. „Die Trauer der Deirdre" ist eine einleitende Geschichte des Ulsterzyklus, und „Der Viehraubzug von Cuailnge", der im Mittelpunkt des Zyklus steht, wurde von Generationen von Barden aufs höchste wertgeschätzt. Eine weitere Ulster-Erzählung, „Die Schuhe der Leprechanier", wurde zum einen ihres Humors wegen in die Sammlung aufgenommen, zum anderen aber, um deutlich werden zu lassen, wie Mythen nach und nach in Folklore übergehen können. Der Fenierzyklus erhielt erst mit dem Text aus dem zwölften Jahrhundert, der „Unterredung der Alten" heißt, eine zusammenhängende Gestalt. Darin erzählt Cailte dem heiligen

---

[1] Ross, Anne: Pagan Celtic Britain: studies in iconography and tradition, London 1992.
Ross, Anne/Robins, Don: Der Tod des Druidenfürsten. Die Geschichte einer archäologischen Sensation, Köln 1990.
Dillon, Myles: Early Irish literature, Dublin 1994.
Dillon, Myles/Chadwick, Nora K.: Die Kelten: Von der Vorgeschichte bis zum Normanneneinfall, München 1976.
Chadwick, Nora K.: Celtic Britain, London 1964.
Piggott, Stuart: Vorgeschichte Europas: Vom Nomadentum zur Hochkultur, München 1972.
Piggott, Stuart: The druids, London 1975.

Patrick von den Abenteuern von Finns kriegerischen Männern, den *fianna*. Sein Grundgefühl ist menschlicher, dafür aber nicht so archetypisch erhaben wie der Ulsterzyklus, und „Die Verfolgung von Diarmaid und Grainne" ist eine der bewegendsten Geschichten aus diesem Zyklus.

Die vier walisischen Geschichten stammen jeweils aus einem der vier Zweige des *Mabinogion* – jenes mittelalterlichen Schatzes von Geschichten, in denen die archaischen mythischen Wendungen so sehr mit dem Wappenschmuck feudaler Ritterromane aufgeputzt sind, daß ich es nötig fand, mich im Nacherzählen an diese spätere Stufe der keltischen Erzählwelt zu halten.

So sind dies keine Übersetzungen der alten Texte, sondern neue Fassungen der Geschichten, die in ihnen niedergelegt sind – Fassungen, die einerseits dem Geist und der Substanz der Geschichten, so wie sie uns überliefert worden sind, treu bleiben wollen, die andererseits aber die Geschichten einem breiten Lesepublikum besser näherbringen wollen, als manche Übersetzungen es bislang vermochten. Aus ebendiesem Grund habe ich in der Regel Schreibweisen von Orts- und Personennamen gewählt, die etwas weniger fremdartig erscheinen (z.B. Conor statt Conchbar), und habe mich um einen Stil bemüht, der den Rhythmus der keltischen Rede widerspiegelt, ohne in pure Nachahmung zu verfallen. Ich hoffe, daß diese Mythen gut von der Seite zum Auge der Leser emporsteigen und gleichzeitig, wenn sie laut gelesen werden, gut klingen.

Ein solcher Ansatz ist natürlich nicht unproblematisch, und wenn sich die Sprache für manche Leser nicht keltisch genug anfühlt, anderen aber zu abgehoben erscheint, dann möchte ich erstere mit der Bitte um Nachsicht sagen, daß ich ein großes Publikum in Spannung halten möchte, und letztere möchte ich daran erinnern, daß dieses nicht nur archetypische Erzählungen von Göttern und heldenhaften Gestalten sind, sondern auch die mythische Tradition eines Volkes, das den hohen Stil der Rede verehrt hat.

Heute scheint die rechte Zeit dafür gekommen zu sein, um diese alten keltischen Geschichten neu zu erzählen. Wir leben in Zeiten des Übergangs, in denen viele Konventionen und Gewißheiten, die vor gar nicht langer Zeit als ziemlich sicher galten, in Frage gestellt werden. Neue Perspektiven eröffnen sich durch die Relativitätstheorie, durch die Entdeckungen der Tiefenpsychologie, durch anthropologische und ökologische Forschungen, durch unsere nach-imperialistische, vielleicht sogar nach-industrielle Situation, durch die nachhaltige Dekonstruktion der überwiegend männlichen Tradition westlichen Denkens – diese und andere damit zusammenhängende Entwicklungen haben zusammen ein neues kritisches Bewußtsein von „Realität" als einer mythologischen Funktion der menschlichen Vorstellungskraft geschaffen. In solch schwierigen Zeiten wie den heutigen spüren wir, daß unsere einstmals zuverlässigen Geschichten gefährlich fadenscheinig werden, doch noch sind keine neuen Geschichten, die allgemeine Zustimmung verdienen, zum Vorschein gekommen.

Vielleicht liegt es daran – und an der zunehmenden Sorge, daß die dominierenden westlichen Traditionen uns in eine äußerst bedrohliche Lage gebracht haben könnten –, daß ein so großes Interesse wie noch niemals zuvor für lange verspottete, unterdrückte und mißachtete Weisheitslehren anderer Kulturen zu beobachten ist.

Obwohl die keltische Kultur auf den Britischen Inseln schon beinahe so lange präsent ist, daß man sie für die der Ureinwohner halten könnte, ist und bleibt sie für die meisten heutigen Einwohner eine exotische Tradition, die jahrhundertelang sowohl geographisch als auch kulturell an den Rand gedrängt wurde. Allerdings könnte es sein, daß für das heutige westliche Bewußtsein, das über die newtonschen und kartesianischen Denkschemata hinausstrebt, die besonderen Qualitäten der keltischen Visionen einen hohen kompensatorischen Wert haben. In diesem Kontext gesehen, enthalten diese alten Mythen meines Erachtens viele Hinweise auf Dinge, die zu wissen uns dringend not täte.

So kann zum Beispiel der fließende Austausch zwischen dieser Welt und der Anderswelt in den Mythen bestens die Beziehungen zwischen den bewußten und unbewußten Zonen unserer Erfahrung wiedergeben und uns dadurch die einschneidenden Einsichten der Tiefenpsychologen näherzubringen helfen. Auch dürfte ihre Vision einer dauernd ihre Gestalt verändernden Immaterialität der sichtbaren Welt mit der quantenphysikalischen Auffassung vom flüchtigen Wesen der Materie im Einklang stehen. Gleichzeitig bestätigt diese Vision heutige postmoderne Hypothesen, daß „Realität" ein Konstrukt der Einbildungskraft sei, das für Einfälle aller Art offen und darum für kreative Veränderungen empfänglich ist.

Ebenfalls spürbar ist, daß in den tiefsten Schichten dieser Erzählungen, auch wenn sie von den Werten einer kriegerischen, patriarchalischen Ordnung überlagert worden sind, nicht nur eine Achtung für die archetypische Kraft des weiblichen Prinzips besteht, sondern auch ein Verständnis, daß dieses von den Menschen beiderlei Geschlechtes respektiert werden muß, um das Leben in seiner Ganzheit zu leben. Darüber hinaus zwingen uns diese Geschichten in ihrer Ausschmückung der furchteinflößenden, häufig auch zerstörerischen Gewalt menschlicher Leidenschaften, anzuerkennen, wie kompliziert und gefährlich die Menschen wirklich sind – daß nichts in unserer Natur ohne Gefahr außer acht gelassen werden darf und daß das, was unterdrückt und geleugnet wird, nicht einfach harmlos verschwindet, sondern oftmals wiederkehrt und sich Ausdruck verschafft – mitunter als Rache, die dann für andere und für uns selbst schmerzhaft ist.

Denn in diesen Mythen ist nichts verharmlosend oder rührselig. Vielmehr sind sie oftmals grausam, gewalttätig und blutrünstig. Und genau deshalb vermögen sie uns daran zu erinnern, daß unsere Zeit ein dringendes Bedürfnis nach Geschichten hat, die Werte anbieten, die umfassender sind als lediglich Stammestreue. Sollte es nicht gelingen, solche neuen Mythen, die viele Menschen ansprechen, zu schaffen, so werden unsere Kinder nichts anderes als die kläglich festgefahrenen Auseinandersetzungen der Vergangenheit vorfinden.

Doch geben diese alten Geschichten auch ein Gefühl von Weite und von Poesie. Neben Gewalt, Unglück und Tod gibt es in ihnen auch Versöhnung und Erneuerung. Vor allem aber scheinen sie sich an der Erfindungskraft der Phantasie, sowohl menschlicher als auch göttlicher, zu erfreuen. Ich hoffe, daß die Geschichten, die ich in diesem Band erneut zugänglich mache, die Phantasie der Leser und Leserinnen so mächtig berühren und anregen werden, wie sie meine bewegt und beflügelt haben.

Teil I

Irische Mythen

Die Ankunft des Lugh

Lange bevor die Gälen in Irland ankamen, war dieser grüne Ort das Land der Tuatha de Danann gewesen, das Volk der Erdgöttin Danu. Die Tuatha de Danann wurden von den Gälen als Götter verehrt. Einige sagen, daß Danus Volk aus dem Norden kam, andere, daß es von den südlichen Inseln der Welt stammte, und es gibt eine noch ältere Geschichte, nach der es durch die hohen Lüfte des Himmels nach Irland hinabgekommen sei.

Sicher ist hingegen, daß das Volk der Danu zuvor in vier großen Städten gelebt hatte, Findias, Gorias, Murias und Falias, wo es in den Dicht- und Zauberkünsten hohe Fertigkeiten erworben hatte. Aus diesem Grunde waren die Tuatha de Danann in der Lage, unter dem Schutz eines mächtigen Zaubers auf die Insel zu gelangen. Und so kam es, daß sie am Fest von Beltane, das am ersten Mai stattfindet, in Irland ankamen – in der Gestalt einer dichten, glänzenden Schleierwolke.

Bei ihrer Ankunft in Irland brachten die Tuatha de Danann aus jeder ihrer vier Städte einen Schatz mit, der ihnen gewaltige Macht verlieh. Ein Schwert, dessen Hieb niemand entkommen konnte, wurde aus der Stadt Findias gebracht. Aus Gorias wurde eine schreckliche Lanze gebracht, die nur ruhiggestellt werden konnte, indem man ihre Spitze in ein Gebräu aus Mohnblättern tauchte. Aus Murias kam der große Kessel, von dem sich niemand ohne Dank entfernte, und aus der Stadt Falias war jener Stein geholt worden, der Lia Fail – der Stein der Vorsehung –, der einen menschlichen Schrei ausstieß, wann immer der rechtmäßige König von Irland seine Hand auf ihn legen sollte.

Nun war das Volk der Danu selbst nicht das erste, das nach Irland gekommen war. In einer lange vergangenen Zeit, als die ganze Insel nicht mehr war als eine einzige Ebene, ohne Bäume und mit nur drei Seen, deren Wasser ihnen von gerade einmal neun Flüssen zufloß, war das Geschlecht von Partholon aus der Anderswelt dorthin gekommen. Als diese frühen Siedler sich vermehrten, vergrößerte sich die Insel unter ihrer Herrschaft, aber sie mußten auch für ihr sich ausdehnendes Land kämpfen.

Eine Zeitlang fochten sie wilde Kriege mit den Fomoriern, einem Geschlecht von mißgebildeten Riesen, die aus den dunklen Tiefen des Meeres emporstiegen. Schließlich wurde ein Sieg errungen, und danach genossen die Menschen von Partholon einen Frieden, der dreihundert glückliche Jahre andauerte, bis sie innerhalb von einer Woche von einer furchtbaren Seuche vernichtet wurden und sich wieder in die Anderswelt zurückzogen.

Unter der Herrschaft des nächsten Volkes, das auf die Insel kam, das Geschlecht eines Königs namens Nemed, nahm die Größe der Insel weiter zu. Diese Neuangekommenen litten ebenfalls sehr unter der dunklen Gewalt der Fomorier, an die sie gezwungen waren, zwei Drittel ihrer jährlichen Ernte als Tribut zu bezahlen, und dasselbe galt für zwei Drittel aller Kinder, die ihnen geboren wurden.

Nachdem Nemed an einer ansteckenden Krankheit gestorben war, kämpfte sein Volk eine verheerende Schlacht gegen die Feste der Fomorier, den gläsernen Turm auf der Insel Tory. Obgleich der Turm eingenommen werden konnte, blieben aus dem Volk Nemeds nur dreißig von sechzehntausend, die in diesen schrecklichen Krieg der Waffen und des dunklen Zaubers gezogen waren, am Leben. So war Irland erneut ohne Herrscher.

Als das Volk der Danu dort in dem Zaubernebel ankam, wurde es von König Nuada und seiner stolzen Königin Macha regiert, die in der Schlacht so hitzig kämpfte wie ihr Gebieter. Der größte unter ihren vielen Anführern war der Dagda – „der Gute Gott" –, der Wächter des großen Kessels der Fülle, der aus Murias nach Irland gebracht worden war. Sein Sohn Aengus war der Beschützer der Liebenden, und es heißt, daß seine Küsse zu

Vögeln wurden, die über den Köpfen der Menschen von Irland schwebten und sie mit Liebesgedanken erfüllten. Der gewaltigste Kämpfer im ganzen Volk war Ogma, der sich gleichermaßen durch seine unglaubliche Stärke und seine Liebe zur Poesie und Redegabe auszeichnete. Zudem wurde die schonungslose Gewalt der Kampfkraft im Volk der Danu durch die Morrigan, die schreckliche Krähe der Schlacht, bestätigt.

Und doch bestand das Volk der Danu nicht nur aus Kriegern. Unter den Tuatha de Danann gab es auch vollendete Meister in allen friedlichen Künsten.

Als das Volk der Danu ankam, war das Gebiet nördlich von Irland von den Fomoriern beherrscht, und im Süden herrschte ein dunkles Volk, das Fir Bolg genannt wurde und das aus Griechenland oder Spanien gekommen war. Eine Zeitlang verhandelten die Fir Bolg und das Volk der Danu vorsichtig miteinander, wobei sie gegenseitig die unterschiedliche Beschaffenheit ihrer Waffen bewunderten und die Stärke der anderen Seite abzuschätzen versuchten. Doch der König der Fir Bolg wurde Eochaid der Stolze genannt, und als das Volk der Danu vorschlug, daß es am weisesten wäre, die Insel friedlich zwischen den beiden Völkern zu teilen, war er es, der sagte: „Wenn wir diesen Leuten einmal das halbe Land geben, dann werden sie schon bald das ganze nehmen."

So wurden denn die friedlichen Beziehungen, die die Tuatha de Danann angeboten hatten, abgelehnt, und die Armeen der beiden Völker trafen am Mittsommertag auf einer Ebene in Connaught aufeinander. Es war ein Kampf, der sich über vier heiße, unmenschliche Tage erstreckte.

In dieser grausamen Auseinandersetzung wurde Nuada, dem König des Volkes der Danu, die Hand mitsamt seinem halben Schild von einem Kämpfer der Fir Bolg abgeschnitten. Dennoch begann die Schlacht sich allmählich zu seinen Gunsten zu wenden, als Eochaid, der König der Fir Bolg, der in seiner engen Rüstung schwitzte und großen Durst hatte, sich mit hundert Männern aufmachte, um Wasser zu suchen. Mit dieser Kriegerschar kam er bis Sligo, wo ihn die Reiter der Danu einholten und niederstreckten.

Seine Mannen kämpften weiter, bis nur noch dreihundert von ihnen übrig waren, und selbst dann wagten es die Krieger der Fir Bolg, ihre Gegner zum Duell Mann gegen Mann herauszufordern, das so lange dauern sollte, bis sie alle tot wären. Von ihrer Zähigkeit und ihrem Heldenmut beeindruckt, wollte Nuada nichts davon wissen. Statt dessen bot er dem Rest des Geschlechtes der Fir Bolg großzügigerweise ein Fünftel der Insel an, das sie für immer als ihr eigen behalten sollten. So kam es, daß das Volk der Danu über die gesamten früheren Gebiete der Fir Bolg herrschte, mit Ausnahme eben von Connaught.

Nach der Schlacht mußte der Arzt Diancecht sein ganzes Können aufbieten, um die verlorene Hand des Königs durch eine künstliche zu ersetzen, die er aus Silber angefertigt hatte. Das Metall war so geschickt verarbeitet, daß die Hand sich frei in allen Gelenken bewegen konnte und so stark und beweglich war, wie die echte Hand es gewesen war. Von diesem Zeitpunkt an wurde Nuada nur noch Argetlam genannt, der Silberhändige. Allerdings gab es bei dem Volk der Danu einen Brauch, daß kein Mann über es herrschen durfte, dessen Körper irgendeine Art von Mangel aufwies, und so kamen seine Anführer zusammen und berieten, wie ein neuer König am besten zu wählen sei.

Inzwischen hatten sie den fürchterlichen Ruf der mißgestalteten Riesen aus Fomor, die aus dem Meer kamen, vernommen. Da sie stets eine weise und friedfertige Einigung anstrebten, entschieden sie sich, daß es gut wäre, ein Bündnis mit ihnen zu schließen. Dementsprechend wurden Botschafter zu Elotha, dem König der Fomorier, geschickt, die ihn aufforderten, seinen Sohn Breas zu schicken, auf daß er der neue Herrscher über das Volk der Danu werde.

Breas war nur väterlicherseits ein Fomorier und deshalb nach dem Maßstab der Fomorier ein gutaussehender Mann. Als er das Angebot angenommen hatte, einigte man sich frohen Mutes, daß er Brigid, die Tochter des Dagda, heiraten solle. Das Bündnis zwischen den beiden Geschlechtern wurde weiterhin gestärkt durch die Hochzeit von Cian, dem Sohn Diancechts, des Arztes der Danu, und Eithne, der Tochter von Balor mit dem Bösen Auge.

Von den Kindern, die aus dieser Heirat hervorgingen, gäbe es noch viel Erstaunliches zu erzählen. Nun hätte wohl durch die Besiegelung dieser Eheschließungen in Irland alles gut werden sollen und wäre es auch gewesen, hätte sich der stattliche Breas nicht als grausamer und habgieriger Herrscher erwiesen.

Dem Volk seines Vaters mehr ergeben als dem, das er jetzt regierte, erhob der neue König hohe Steuern auf jede Feuerstelle, jede Wasserstelle und jede Mühle sowie eine Kopfsteuer für einen jeden aus dem Volk der Danu. Aber damit war es nicht genug. Nachdem man sich geeinigt hatte, als weitere Abgabe die Milch von allen Kühen, die braun und ohne Haare waren, an Breas abzuführen, ordnete der König voller List an, daß alle Kühe, die es in Irland gab, zwischen zwei eng nebeneinander stehenden Feuern hindurchgetrieben werden mußten, und so war am Ende jede Kuh abgesengt und braungebrannt.

Bald schon waren die Großen im Volk der Danu gezwungen, hart zu arbeiten, wollten sie die Forderungen ihres Königs erfüllen, und dabei hatten sie noch Mühe, ihr eigenes Auskommen zusammenzukratzen. Hunger und Kälte wurden immer mehr zum Los aller im Volk der Danu, und je hungriger sie wurden, desto schwerer war es, die ihnen auferlegten Arbeiten zu bewältigen. Selbst die einstmals gewaltige Stärke ihres größten Recken Ogma war so erschöpft, daß es ihm schwerfiel, genug Holz für die Feuerstelle zu sammeln.

Dem großen Anführer Dagda war die anstrengende Aufgabe übertragen worden, für den König Festungen und Burgen zu bauen. Da kam eines Tages, als er gerade seiner schweißtreibenden Arbeit nachging, sein Sohn Aengus zu ihm und sagte: „Was für eine Belohnung wirst du von Breas erbitten, wenn deine Arbeit getan ist?"

„Ich habe keine Zeit, darüber nachzudenken", sagte der Dagda.

„Dann höre auf meinen Rat", antwortete Aengus, „und bitte Breas, daß er alle Viehherden von ganz Irland auf einer Ebene zusammentreiben möge und dich davon nur ein Tier auswählen lasse, das dann dir gehören möge. Damit wird er einverstanden sein."

„Und welches soll ich wählen?" fragte sein Vater.

„Wähle die Färse mit der schwarzen Mähne, die Ozean genannt wird", sagte ihm Aengus. „Du wirst den Handel nicht bereuen."

Als Dagda seine Aufgabe beendet hatte, tat er, wie sein Sohn ihm geraten hatte, und Breas lachte über das, was er für Dagdas Einfalt hielt. Und doch sollte ein Tag kommen, an dem die Weisheit dieser Wahl allen einsichtig sein würde.

In der Zwischenzeit war das Leben beschwerlich, und in diesen schweren Zeiten kam Miach, ein anderer Sohn des Arztes Diancecht, mit seiner Schwester zu dem Ort, wohin sich Nuada nach dem Verlust seines Thrones zurückgezogen hatte. Die Torwache vor Nuadas Haus war ebenfalls ein versehrter Mann, der in derselben Schlacht ein Auge verloren hatte. Als er die beiden Fremden, die auf ihn zu kamen, anrief, behaupteten sie, sie wären gute Ärzte und könnten das fehlende Auge leicht durch das Auge einer Katze ersetzen. Der halbblinde Mann war sogleich einverstanden, daß sie ihre Kunst an ihm ausprobierten, und die Sache war so schnell und geschickt vollbracht, daß Nuada von den Ärzten verlangte, daß sie sich seiner eigenen Wunden annähmen, die vom Reiben der silbernen Hand gegen den Handgelenkstumpf eiterten.

Miach fragte, wo die verlorene Hand Nuadas begraben worden sei, und schickte Leute aus, sie wieder auszugraben. Dann setzte er die abgetrennte Hand auf Nuadas Stumpf, und über das auseinandergerissene Fleisch sprach er eine mächtige Zauberformel. Es dauerte keine drei Tage, und Hand und Arm waren am Handgelenk wieder zusammengewachsen, die schreckliche Wunde geheilt.

Zwei kleinere Geschichten folgten aus diesen Ereignissen. Erstens heißt es, daß der Torwächter nicht lange Gefallen an seinem neuen Auge fand, da es, wenn er zu schlafen versuchte, die ganze Nacht offen blieb und nach Mäusen Ausschau hielt, und wenn er tagsüber Wache halten mußte, fiel ihm das Auge dauernd zu.

Und auch Miach brachte seine wunderbare chirurgische Kunst nicht viel Gutes. Als nämlich Diancecht hörte, daß sein

Sohn seine eigenen Fähigkeiten übertroffen hatte, war er außer sich vor Wut. Dreimal schlug er seinem Rivalen mit dem Schwert auf den Kopf, einmal trennte er die Haut auf, dann kam er bis zum Knochen und dann bis zum Gehirn selbst. Doch jedesmal heilte Miach die Wunde, und erst als ein vierter Hieb sein Gehirn in zwei Hälften spaltete, fiel er schließlich tot um.

Auf seinem Grabhügel wuchsen dreihundertfünfundsechzig Kräuter, die jedes menschliche körperliche Leiden heilen konnten. Seine Schwester bedeckte den Boden mit ihrem Umhang und sortierte auf dem Tuche geduldig alle Kräuter nach ihren unfehlbaren Heilwirkungen. Dank ihrer sorgfältigen Arbeit könnten die Menschen heute von jeder Art von tödlicher Krankheit frei sein, hätte nicht Diancecht in seinem unbändigen Zorn den Umhang weggerissen, wodurch die ganzen kostbaren Kräuter hoffnungslos durcheinandergerieten.

In der Zwischenzeit aber war Nuadas Körper ja wieder ohne jeden Makel. Und die Heilung hätte auch nicht zu einem günstigeren Zeitpunkt erfolgen können, denn das Volk der Danu war Breas' und seiner Tyrannei überdrüssig geworden. Neben seinem Laster der Habgier kam es immer häufiger zu niederträchtigen Beleidigungen, so daß an seinem Hofe niemand mit der Freisinnigkeit behandelt wurde, die einem König gebührt. Aus diesem Grunde sollte er dem ersten Spottgedicht zum Opfer fallen, das jemals in Irland geschrieben wurde.

Und das kam so.

Eines späten Abends kam Cairpre, ein Sohn des Ogma und oberster Barde des Volkes der Danu, zum Saal des Königs, als erwartete er, an der königlichen Tafel gut zu speisen und dann bequem untergebracht zu werden. Statt dessen wurde er mit einem engen, trüben Zimmer ohne Feuerstelle oder Bett, wo er sich hätte erholen können, abgespeist, und man gab ihm zum Essen lediglich einfache Küchlein trockenen Brotes auf einem kleinen Teller. Als der Barde am folgenden Tag aufbrach, tat er es, ohne die übliche, den Hausherrn preisende Huldigung zu singen.

Statt ihrer hörte Breas, wie Cairpre so laut, daß es alle hören konnten, diese magische Verwünschung aussprach:

Auf den Tellern kein Fleisch,
Von den Kühen keine Milch,
Für den Reisenden kein Bett,
Für den Barden keine Belohnung:
Möge Breas selber so viele gute Dinge genießen,
Wie sie andere durch ihn erhalten!

Die öffentliche Beschämung durch diese Worte war so mächtig, daß sich auf Breas' Gesicht sogleich ein heftiger Hautausschlag voller entzündeter Furunkel ausbreitete. Als die Tuatha de Danann diesen Makel auf ihm sahen, verlangten sie, daß er sofort als König abtreten und den Thron an Nuada zurückgeben müsse. Da er nicht länger über die Zustimmung seiner Untertanen verfügte, kehrte Breas zum Land der Fomorier zurück, wo er bei einer Versammlung vor allen Anführern seinen Vater Elotha bedrängte, ein Heer gegen das Volk der Danu aufzustellen und die Herrschaft über Irland wieder unter den Meeresspiegel zurückzuholen.

Wieder auf seinem Thron, sah Nuada, daß ein Krieg mit den Fomoriern nun unausweichlich war, und darum berief er eigens einen Rat ein nach Tara, dem Hohen Sitz der irischen Könige.

Alle großen Anführer des Volkes der Danu versammelten sich zu dem wichtigen Treffen, um zu erwägen, wie dem drohenden Überfall am besten begegnet werden könnte. Gerade als die hitzige Debatte ihren Höhepunkt erreicht hatte, wurde ein Fremder gesichtet, der mit dem Gewand und den Insignien eines Kriegerkönigs bekleidet war und sich dem Tor näherte.

Der Torwächter rief den Ankömmling an, seinen Namen anzugeben und zu sagen, in welchem Auftrag er nach Tara gekommen sei.

„Man nennt mich Lugh", erwiderte der Fremde, „ich bin der Enkelsohn von Diancecht, mein Vater ist Cian, und gleichzeitig bin ich auch der Enkelsohn von Balor dem Fomorier, denn meine Mutter ist Eithne. Und aufgezogen wurde ich von

Taillte, der Tochter des großen Zauberers Manannan mac Lir, dem Gebieter über die große Weite des Meeres."

„Das mag schon sein", sagte der Torwächter, „aber nur denjenigen, die Meister in einer Kunst sind, wird erlaubt, Tara zu betreten. Welche Kunstfertigkeit nennst du dein eigen?"

„Ich bin Zimmermann", antwortete Lugh, „erfahren in den Geheimnissen der Baukunst."

„Tara hat schon einen Zimmermann, und der heißt Luchtaine", sagte der Türhüter.

„Dann bin ich Schmied", erwiderte Lugh sogleich.

„Wir haben schon einen vorzüglichen Schmied. Sein Name ist Goibniu", war die Antwort des Torwächters.

„Dann wisse, daß ich ebenfalls ein ausgezeichneter Krieger bin."

„Hast du noch nie gehört, daß Tara bereits einen großen Kämpen hat, nämlich Ogma, den Bruder des Königs?"

„Dann bin ich ein Harfner", sagte Lugh.

„Es gibt bei uns schon einen großartigen Harfner", war die Antwort.

„Und dann bin ich auch Dichter und Geschichtenerzähler."

„Tara bedarf beider nicht", sagte der Türhuter, „denn beides gibt es bei uns bereits."

„Ich habe die Kräfte eines Zauberers", sagte Lugh.

Der Türhüter zuckte nur die Achseln. „Ist es nicht überall bekannt, daß es in Tara viele mächtige Zauberer gibt?"

„Auch bin ich ein geschickter Heiler."

„Als ob es uns daran mangelte, da doch Diancecht unser Arzt ist."

„Dann laß mich Mundschenk sein."

„Es gibt hier schon neun Mundschenke", sagte der Türhüter, „Warum sollten wir einen weiteren brauchen?"

„Bin ich nicht auch ein geschickter Bronzearbeiter?"

„Mag schon sein, aber wer kann das besser als unser Kupferschmied Credne?"

„Dann gehe zu deinem König", sagte Lugh schließlich, „und frage, ob es in seiner Gesellschaft einen Mann gibt, der in allen Künsten erfahren ist. Wenn es einen solchen Mann in Tara schon gibt, werde ich nicht noch einmal Einlaß begehren."

Als der Türhüter im Saal berichtete, daß ein Fremder am Tor sei, der für sich in Anspruch nehme, ein Meister in allen Künsten zu sein, die dem Volk der Danu bekannt seien, schlug ihm Hohngelächter entgegen. Doch Nuada entschied, daß die übertriebenen Behauptungen des Fremden auf die Probe gestellt werden sollten.

„Wovon noch keine Rede war, das ist Fidchell[1]", sagte er. „Laß ihn mit unserem besten Spieler am Brett Platz nehmen."

Das Brett wurde nach draußen gebracht, und aus jedem Spiel, das gespielt wurde, ging Lugh als Sieger hervor, wobei er sogar einen neuen Zug erfand, der für alle Zeiten „Lughs Umzingelung" heißen mag.

Als Nuada von diesem Triumph hörte, gab er Lugh die Erlaubnis, Tara zu betreten, da ein Mann mit so vielen Talenten dort noch nicht gesehen worden war.

So kam denn Lugh an den Hof und nahm den Sitz ein, der für den Mann mit dem größten Wissen freigehalten wurde. Als er das tat, sah er, wie Ogma, der stärkste Kämpfer von Tara, seine ganze gewaltige Kraft einsetzte, um eine Steinplatte anzuheben, die so schwer war, daß achtzig Ochsengespanne sie kaum vom Fleck hätten bewegen können. Ogma rollte den Stein quer über den Hof und ließ ihn außerhalb der Mauern fallen, womit er Lugh herausforderte, seine Kraft entsprechend unter Beweis zu stellen.

Schweigend stand Lugh von seinem Sitz auf, ging zurück durch das Tor, hob mit Leichtigkeit den Stein auf und warf ihn über die Mauer, so daß er an dem Platz zum Liegen kam, wo er hingehörte.

Voller Ehrfurcht vor seinen vielen Fertigkeiten, baten die Tuatha de Danann Lugh, sie mit den Klängen der Harfe zu unterhalten, und Lugh willigte mit Vergnügen ein. Zuerst spielte er eine einschläfernde Musik, die den König und seinen ganzen Hof in einen solch tiefen Schlaf wiegte, daß sie nicht

---

[1] Das Wort bedeutet „Weisheit aus Holz" und war der Name eines Brettspiels, vielleicht ähnlich wie Schach, in dem zwei Mannschaften von einander gegenüberstehenden Spielsteinen das Brett absteckten. Den Kelten in Wales war es als *gwyddbwyll* bekannt.

vor derselben Stunde des nächsten Tages erwachten. Daraufhin zupfte er die Saiten auf eine Weise, daß die unendlich traurigen Melodien alle Zuhörer zum Weinen brachten. Ihr Schmerz wäre wohl nicht zu lindern gewesen, hätte er nicht zuletzt so feurige Rhythmen seiner Harfe entlocken können, daß ihre Herzen schließlich vor Freude hüpften.

Seither wurde Lugh ehrenvoll mit Samildanach, Meister aller Künste, angeredet.

Nuada war sich gewiß, daß ein solch begabter Mann sich im bevorstehenden Kampf gegen die fomorischen Feinde als unschätzbar erweisen würde. Nach einer Beratung mit den anderen entschied er, daß es für das Königreich am besten sein dürfte, Lugh für einen Zeitraum von dreizehn Tagen den Thron zu überlassen, bis sie weitere Pläne geschmiedet haben würden. Während also Nuada auf dem Sitz der Erkenntnis neben ihm saß, nahm Lugh den Thron ein und rief für das Volk der Danu einen Kriegsrat ein, in dem er jeden einzelnen fragte, welche Fähigkeiten er im Laufe der Auseinandersetzung einzubringen gedenke.

Goibniu, der Schmied, ergriff zuerst das Wort. „Ich werde unsere Männer mit Speeren ausrüsten, die niemals ihr Ziel verfehlen", sagte er, „und alle Wunden, die sie schlagen, werden tödlich sein. Und für jede Lanze oder jeden Speer, die zerbrochen werden, werde ich einen neuen schmieden, selbst wenn dieser Krieg sieben Jahre dauern sollte. Der Schmied der Fomorier kann solches nicht vollbringen. Meine Speere werden den Krieg entscheiden."

„Und ich werde die Speere mit Nieten ausstatten", sagte Credne, der Kupferschmied, „und die Griffe für die Schwerter werde ich machen, und auch die Einfassungen für die Buckel unserer Schilde."

„Und ich bin es, der ebendiese Schilde formen wird", sagte der Zimmermann Luchtaine, „und außerdem werde ich das Holz bearbeiten, um die Lanzen mit Schäften auszurüsten."

„Und meine Kunst wird geschwind jeden unserer Männer, der verwundet ist, heilen", sagte Diancecht, „außer wenn sein Rückgrat gebrochen oder sein Kopf abgeschnitten ist."

„Den König der Fomorier werde ich eigenhändig töten, und dreimal neun seiner Krieger noch dazu", gab Ogma der Recke an. „Außerdem werde ich ein Drittel seines Heeres gefangennehmen."

„Und du, Dagda", fragte Lugh weiter, „was willst du in der Schlacht tun?"

„Ich werde meine Keule so mächtig schwingen", antwortete der Dagda, „daß bei jedem Aufeinandertreffen der beiden Heere die Knochen unserer Feinde zermalmt werden wie Hagelsteine unter den Hufen meines Pferdes."

Dann wandte sich Lugh an die graufiedrige Morrigan, die Krähe der Schlacht, und an Mathgan, den Obersten der Zauberer, und fragte, was sie mit ihren Kräften erreichen könnten. „Ich werde sie verfolgen, wenn sie fliehen", sagte die Morrigan, „und was ich auch jage, es entkommt mir nie."

„Mit unseren magischen Künsten", versprach Mathgan, „werden wir Zauberer die Bäume, Gräser und Steine in bewaffnete Männer verwandeln, die auf unserer Seite kämpfen. Die zwölf Berge von Irland werden wir auf die Fomorier wälzen."

Durch die wachsende Begeisterung um sie herum angefeuert, gelobten nun die neun Mundschenke, daß sie durch ihren Zauber die zwölf Seen und zwölf Flüsse Irlands so verbergen würden, daß die Krieger der Fomorier, ganz gleich, wie durstig sie wären, nirgends auch nur eine Spur von Wasser finden würden, um ihren Durst zu löschen. Schließlich schwor der Druide Figol, daß er Ströme aus Feuer in die Gesichter der Fomorier schleudern würde, die sie der Hälfte ihrer Stärke und ihres Mutes berauben würden, wohingegen das Volk der Danu mit jedem Atemzug an Stärke und Energie gewinnen würde.

So war es denn, daß alle, die sich in Tara versammelt hatten, sich zum Krieg gegen das furchtbare Volk der Fomorier verpflichteten, und alle stimmten zu, daß Lugh, der Enkelsohn sowohl von Diancecht dem Arzt wie auch von Balor mit dem Bösen Auge, der Erste unter ihnen sein sollte.

Die Vorbereitungen auf den Krieg dauerten viele Jahre. Eine Zeitlang zog sich Lugh zurück, um sich mit Nuada, dem Dagda und dem Kämpen Ogma zu beraten. Auch Diancecht und Goibniu nahmen an den Unterredungen teil, die streng geheim gehalten wurden, so daß die Fomorier nichts von ihren Plänen erfahren würden, bis alles vorbereitet war. Dann kehrte Lugh zu Manannan mac Lir und seinen anderen Freunden zurück, und er wurde nicht mehr gesehen, bis die Steuereintreiber der Fomorier zum Hügel des Balor kamen, um die Abgaben einzuziehen.

Als ob die Strahlen der Sonne aus ihm leuchteten, so galoppierte Lugh über die Ebene auf die fomorischen Krieger zu. An seiner Seite ritten seine Pflegebrüder, die Söhne von Manannan mac Lir, gefolgt von den Reitern aus dem Land des Versprechens, das unter den Wellen liegt. Lugh saß auf Manannans eigenem leuchtendem Pferd, das so leicht über Land wie über das Meer laufen konnte und das so schnell war wie der nackte Wind im Frühling. Zu seiner Rüstung gehörte Manannans eigener Helm und Brustpanzer, der jede Spitze und jede Kante einer jeden Waffe abwenden konnte, und an seiner Seite hing Manannans großes Schwert, der Erwiderer, dessen Anblick schon genügte, um Männer ihrer Stärke zu berauben, und dessen Streiche nicht einer jemals lebend überstanden hat. Als er sein Pferd anhalten ließ und seinen Helm abnahm, schien der helle Glanz seiner Stirn so stark, daß die Augen der Fomorier den Anblick nicht aushalten konnten. Denn ihnen gegenüber stand Lugh Lamfada, der mit dem langen Arm, der weiter schießen konnte als alle anderen, der Krieger der Sonne. Mit der Schnelligkeit des Sonnenlichtes fielen nun er und seine Leute über das Begleitheer der Steuereintreiber her und töteten alle bis auf neun von ihnen, die übrigblieben, um zum dunklen Land der Fomorier zurückzukehren und die schreckliche Nachricht dorthin zu bringen.

Einer der obersten Krieger der Fomorier war Balor höchstpersönlich, Lughs Großvater mütterlicherseits, der mit dem Bösen Auge. Balor wurde so des giftigen Auges wegen genannt, mit dem er einstmals durch einen Spalt in der Tür die Zauberer seines Vaters heimlich beobachtet hatte. Das Auge wurde den Dämpfen ausgesetzt, die von dem magischen Trank, der gerade gebraut wurde, emporstiegen, und war von ihren giftigen Kräften infiziert worden. Sein Blick wurde auf einen

Schlag so tödlich, daß man den Jüngling nur so lange leben lassen wollte, wie das schreckliche Auge geschlossen gehalten wurde. Jetzt war es nur, wenn es nötig war, während der Schlacht geöffnet, und vier kräftige Männer waren erforderlich, um den Messingring hochzuheben, der auf dem Augenlid angebracht war, durch das der schreckliche Augapfel sonst versiegelt war.

„Wer könnte dieser große Krieger sein?" wollte Balor wissen, als er hörte, wie seine Steuereintreiber vernichtend geschlagen worden waren.

Seine Frau wußte als einzige die Antwort. „Wer anders könnte solche Kräfte besitzen als der Sohn unserer eigenen Tochter Eithne? Und seitdem er sich entschieden hat, an der Seite des Volks seines Vaters zu kämpfen, geht mir der Gedanke nicht aus dem Kopf, daß die Fomorier nie wieder in Irland regieren werden."

Doch als endlich das Volk der Danu seine ganzen Kräfte beisammen hatte und die Schlacht mit dem fomorischen Heer bevorstand, entschieden seine Anführer, daß Lughs Leben viel zu wertvoll war, als daß es in der Schlacht aufs Spiel gesetzt werden sollte. Gegen seinen Willen wurde er unter der Bewachung von neun Kriegern zurückgelassen, als Nuada am Vortag des Neujahrsfestes mit seinem Heer vorrückte, um auf der weiten Ebene von Moytura auf die Feinde zu treffen.

Die Morrigan war die erste, die gehört hatte, daß das fomorische Heer in Irland an Land gegangen war. Unverzüglich ließ sie dieses dem Dagda melden, der seinen Druiden befahl, ihre tödlichsten Verwünschungen gegen sie auszusprechen. Dann ging der Dagda, um Zeit für den Aufmarsch von Nuadas Heer zu gewinnen, höchstpersönlich unter dem Vorwand, mit ihnen verhandeln zu wollen, in das Lager der Fomorier.

Nun hatte der Dagda den Ruf, ungeheure Mengen essen zu können, und die Fomorier beschlossen, sich darüber lustig zu machen. In einem Kessel, der so groß war wie die Fäuste von fünf Riesen, bereiteten sie ihm einen großen Festtagsschmaus aus Porridge. Acht Gallonen Milch wurden in den Kessel geschüttet mitsamt zahlreichen Säcken Mehl und Speck. Zu dieser kräftigen Mischung fügten sie Ziegen-, Hammel- und Schweineknochen hinzu, brachten die ganze Brühe zum Sieden und schütteten sie in ein Erdloch. Dann hießen sie den Dagda, einzutreten und sich satt zu essen.

„Wir werden dich nicht zum Volk der Danu mit Beschwerden über unsere Gastfreundschaft zurückkehren lassen", sagten sie. „Deshalb wirst du, wenn auch nur ein Tropfen davon nicht aufgegessen wird, dein Leben verlieren."

Unerschrocken leckte sich der Dagda die Lippen und ergriff einen Schöpflöffel, der so groß war, daß ein Mann und eine Frau es sich in der Höhlung bequem machen konnten, tauchte ihn in das Loch und schnupperte. „Wenn die Brühe so gut schmeckt, wie sie riecht", sagte er, „dürfte dies eine durchaus schmackhafte Kost sein."

Er führte den Schöpflöffel zum Mund und nahm ein Schlückchen, das einem halben gepökelten Schwein sowie einem Viertelzentner Schweinefett gleichkam, und grunzte seine Anerkennung. Nachdem er einmal so begonnen hatte, setzte er das Essen fort, bis der letzte kleine Rest Porridge vom Boden gekratzt war. Sein Bauch war inzwischen größer geworden als der Kessel eines großen Hauses und aufgeblasen wie ein großes Segel im Wind. So wankte denn der Dagda mit dem derben Gelächter der Fomorier im Rücken davon, um sich nach diesem Mahl auszuruhen. Aber wertvolle Stunden waren so gewonnen worden, und das gesamte Heer seiner Gefährten hatte sich inzwischen zum Kampf versammelt.

Selten ist in einer Schlacht merkwürdiger gekämpft worden als in jener Auseinandersetzung zwischen dem Volk der Danu und den fomorischen Riesen.

Eine Zeitlang standen sich die Hauptarmeen regungslos gegenüber, und nur einzelne Krieger, die darauf aus waren, sich einen Namen zu machen, ritten zum Einzelkampf hervor. Täglich wechselte der Tagessieg von einer Seite zur anderen: mal bejubelte das Volk der Danu die Rückkehr ihres Vorkämpfers, mal trommelten die Riesen vor Siegesfreude auf ihre Schilde. Jedoch waren nicht viele Tage vergangen, als den Fomoriern langsam aufging, daß die Waffen ihrer Männer, wenn sie zerbrochen waren, es auch blieben, wohingegen die zerschmetterten Speere ihrer Feinde im Nu wiederhergestellt waren. Noch merkwürdiger war, daß, wenn einer ihrer eigenen Krieger im Kampf fiel, das auch sein Ende war, die gefallenen Helden auf der anderen Seite jedoch kehrten rasch auf das Schlachtfeld zurück, als ob nicht ein Tropfen ihres Blutes jemals vergossen worden wäre.

Man entschied, daß ein Spion eingesetzt werden müsse, um hinter dieses rätselhafte Geheimnis zu kommen.

Der Mann, den man dafür auswählte, war Ruadan. Als der Sohn des Breas und der Brigid, der Tochter des Dagda, konnte er sich als einer aus dem Volk der Danu ausgeben. Er betrat im Schutz der Dunkelheit ihr Lager und stieß nach einer Weile auf die Schmiede, in der Goibniu mit drei geschwinden Schlägen Lanzenköpfe hämmerte, während Luchtaine mit gleicher Schnelligkeit Schäfte haute, und Credne nietete sie mit Bronzenägeln zusammen, ohne daß es dazu eines Hammers bedurft hätte.

Ruadan war durch das, was er gesehen hatte, beunruhigt und eilte mit seiner entmutigenden Neuigkeit zurück zu den Reihen der Fomorier.

„Und was hat es mit den Toten auf sich, die wiederbelebt werden?" wollte Breas wissen.

„Davon habe ich nichts gesehen."

Balor brummte. „Aber gegen diese Zauberschmiede kann man etwas unternehmen", sagte er und teilte seinen Plan Ruadan mit.

Im Morgengrauen des nächsten Tages kehrte Ruadan zu Goibnius Schmiede zurück und gab vor, ein Krieger mit einem beschädigten Speer zu sein. Der Schmied nahm die Waffe entgegen, hämmerte die gebrochene Spitze wieder ganz und legte sie zurück in Ruadans Hände, wobei er sagte. „Töte für mich einen Fomorier, mein Freund!"

Aber sobald Ruadan den Speer in seiner Hand hielt, senkte er ihn und stieß seine Spitze in Goibnius Eingeweide. Er hätte den Speer auch wieder herausgezogen, aber der Schmied hielt dagegen, indem er den Schaft mit seiner kräftigen Hand festhielt. Derart entwaffnet, wendete sich Ruadan ab, um die

Flucht zu ergreifen. Da war es Goibniu, der dann den Speer herauszog, ihn gegen seinen Angreifer schleuderte und diesem eine tödliche Wunde beibrachte.

Ruadan schleppte sich zurück ins Lager der Fomorier, wo er vor den Augen seiner wehklagenden Eltern starb. Goibniu hingegen nahm durch dieses Abenteuer keinen größeren Schaden. Sein blutender Körper wurde zu Diancecht getragen, der ihn in die Quelle der Heilung eintauchte, und augenblicklich war die tiefe Wunde in seinen Eingeweiden geheilt. Am darauffolgenden Tag hämmerte der Schmied auf seinem Amboß so kräftig wie immer.

Mit solch mächtigen Zaubermitteln auf ihrer Seite hätte das Volk der Danu das feindliche Heer sicherlich bald aufgerieben, hätte nicht einer der Fomorier entdeckt, wo sich die heilende Quelle befand.

Er stand in einiger Entfernung im grünlichen Schatten der Bäume und starrte voller Verwunderung auf das, was er sah: Diancecht und seine Dienerinnen tauchten einen zerschlagenen und blutenden Körper unter die klare Wasseroberfläche und hielten ihn dort für eine Weile, wobei sie Zauberformeln sangen, die der Sommerwind ihm nur undeutlich zutrug. Dann hoben sie die benommene Gestalt eines vollständig genesenen, quicklebendigen Mannes aus dem Wasser hervor. Der Krieger stand noch eine Weile wie gebannt von dem geheimnisvollen Geschehen, das er gesehen hatte, dann eilte er zurück, um Balor die Beobachtung mitzuteilen.

Derselbe Krieger kam in der Nacht zusammen mit einigen Mitstreitern ein zweites Mal. Zusammen holten sie große Steine aus dem Fluß Drowes und versperrten mit ihnen die Mündung der Quelle, bis sie vollständig mit einem Steinhaufen bedeckt war. Daraufhin konnte das Volk der Danu die Zahl ihrer Krieger nicht mehr länger aufrechterhalten, und die Fomorier fühlten sich durch diesen plötzlichen Umschwung ermutigt und entschlossen sich, ihr Heer in die offene Schlacht zu schicken.

Alle großen Krieger beider Armeen standen sich auf der nördlichen Ebene von Moytura gegenüber, und für das Volk der Danu hätte es schlecht ausgehen können, hätte nicht Lugh gespürt, was los war, und es geschafft, an jenem Morgen seinen Wächtern zu entwischen. Er eilte zum Schlachtfeld und fuhr mit seinem Streitwagen die Front entlang, wobei er allen Worte der Ermutigung zurief, auf daß sie ihn sehen und hören mochten.

Der Lichtglanz, den seine Rüstung ausstrahlte, wurde nach Osten über die Ebene zu den feindlichen Linien getragen. Als er ihn sah, wendete sich Breas an seinen Druiden und sagte: „Ist es nicht höchst erstaunlich, daß die Sonne heute im Westen aufgeht, da sie doch an jedem anderen Tag im Osten aufgeht?"

Der Druide schüttelte seinen Kopf und antwortete: „Ich wünschte, daß es so wäre."

„Was sonst kann ein solches Licht sein?" fragte Breas verwirrt.

„Es ist der strahlende Glanz, der vom Gesicht des Lugh ausgeht", wurde ihm geantwortet.

Dann stürzten sich die beiden Armeen mit großem Geschrei aufeinander, und der Kampf war so heftig und verbissen, daß sein rasender Lärm die Ohren wie Donner erschütterte und der Boden vor lauter Blut trübe und glitschig wurde.

Ein großer Recke nach dem anderen fiel im Kampf, so daß die Körper unter den Füßen der Krieger, die auf der Ebene miteinander rangen, übereinandergehäuft lagen. Nuada der Silberhändige wurde an jenem Tage von Balor mit den Machtvollen Schlägen erschlagen; und das gleiche geschah mit Nuadas kriegerischer Frau Macha, die an der Seite ihres Mannes bis zum Umfallen gekämpft hatte. Als sich dann die Schlacht wendete und sich zu den Ufern des Flusses verlagerte, stand Balor schließlich vor seinem Enkel Lugh, der ihm in der Sprache der Fomorier, die er schon von klein auf gelernt hatte, furchtlos eine Herausforderung entgegenwarf.

Voller Ärger über diese Mißachtung drehte sich Balor um und sagte zu seinen Gefolgsleuten: „Hebt sofort mein Augenlid hoch, damit ich mir den Schwätzer anschauen kann."

Vier Männer mußten an dem großen Haken ziehen, durch den der Ring auf Balors Augenlid nach oben zu bewegen war, und hätten sie es schneller gehoben, wären Lughs Tage gezählt gewesen. Aber der Held wußte schon, was zu geschehen hatte, und als das schreckliche Auge erst halboffen war, ließ er von seiner Schleuder die Art von Zauberstein schnellen, die in Irland tathlum genannt wird. Der Stein traf Balors sich langsam öffnendes Auge mit einer solch gewaltigen Kraft, daß es ihm den Schädel durchschlug. Dann fiel das Auge auf den Boden, starrte nach oben und tötete auf der Stelle eine ganze Schar fomorischer Krieger, die das Pech hatten, in seinem Blickfeld zu stehen.

Lugh stieß sein Schlachtgebrüll aus, und die ganze Front der Fomorier, die noch vom plötzlichen Erblinden von Balors bösem Auge entsetzt waren, wich taumelnd zurück.

Dann hörte man die schreckliche Krähe der Schlacht, Morrigan, ein Siegeslied kreischen, das dem Volk der Danu neue Kräfte brachte und die Herzen ihrer Gegner vor Furcht erzittern ließ. „Könige, erhebt euch zur Schlacht", sang sie. Da stießen die Tuatha de Danann wohlwissend, daß die Beute, sobald die Morrigan die Jagd aufnahm, wie Spreu im Winde zerfliegen würde, mächtig vor und durchbrachen die fomorischen Schlachtlinien.

Einmal durchgebrochen, gab es kein Halten mehr. Das Heer der Fomorier floh vor ihnen und wurde über die Ebene zurückgetrieben, über die Ufer von Irland hinaus und hinunter zu ihren dunklen Lichtungen auf dem Meeresgrund.

Der schöne Breas, der seine Herrschaft über das Volk der Danu dermaßen mißbraucht hatte, wurde auf dieser wilden Flucht gefangengenommen und zu Lugh gebracht, der ihn richten sollte.

„Du wärest klüger, mich zu verschonen als mich zu töten", sagte er, um sein erbärmliches Leben bittend.

„Warum?" antwortete Lugh. „Womit kannst du dich loskaufen?"

„Habe ich nicht die Macht, alle Kühe Irlands ergiebig Milch geben zu lassen?" sagte Breas.

Lugh dachte darüber nach und beriet sich mit seinen Druiden, aber man kam zu dem Schluß, daß das, was Breas anzubieten hatte, nicht ausreichte. Er hätte außerdem die Macht haben müssen, das Leben der Kühe zu verlängern. Doch das konnte Breas nicht, er hatte aber ein weiteres verzweifeltes Angebot zu machen.

„Laßt mich leben", sagte er, „und ich werde meine Kräfte dafür verwenden, daß es in Irland jedes Jahr vier Ernten geben wird."

Doch der Gedanke an die viele Arbeit, die das mit sich bringen würde, erfreute das Volk der Danu nicht allzusehr. „Wir haben schon den Frühling zum Pflügen und Säen", sagte der Dagda, „wir haben den Sommer, um das Getreide reif werden zu lassen, den Herbst für die Ernte und den Winter, um das Brot zu essen. Das reicht vollkommen aus."

„Dennoch sollst du dein Leben behalten", fügte Lugh einen Moment später hinzu, „und zwar einer geringeren Sache wegen."

„Und die wäre?" fragte Breas voller Spannung.

„Wenn dein Wissen um das Wachstum in der Natur so groß ist", sagte Lugh, „dann verrate uns, welches für uns der beste Tag zum Pflügen ist, an welchem Tag wir säen und wann wir ernten sollen."

„Ihr sollt an einem Dienstag pflügen, an einem Dienstag säen und an einem Dienstag ernten", erwiderte Breas, und dank dieser kargen Antwort wurde sein Leben verschont, wie Lugh es versprochen hatte.

Doch die Verfolgung der Fomorier endete nicht an den Küsten von Irland. Auf ihrer Flucht hatten die Riesen geplündert und die große Harfe, die dem Dagda gehörte, geraubt, obgleich sie nichts davon hatten, da ihre Saiten ohne die Erlaubnis ihres Besitzers keinen Laut von sich gaben. Darum folgten Lugh, Ogma und der Dagda dem Breas zu dem Palast unter den Wellen, wo Elotha, der König der Fomorier, herrschte. Dort sahen sie die Harfe an der Wand hängen.

Leise rief der Dagda die Harfe mit ihren zwei Namen: „Eiche mit den zwei Stimmen" und „Hand der vierfältigen Musik". Noch im gleichen Augenblick sprang die Harfe von der Wand hinab und tötete auf einen Streich neun Fomorier.

Sobald das Instrument in seiner Hand war, spielte der Dagda die traurige Musik, die die Fomorier weinen ließ, dann die fröhliche Musik, woraufhin sie sich vor Lachen die Bäuche halten mußten, und schließlich die einschläfernde Musik, die alle in einen so festen Schlaf fallen ließ, daß er, Ogma und Lugh sich sicher aus dem Palast der Fomorier davonstehlen konnten.

Danach holte sich der Dagda von den Fomoriern die schwarzmähnige junge Kuh, die Ozean hieß, zurück, die er auf den Rat seines Sohnes Aengus hin von Breas erhalten hatte. Dieses war eben jenes Tier, dem das Volk der Danu folgte, wann immer es brüllte. Und jetzt, als ihr Herr und Gebieter vor der Färse erschien, brüllte sie wieder, woraufhin die ganzen Viehherden, die die Fomorier von den Tuatha de Danann gestohlen hatten, den Ruf erwiderten und mit dem Dagda zurück nach Irland kamen.

Die Macht der Fomorier war nicht vollständig gebrochen, aber die Verfolgung durch die Morrigan hatte sie aus Irland vertrieben. Sie war es auch, die mit den anderen großen Krieger-Königinnen den Sieg von allen Gipfeln Irlands verkündete.

Es hätte eigentlich ein freudiger Augenblick sein sollen, aber genau zu dieser Zeit wurde eine Prophezeiung laut, daß ein Zeitalter zu Ende gehen und ein anderes anfangen würde; daß in der Eisenzeit, die kommen sollte, im Sommer die Blumen nicht blühen und die Bäume keine Früchte tragen würden. Die Kühe würden in dieser Zeit keine Milch geben, und im Meer würde es keine Fische geben. Weiterhin wurde geweissagt, daß in dieser Zeit die Frauen schamlos und die Männer herzlos sein würden, daß Richter falsche Urteile fällen und die Gesetzgeber schlechte Gesetze machen würden, währenddessen einstige Kameraden einander verraten würden und es in der Welt keine Tugend mehr geben würde.

Doch bevor solch furchtbare Zeiten kommen sollten, wurde Irland vierzig Jahre lang von Lugh regiert. Er hatte zwei Frauen, eine hieß Bui, die andere Nas, und es war ihr zu Ehren, daß er das August-Fest Lughnasadh einführte, das bis auf den heutigen Tag an Lugh erinnert.

Einige sagen, daß Lugh sein Ende in Uisneach fand, dem Ort im Mittelpunkt von Irland, wo die fünf Provinzen aneinandergrenzen und das erste Feuer in Irland entzündet wurde. Dort war es, wo ihm die Söhne des Cearmaid, deren Vater er erschlagen hatte, den Fuß mit dem Speer durchbohrten. Sie sagen, daß der verwundete Lugh sich zu dem See zurückzog, in dem er ertränkt wurde, und daß dieser See später nach ihm Loch Lughbortha genannt wurde.

Andere aber sagen, daß er zu Zeiten von König Conor und den Männern des Roten Zweiges sich wieder in Irland zeigte und daß es kein anderer als Lugh höchstpersönlich war, der über Cuchullain wachte, während dieser zur Zeit des Viehraubes von Cuailnge drei Tage lang schlief.

Aber es gibt noch eine andere Geschichte, die erzählt, wie Conn einmal in Tara war und zufällig innerhalb der heiligen Einfriedung auf einem Stein stand, der einen lauten Schrei von sich gab. Als Conn seinen Oberdruiden über diesen eigenartigen Vorfall befragte, erfuhr er, daß es der Stein der Vorsehung war, den das Volk der Danu aus Falias mitgebracht hatte.

Während Conn und der Druide noch an dem Ort standen, hüllte sie plötzlich ein dunkler Nebel ein, und sie sahen einen großen Reiter aus dem Nebel kommen, der sie mit drei Speeren bewarf. Dann fanden sie sich auf eine wunderschöne Ebene versetzt, wo eine königliche Bergfeste mit einem Dach aus Bronze und einem goldenen Baum vor dem Tor stand. Dort wartete der Reiter auf sie.

Er saß auf einem königlichen Thronsessel, ein Mann, der schöner war als alle, die zu jener Zeit in Irland lebten, und er strahlte die lichte, ehrfurchtgebietende Erhabenheit eines großen Herrschers aus. An seiner Seite wartete eine junge Frau, die ein goldenes Band in ihrem Haar hatte, und neben ihr stand ein mit rötlichem Ale gefüllter Silberkelch mitsamt Schale und Becher.

„Wem soll ich das kredenzen?" fragte sie ihren Herrn.

„Reiche es Conn von den Hundert Schlachten dar", antwortete er, „denn dieser Mann wird in einhundert Schlachten siegen, bevor er stirbt."

Dann wurde das Ale auch für Conns Sohn ausgeschenkt, dessen Name Art von den Drei Schreien war, und der königliche Herr zählte die Namen all derer auf, die in Irland einstmals Könige sein würden, und sagte, wie lange die Herrschaft eines jeden dauern würde.

Als der Kelch geleert war, hob die Jungfrau ihn erneut, und feierlich überreichte sie Conn den Kelch, die leuchtende Schale und den Becher. Während Conn in atemloser Dankbarkeit dastand und diese Schätze an seine Brust drückte, lächelte der Herr ihm zu und sagte ihm, daß die Jungfrau, die diese Dinge seiner Hand übergeben habe, keine andere sei als die Unabhängigkeit von Irland.

„Und ich", fügte er hinzu, „ich bin Lugh mit dem langen Arm, Meister aller Künste."

Die Trauer der Deirdre

Zur Zeit dieser Geschichte erstreckte sich das Königreich von Ulster im Süden bis zum Fluß Boyne, und es wurde von Conor mac Nessa regiert, dem letzten der großen Könige. Eines Abends war Conor zu einem Festbankett in das Haus des königlichen Geschichtenerzählers Fedlimid Sohn des Dall eingeladen. Dort saß der Druide des Königs, Cathbad, an seiner Seite, und alle wichtigen Krieger des Roten Zweiges waren in einer heiteren Gesellschaft versammelt. Das Essen war so reichlich, die Trinkhörner wurden so schnell nachgefüllt, daß es nicht lange dauerte, bis ein Stimmengewirr grell und grölend durch die Festhalle schallte.

Fedlimids Frau war zu der Zeit hochschwanger, aber nichtsdestoweniger bediente sie am Tisch und gab sich alle Mühe, den kräftigen Appetit ihrer Gäste zu stillen und dafür zu sorgen, daß es ihnen an nichts fehlte. Als es aber immer tiefere Nacht wurde und die zechenden Männer keine Anstalten machten, sich zurückzuziehen, überkam die Frau plötzlich ein Schwindelgefühl. Sie wußte, daß sie sich hinlegen mußte, entschuldigte sich und verließ leise das Fest, hatte sich aber erst wenige Schritte von dem Saal entfernt, als die ganze Festgesellschaft durch Schreie ihres Babys, die aus dem Mutterleib heraus ertönten, erschreckt und zum Schweigen gebracht wurde.

Das eigenartige Weinen sorgte für eine derartige Bestürzung unter den betrunkenen Gästen, daß alle wissen wollten, was denn ein solch unnatürliches Ereignis bedeuten könnte. Daraufhin wurde Fedlimids Frau zurück in den Saal gebracht. Mit bleichem Gesicht und bangem Gefühl suchte die Frau Beistand bei Cathbad dem Druiden, der ein Seher war. Cathbad blickte ihr eine Weile in die Augen, schloß dann seine eigenen, versetzte sich in einen prophetischen Trancezustand und fing an zu singen:

In dieses Schoßes Wiege weint
Eine Frau mit wallendem goldenem Haar.
Ihre Augen sind von dunklem, eindringlichem Grau,
Ihre Wangen haben die Farbe des Fingerhuts,
Und hinter den zinnoberroten Lippen liegen
Zähne so weiß und rein wie Neuschnee.
Unter den Wagenlenkern von Ulster
Wird sie ein großes Gemetzel herbeiführen.

Dann öffnete er seine Augen wieder und legte seine Hand auf den Bauch der Frau. Er fühlte, wie das ungeborene Kind auf die Berührung seiner Hand hin in seiner Fruchtblase wütete, und sagte: „Wahrhaftig, es ist ein Mädchen. Ihr Name soll Deirdre sein. Großes Unglück wird durch sie kommen."

Als sie die Worte des Druiden hörte, stöhnte Fedlimids Frau und wurde ohnmächtig. Sofort setzten die Wehen ein, und kurze Zeit später wurde das Kind geboren.

Während sie die Frau in den Wehen und die Schreie des neugeborenen Kindes hörten, raunten sich die Krieger des Roten Zweiges einander das ein oder andere über die Weissagung des Druiden und die Unheil verheißende Geburt zu. Sie waren durch die Ereignisse der Nacht nüchtern geworden und sich schnell einig, daß es am weisesten wäre, das verhängnisvolle Kind sofort töten zu lassen, bevor es Unheil bringen könnte. Nicht mehr und nicht weniger sagten sie dem König, aber Conor wollte nichts dergleichen hören. Da er in den lebhaften Augen des Kindes etwas spürte, was sein eigenes Schicksal berührte, gab er bekannt, daß der Säugling an einem abgelegenen Ort, den nur er selbst kennen durfte, verborgen und ihm zum Gefährten aufgezogen werden sollte.

Obwohl sie alle von dieser Entscheidung bestürzt waren, wagte es doch keiner der Krieger des Roten Zweiges, sich zu widersetzen, und so wurde das Kind der Mutter nach der Geburt weggenommen und zu einem abgeschiedenen Ort in der Einöde von Ulster fortgebracht. Conor bestimmte Pflegeeltern, die das Mädchen pflegen und aufziehen sollten, und niemand anders hätte erfahren, wo Deirdre versteckt wurde, hätte nicht die mächtige Spottdichterin und Bardin Leborcham ihre Meinung durchgesetzt, daß das Kind einen Lehrer haben mußte und daß sie selbst diejenige sein würde, die die Ausbildung übernehmen würde.

So wuchs das Kind, aus dessen Gesichtskreis alles andere ausgeschlossen wurde, wohlbehütet auf, bis die zarte Schönheit, die Cathbad vorhergesagt hatte, in Deirdres Gesicht zu sehen war und Conor sah, daß sie bald die liebreizendste Frau von ganz Irland sein würde.

An einem Wintertag schlachtete Deirdres Pflegevater ein Kalb, das er über dem offenen Feuer vor ihrem Häuschen braten wollte. Die junge Frau stand vor ihm und schaute zu, wie er den Kadaver häutete, da kam von einem nahe gelegenen Baum ein Rabe herabgestoßen, um von dem Blut im Schnee zu nippen. Deirdres Augen wurden von dem jähen und intensiven Farbkontrast angezogen: gegenüber dem strahlend weißen Schnee glitzerte das Blut noch heller, und der Schimmer des Rabengefieders erschien noch schwarzglänzender. Lange verharrte sie in einem tranceartigen Zustand, bis sich Leborcham zu ihr stellte und fragte, welcher Tagtraum denn von ihren Gedanken Besitz ergriffen hätte.

„Ein Mann, dessen Haar so schwarz ist wie der Rücken des Raben", flüsterte Deirdre, „und dessen Wangen so rot sind wie das Blut des Kalbs und dessen Körper so weiß und klar ist wie der Schnee – wenn man einen solchen Mann sehen könnte, er würde einem wahrlich schön erscheinen!"

„Aber natürlich, meine Liebe", sagte Leborcham mit einem ungezwungenen Lachen, „um einen solchen Mann zu finden, mußt du nicht weiter schauen als bis zum nächsten Anwesen. Naoise, einer der Söhne von Usnech, sieht genau so aus."

„Dann werde ich mich nicht mehr wohl fühlen", sagte Deirdre, „bis ich selbst einen Blick auf ihn geworfen habe."

Sogleich bereute sie ihre unbesonnene Eingebung, und die Bardin sagte ihr, daß sie sich solche unsinnigen Einbildungen aus dem Kopf schlagen sollte. Doch das Traumbild, das Deirdre überkommen hatte, war nicht so leicht zu verjagen. Eines Tages, als sie alleine und voller Sehnsucht dasaß, kam ihr in den Sinn, daß der leise Ruf, den der Wind manchmal durch das Tal trug, von Usnechs Anwesen kommen müsse. Als er das nächste Mal in ihren Ohren erklang, entschied sie sich, dem sanften Ton bis zu seinem Ursprung zu folgen.

Es war der Ruf, mit dem Naoise von den Erdwällen vor dem Haus seines Vaters aus das Vieh heimrief. Der Ruf war so süß, daß er die Kühe besänftigte und diese mehr Milch gaben, und allen, die ihn hörten, wurde es leichter ums Herz. So näherte sich Deirdre, deren Herz wie ein Nachtfalter flatterte, dem Wall, auf dem Naoise zusammen mit einigen jungen Männern von Ulster saß und grüßte. Sie ging mit abgewendetem Blick und tat so, als hätte sie ihn nicht bemerkt. Das schöne Mädchen, das er noch nie zuvor gesehen hatte, setzte Naoise in Erstaunen. Dann wandte er sich an seine Freunde und sagte so laut, daß sie es hören konnte: „An diesem Tag geht eine schöne junge Kuh an mir vorüber."

Als sei die Eingebung ihr plötzlich zugeflogen, erwiderte Deirdre: „Die jungen Kühe sind da am schönsten, wo es keine Bullen gibt."

„In dieser Gegend gibt es genügend Jungbullen", antwortete Naoise heiter, der das Verheißungsvolle in ihrer Stimme bemerkt hatte.

„Doch ist es der König von Ulster selbst, der mich nicht in ihre Nähe kommen lassen will", sagte Deirdre und schaute zu dem jungen Mann empor, der so zum ersten Mal die ganze Schönheit ihres Gesichtes sah.

In diesem Augenblick wußte Naoise zwei Dinge: Er wußte, daß er sein Herz unwiederbringlich verloren hatte, und er wußte, wer das Mädchen sein mußte. Sein erregtes Herz bebte, als er sagte: „Dann steht dir ja der größte Bulle von Ulster zur Verfügung." Dabei wandte er den Blick von ihr ab.

Deirdre zuckte die Achseln und seufzte. „Wenn ich allerdings die Wahl hätte zwischen dem großen Bullen und einem jüngeren, würde ich den wählen, der so ist wie du."

Naoise mußte schlucken. Mit zitternden Gliedern schüttelte er den Kopf. „Dann glaube ich, wirst du für diesen jungen Mann großes Unheil heraufbeschwören", sagte er. „Hat nicht Cathbad der Druide es so vorausgesagt?"

Deirdre sah ihn mit prüfenden Augen an, die so tief in seine Seele eindrangen, daß er sich unter ihrem Blick kaum aufrecht halten konnte.

„Würdest du mich aus diesem Grunde abweisen?" setzte sie nach.

„Das würde ich", antwortete Naoise mit heiserer Stimme. Er wollte sich gerade wieder abwenden, da wußte er schon nicht mehr, wie ihm geschah: Deirdre schoß nach vorn, ihre grauen Augen blitzten vor ungläubigem Zorn, und sie packte ihn heftig an beiden Ohren. „Dann sind dies hier zwei schändliche Narrenohren", rief sie und zerrte voller Wut an ihnen. Dann ließ sie, weißglühend vor Wut und Leidenschaft, von ihm ab, behielt ihn aber im Blick. „Und Hohn und Spott rufe ich auf deinen Namen, Naoise Sohn des Usnech, wenn dir das Herz fehlt, deinem Schicksal zu folgen und mich aus Ulster hinauszuführen."

Naoise stand da, als hätten ihre Worte ihn zu Stein werden lassen. Seine Ohren waren glühend rot, und er schämte sich, weil er vor seinen Freunden erniedrigt worden war. Als dann einer seiner Gefährten einen groben Witz auf seine Kosten machte, warf sich Naoise mit empörtem und zornigem Gebrüll auf den Jüngling. Von Deirdres feuriger Schönheit erregt, sprangen plötzlich alle auf und schlugen aufeinander ein, bis das Getöse so laut wurde, daß Usnech und seine anderen Söhne herauskamen und so lange schrien, bis die Kämpfenden sich beruhigt hatten. Dann verlangte Usnech zu wissen, was diesen ganzen Tumult verursacht habe.

Deirdre stand stolz neben dem Schutzwall, hatte den Kopf in den Nacken gelegt und schaute zum Himmel, während Naoise seinem Vater erzählte, was geschehen war und wie die Frau ihm den Fluch ihres Spottes auferlegt hatte, sollte er sie nicht wegtragen. Usnech sah sich daraufhin zum ersten Mal Deirdre an, und der Anblick schlug bei ihm so ein, daß sein Herz bebte. Er erkannte, daß sein Sohn von einer Frau geliebt wurde, für die jeder Mann bereitwillig sterben würde. Den Kopf schüttelnd, murmelte er: „Nichts als Böses kann hieraus entstehen. Es ist so, wie es Cathbad prophezeit hat."

„Und doch können wir unseren Namen nicht verspotten lassen", sagte einer der Brüder Naoises, Ardan, mit Nachdruck und fügte weniger selbstgewiß hinzu: „Und die Frau ist verdammt schön. Es wäre sehr schade, sie gehen zu lassen."

„Dann sieht es so aus, als müßten wir wählen zwischen Cathbads Verdammung und der Verfluchung durch eine schöne Frau", sagte der andere Bruder, Ainle.

„Und was ist mit dir, Naoise?" fragte Usnech scharf. „Du hast uns das eingebrockt. Was hast du dazu zu sagen?"

Naoise spürte, daß Deirdres graue, vorwurfsvolle Augen auf ihm ruhten und nach der Wahrheit verlangten. Eine Zeitlang stand er schweigend da, und er wußte, daß sein ganzes Leben in diesem Augenblick auf Messers Schneide stand.

„Die Frau hat geschworen, daß sie, wenn sie wählen müßte zwischen Conor, dem König von Ulster, und mir", sagte er, „daß sie dann mich wählen würde; und mir hüpfte das Herz bei diesen Worten." Er atmete schnell, mußte aber lächeln, als in ihm ein zärtliches Gefühl plötzlich aufleuchtete. So fuhr er fort: „Und ich selbst – wenn ich wählen muß zwischen einem friedlichen Leben ohne Deirdre an meiner Seite und einem Leben auf der Flucht, das aber der Liebe, die jetzt zwischen uns entflammt ist, Ehre macht, dann sind es Deirdre und das Exil, die ich wähle; einerlei, ob meine Blutsverwandten mir darin zustimmen oder nicht."

Usnech hörte schweigend zu, als sein Sohn diese Worte sprach, und als Deirdre dann von der Vision erzählte, die sie dazu gebracht hatte, mit einer solch unbedingten Gewißheit nach Naoise zu suchen, erkannte er, daß den beiden jungen Menschen, die jetzt vor ihm standen, von einer mächtigen und unbegreiflichen Vorsehung eine Liebe bestimmt war, wie sie nur wenigen zuteil wird. Wohl oder übel mußten sie ihr Schicksal annehmen.

„Doch Conor wird nicht erlauben, daß wir sie in Ulster behalten", sagte er.

„Conor wird nicht überall geliebt", sagte Ardan. „In ganz Irland gibt es nicht einen König, der uns eine Zuflucht vor ihm verweigern würde."

Noch in derselben Nacht versammelten sie ihren ganzen Clan, nahmen Deirdre mit sich und verließen Ulster.

Es dauerte nicht lange, bis Leborcham nach Emain Macha zurückkehrte, um sich Conors Zorn zu stellen. Als die Frau ihm von Deirdres Flucht mit Naoise erzählte, schwor der König voller Leidenschaft, daß seine Seele keinen Frieden finden würde, bis er sich gerächt haben würde. Auf der Suche nach ihnen ging er weit über seine eigenen Grenzen hinaus. Usnech und seine Söhne wurden durch ganz Irland von einem Königreich zum nächsten gejagt, bis schließlich der Vater infolge der Ermüdung, die ein solches Leben mit sich bringt, starb. Da erkannten Naoise und seine Brüder, daß auch sie keinen Frieden haben würden, wenn sie nicht außerhalb der Küsten von Irland ein Leben mit Deirdre aufbauen könnten.

So segelten sie denn mit einem Schiff nach Alba, wo sie sich eine Zeitlang, so gut es eben ging, als Jäger und Viehdiebe in den Bergschluchten lebend, durchschlugen. Doch wohin sie auch kamen, waren die Männer von Deirdres Schönheit dermaßen erregt, daß Usnechs Söhne und ihre Leute sich in ständiger Furcht um ihr Leben befanden.

Schließlich waren sie so sehr um ihre Sicherheit besorgt, daß sie sich in die Dienste eines schottischen Königs begaben. Auf einer seiner Wiesen bauten sie mit ihren Hütten ein kleines Dorf, und Naoise versuchte, seine Frau dort vor den Blicken der Menschen zu verstecken.

Doch eine so leuchtende Schönheit kann nicht lange verborgen bleiben. Als den Verwalter des Königs eines Morgens seine Inspektionsrunde zu dem Ort führte, stieß er auf Naoise und Deirdre, die in zärtlicher Umarmung schliefen, und er war vom Liebreiz der nackten Frau überwältigt. Sofort eilte er zurück zum Hof und weckte seinen königlichen Herrn mit der Nachricht, daß er endlich eine Frau gefunden habe, die es wert sei, die Ehefrau des Königs der Westlichen Welt zu sein. Sie lebe unter seinen Untertanen im Haus des Naoise, des Sohnes von Usnech. „Und kein König könnte sich eine schönere Königin wünschen", fügte er hinzu. „Laß ihren Mann töten, und nimm die Frau für dich selbst."

Deirdres Schönheit war von solch schicksalhafter Macht, daß Naoise sein Leben auf diese Weise hätte verlieren können; doch der König, der Usnechs Clan in seinen Schutz genommen hatte, wollte nicht leichthin einen solchen Verrat begehen. Statt dessen schickte er den Verwalter los, der versuchen sollte, Deirdre ihrem Ehemann abspenstig zu machen, indem er ihr für ihre Untreue den Thron der Königin anbot. Deirdre aber begehrte kein anderes Leben als das, welches sie mit Naoise geteilt hatte, und so schickte sie den Verwalter schon bei dessen erster Annäherung mit abweisenden Worten fort – und mit der Nachricht, daß nichts Geringeres als der Tod sie jemals von Naoise trennen könnte. Daraufhin machte sich der König daran, die Söhne des Usnech in wilde Scharmützel mit seinen Feinden zu schicken, auf daß sie dort den Tod fänden. Doch die Brüder kehrten unversehrt und triumphierend aus jedem Gemetzel zurück.

Und doch wußte Deirdre, daß der König niemals aufgeben würde, bis Naoise tot sein würde. Sie bat ihn zu fliehen, und ein weiteres Mal zog der Clan von Usnech weiter. Da weder Irland noch Alba sicher waren, fanden sie Zuflucht auf einer der abgelegenen westlichen Inseln.

So vergingen die Jahre, ohne daß Conor Rache genommen hätte. Eines Abends tafelte er feuchtfröhlich mit den Männern des Roten Zweiges in Emain Macha, da stellte er mit lauter Stimme die Frage, ob einer von ihnen jemals von einer vortrefflicheren Gesellschaft als der eigenen gehört habe. Wie aus einem Munde riefen sie, daß es auf der ganzen Welt nirgendwo eine solch heldenhafte Runde gäbe.

„Und doch", sagte der König zur Überraschung aller Anwesenden, „liegt es mir schwer auf dem Herzen, daß drei der Tapfersten, die zu uns gehören, nicht hier sind. Hieß es nicht einmal, daß die Söhne des Usnech, wenn sie in der hitzigsten Schlacht stünden, Ulster ganz alleine verteidigen könnten? Es schmerzt mich sehr, daß sie all diese Jahre in Verbannung von unserer Runde gelebt haben sollen, nur weil eine Frau zwischen uns getreten ist."

Diejenigen, die Conor am nächsten standen, waren von dieser versöhnlichen Gefühlsregung überrascht und erleichtert und wagten die Bemerkung, daß sie ebenfalls oftmals deswegen betrübt gewesen seien.

„Dann wäre ich froh, sie wieder zurück in Ulster zu wissen", erklärte der König. „Wir werden ihnen eine sichere Rückkehr garantieren. Gewiß wird einer unserer größten Helden die Ehre haben, sie nach Hause zu geleiten."

Lächelnd blickte er in die Runde und pochte auf den Tisch, während er der Reihe nach die versammelten Helden mit zusammengekniffenen Augen musterte. „Wer wird es sein – Conall der Siegreiche vielleicht? Oder Cuchullain Sohn des Sualtam? Oder der edle Fergus Sohn des Roy?" Er schüttelte seinen trunkenen Kopf, hob seine Hände und lachte. „Wie kann ein König unter so vielen vortrefflichen Helden einen auswählen?" Dann saß er eine Weile still, dachte über das Problem nach, bis er zufrieden brummte: „Ich werde denjenigen entsenden, der mich am meisten liebt."

Daraufhin zog er sich kurz mit Conall unter vier Augen zurück und fragte ihn, was er tun würde, wenn er den Auftrag hätte, den Söhnen des Usnech freies Geleit für ihre Rückkehr nach Ulster zuzusichern, nur um dann zu erleben, daß sie bei ihrer Ankunft hingemeuchelt würden.

„Sollte das geschehen", antwortete Conall ruhig, „würde ich dafür sorgen, daß nicht einer, der mit dem Verrat zu tun hat, lebend aus der Sache herauskäme."

Conor nickte dazu und sagte, Conall sei ein ehrbarer Mann und er sei froh darüber; es sei aber möglich, daß andere ihren König noch mehr liebten. Dann entließ er ihn und rief Cuchullain in seine Gemächer, wo er ihm dieselbe Frage stellte.

Der gewaltige Recke, der nichts und niemanden fürchtete, antwortete: „Wenn eine solche Sache auf Euren Befehl passieren sollte, Conor mac Nessa, würde ich für die Schande, die auf meinen Namen fiele, keine geringere Entschädigung akzeptieren als den Anblick Eures eigenen Kopfes, der am Gestänge meines Streitwagens aufgespießt wäre."

„Fürchte dich nicht davor", sagte Conor, „ich habe keine andere Antwort erwartet und würde niemals so etwas von dir verlangen."

Zuletzt rief der König Fergus Sohn des Roy zur Audienz und sagte: „Ich möchte, daß du als mein Gesandter zu den Söhnen des Usnech gehst und sie zurück nach Ulster bringst." Fergus erklärte, daß ihn das Vertrauen des Königs ehre und daß er ihm gerne auf diese Weise dienen wolle.

„Da ist aber noch eine Sache, die mir Sorgen bereitet", sagte Conor.

„Was für eine Sache ist das?" fragte Fergus.

„Es gibt hier in Emain Macha an meinem Hof einige Hitzköpfe. Aus einem falschverstandenen Verlangen, ihre Liebe zu mir zu beweisen, könnten sie immer noch versuchen, Naoise und seine Brüder bei ihrer Rückkehr zu töten."

„Zuerst würden sie mich töten müssen."

„Gut", sagte Conor, „aber was wäre, wenn du gerade nicht da wärst, um es zu verhindern? Was würdest du dann tun?"

„Ich würde die Mörder aufspüren und ihnen sogleich Gerechtigkeit widerfahren lassen."

„Gut", sagte Conor. „Gilt das auch für mich", fragte er, „wenn die Tat in meinem Namen geschehen würde?"

Fergus runzelte angesichts dieses schwierigen Gedankens die Stirn. „Der König kann nicht für jeden Narren in Ulster zur Rechenschaft gezogen werden", sagte er, „ich würde von dir keine Vergeltung fordern."

Darauf lächelte Conor und dankte Fergus für seine Liebe.

Naoise spielte mit seinem Bruder Ainle am Fidchell-Brett, als sie einen Schrei hörten, der vom Wind über die Klippe getragen wurde.

„Das war die Stimme eines Ulstermannes", sagte Naoise, aber Deirdre, die den Schrei auch gehört hatte und fühlte, wie ihr Herz plötzlich von einer bösen Vorahnung ergriffen wurde, sagte, es wäre nur der Ruf eines Fischers gewesen, den sie nicht beachten sollten.

Doch Naoise beharrte auf seiner Meinung: „Ich bin sicher, daß es der Schrei eines Ulstermannes war", und er schickte Ardan los, um nachzusehen.

Als er eine irische Galeere in der Bucht erblickte, ging Ardan hinunter zum Strand, um zu erfahren, was der Grund ihrer Reise sei. Nach einer Weile sah er Fergus durch das seichte Wasser an Land kommen. Zu seiner Rechten und Linken waren seine beiden Söhne, und Conors eigener Sohn, Cormac, bildete die Nachhut. Ardan hätte sich beeilt, schnell wieder die Klippe zu erreichen und seine Brüder zu warnen, hätte nicht Fergus sogleich gerufen, daß seine Absichten friedlich seien und er eine gute Nachricht bringe.

In jener Nacht saßen sie um ein einfaches Lagerfeuer, wo Fergus die Söhne des Usnech zu überzeugen versuchte, daß ihr Leiden zu Ende sei und die Zeit nunmehr gekommen sei, nach Ulster zurückzukehren.

„Und was ist mit Conors Rachegelüsten?" fragte Naoise.

„Die Jahre vergehen", sagte Fergus, „ein Mann wird älter, seine Leidenschaft kühlt sich ab. Mit meinen eigenen Ohren habe ich gehört, daß Conor eure Abwesenheit beim Festmahl in Emain Macha bedauert hat. Schmerzlich bereut er, daß die Liebe einer Frau jemals zwischen euch kommen konnte."

„Wieso aber sollte ich das glauben", fragte Naoise, „nachdem er mich und meine Brüder durch ganz Irland gehetzt hat?"

„Weil du mich als einen Mann kennst, der sein Wort hält", sagte Fergus. „Ich bin mir der ehrlichen Absichten Conors so gewiß, daß ich geschworen habe, meine beiden Söhne, Illann den Blonden und Buinne den Roten, als Bürgschaft für euer sicheres Geleit zu geben."

„Niemals hatte ich einen Grund, dir oder deinen Söhnen zu mißtrauen", sagte Naoise, „aber Conor ist niemals ein Freund von mir oder meinem Clan gewesen."

„Er weiß, daß du Grund hast, ihm deshalb zu mißtrauen", erwiderte Fergus mit einem Lächeln. „Aus diesem Grund schickt er seinen eigenen Sohn Cormac ebenfalls als Sicherheit. Könnte ein König, dem Unrecht zugefügt worden ist, aufrichtigere Bedingungen anbieten als diese?"

Mit diesem Wink, daß nicht die ganze Schuld in dieser Geschichte auf seiten von Conor liege, streckte der Ulstermann ihnen seine geöffneten Arme entgegen. „Wenn ihr nicht eure restlichen Tage in solch unfruchtbarem Ödland verbringen wollt, bitte ich euch, mit mir nach Ulster zurückzukehren."

Da Naoise immer noch zögerte, seufzte Fergus und sagte: „Wenn du jetzt Conors Freundschaft verschmähst, wird er sie dir nicht wieder antragen."

Daraufhin zogen sich die Söhne des Usnech zur Beratung

zurück, und sie waren sich schnell einig, daß sie die Gunst der Stunde, die diese unerwartete Geste der Versöhnung ihnen bot, nutzen sollten.

Nur Deirdre, die die ganze Zeit über abseits gestanden und zugehört, aber nichts gesagt hatte, hatte Bedenken. Sie hatte schon früh gelernt, ihre eigene Schönheit dafür zu verfluchen, daß sie die Herzen der Männer rasend machte, und deshalb konnte sie tiefer in jene Herzen blicken. „Wir haben in diesen friedlichen Bergschluchten unser Auskommen", sagte sie. „Was brauchen wir denn mehr als das, was wir hier haben? Ich fürchte mich vor dem, was geschehen wird, wenn wir uns zurück in das Reich von Conor begeben."

Doch Usnechs Söhne hatten sich oft nach der Kameradschaft der Männer des Roten Zweiges und dem Leben, das sie in Ulster aufgegeben hatten, gesehnt. Der Anblick von Fergus und seinen Söhnen erinnerte sie an alles, was sie aufgegeben hatten, um Deirdre an Naoises Seite zu sehen. Nun bestanden sie darauf, daß sie mit Conors eigenem Sohn als Geisel gegen Verrat abgesichert seien, und sagten ihr, es sei Zeit, nach Hause zu gehen.

In der Nacht, bevor sie lossegelten, sang Deirdre ein langes Klagelied von dem Leben, das sie hinter sich lassen würden, von der abgelegenen Inselzuflucht und den lieblichen Berghängen von Alba, wo sie und Naoise miteinander wie Hirsch und Hindin in leidenschaftlicher Einfachheit gelebt hatten. Sie sang von Nächten, in denen sie unterhalb der Klippe geschlafen hatten, von dem Klang des Meeres, von den glänzenden Fischen, die sie gefangen hatten, von dem Wild, das sie über die Bergheide gejagt hatten, und vom wilden Knoblauch, der zwischen dem Farnkraut geblüht hatte. Sie sang von den Häusern und Ställen, die sie gebaut und verlassen hatten, und wie ihr Herz ihr geboten hätte, nichts davon zurückzulassen, hätte nicht der Mann, den sie liebte, sie darum gebeten.

Als sie an Bord der irischen Galeere gingen und die Segel nach Ulster setzten, klangen die bewegenden Töne von Deirdres Klagelied, die sanfter als der fallende Regen waren, noch lange in den Herzen der Söhne des Usnech nach.

Noch in derselben Stunde, in der sie in Ulster an Land gingen, überbrachte ein Bote Fergus eine Einladung zu einem Festessen bei einem dort lebenden Lord namens Borrach. Nun stand Fergus unter einem feierlichen Verbot, das ihm untersagte, jemals solch eine Einladung abzulehnen. Doch da weder seine eigenen Söhne noch die Söhne des Usnech zu Borrachs Haus eingeladen waren, war er sich nicht sicher, was er tun sollte. Hätte er gewußt, daß Conor seine verschlagene Hand im Spiel hatte, hätte sein Verstand die Sache schärfer gesehen, aber da er nichts davon wußte, wandte er sich ratsuchend an Naoise.

„Was mich anbelangt", sagte Naoise, „so werde ich in Ulster nichts essen, bis ich an Conors Hof ankomme. Ich bin nicht beleidigt, daß Borrach mich nicht zu seinem Haus einlädt."

Doch Fergus war weiterhin in einiger Verlegenheit, hin- und hergerissen zwischen Pflicht und Verbot. Schließlich blickte Deirdre ihn mit ihren durchdringenden Augen an. „Wenn das Schicksal, das dir auferlegt worden ist, stärker ist als deine Pflicht gegenüber den Söhnen des Usnech", sagte sie, „dann kannst du ihm nicht entkommen und mußt das tun, was von dir verlangt wird."

Schließlich ging Fergus wohl oder übel zu Borrachs Festlichkeit, aber erst nachdem er seine Söhne und Cormac angewiesen hatte, Deirdre, Naoise und seine Brüder so schnell und sicher wie möglich nach Emain Macha zu bringen. Sobald er gegangen war, war von Deirdre ein ängstliches, leises Stöhnen zu hören, sie schwankte und fiel in eine Trance, in der sie furchtbare Dinge sah. Eine Blutwolke schwebte über all ihren Köpfen. Dann sah sie ihren Ehemann Naoise und seine Brüder Ardan und Ainle tot und enthauptet vor sich liegen. Und sie sah die abgehackten Köpfe von Fergus' Söhnen daneben im Dreck liegen. Außer sich vor Angst, bettelte sie die Männer an, sie müßten an einem sicheren Ort Zuflucht suchen, bis Fergus von dem Fest zurück wäre. Aber Cormac, Illann und Buinne bestanden ungeduldig darauf, daß sie sich auf den Weg machen sollten, so wie Fergus es befohlen hatte. Und während Ardan und Ainle voller Unruhe neben ihm standen, versuchte Naoise, seine Frau zu beruhigen und ihre unvernünftigen Ängste durch witzige Bemerkungen herunterzuspielen.

So sehr sie auch flehte, konnte Deirdre sie doch nicht von der Wahrheit dessen überzeugen, was sie gesehen hatte. So setzten sie ihren Weg nach Emain Macha fort, wo die Tore zu ihrer Begrüßung offenstanden, und alles schien in Ordnung zu sein, als sie hörten, daß Conor den Saal des Roten Zweiges für das Wohlergehen seiner Gäste hatte herrichten lassen.

Zu jener Zeit feierte Conor einen gerade errungenen Triumph über Durthacht von Fermanagh. Dessen Sohn Eoghan war gekommen, um um Frieden zu bitten, und wurde festlich bewirtet. Von irgendwoher war Conor die Idee gekommen, daß Eoghan ihm in der Ausführung seines Planes nützlich sein könnte, aber zuerst mußte er eine Sache, die ihm keine Ruhe ließ, in Erfahrung bringen.

An demselben Abend ließ Conor Leborcham zu sich kommen und befahl ihr, Deirdre in ihrer Kammer zu besuchen und ihm Bericht zu erstatten, ob die Frau noch so schön sei wie vor all den Jahren, als die alte Bardin sie in der Einöde von Ulster unterrichtet hatte. Da sie Verrat witterte und sich ihrer eigenen schuldhaften Rolle in der sich anbahnenden Tragödie schmerzlich bewußt war, ging Leborcham in den Saal des Roten Zweiges, umarmte Deirdre liebevoll und teilte den Söhnen von Usnech ihre Befürchtungen mit. Sie versprach, alles zu tun, was ihr möglich wäre, um ihnen mit ihren Lügen zu helfen, und als sie zurück zu Conor ging, sagte sie ihm, daß die harten Jahre, die sie in den Bergschluchten von Alba auf der Flucht durchgemacht hatte, ihre Spuren auf Deirdres Gesicht, das einst so schön gewesen war, hinterlassen hätten. „Selbst eine solche Schönheit wie die, die Deirdre einst besaß, muß verwelken", sagte sie. „Das Mädchen, das du kanntest, ist schon vor langer Zeit vor Kummer grau geworden. Die hagere Frau, die ich heute abend sah, würde dein Herz nicht erregen."

Conor antwortete mit einem Nicken. Seine Eifersucht schien plötzlich eine unsinnige und klägliche Sache zu sein. Er selbst war nicht mehr der Mann, der er früher einmal gewesen war, und die Sorgen des Alters, das Wissen um das, was für immer vergangen war, und Trauer um seine eigene verlorene Jugend bedrückten sein Herz. Er hieß Leborcham gehen und fing in verdrießlicher, weinerlicher Stimmung an, sich mit Durthachts finsterem Sohn Eoghan bis zur Bewußtlosigkeit zu betrinken.

Doch je länger er darüber nachdachte, desto mehr störte ihn etwas im Gesichtsausdruck der alten Frau, als sei sie ein wenig zu sehr darauf erpicht gewesen, seine Befürchtungen zu bestätigen, ein wenig zu erfreut über seine ernüchterte Aufnahme ihres Berichtes. Leborcham hatte schon einmal sein Vertrauen mißbraucht. Könnte sie es nicht wieder tun?

Conor schüttelte seinen Kopf, um nüchtern zu werden, und befahl dem schlaftrunkenen Bediensteten, der in seiner Nähe wartete, sich zu rühren, zu Deirdres Kammer zu gehen und durch das Fenster zu spähen.

„Sage mir, ob die alte Hexe gelogen hat oder nicht", sagte er. „Komm zu mir mit der Wahrheit zurück, die du gesehen hast."

Einige Augenblicke später schaute Deirdre in einem Anflug von Beklemmung von wo sie saß auf, und sah Naoise und Ardan zu, wie sie vor ihrem Spielbrett saßen und lachten. Da sie ihr ganzes Leben lang von Männern angestarrt worden war, spürte sie sofort, wenn es passierte. Sie drehte ihren Kopf zum Fenster und sah das Gesicht eines Mannes, der sie mit großen Augen angaffte und dessen vor Staunen weit geöffneter Mund Zahnlücken aufwies.

Unwillkürlich sprang sie auf, ergriff eine der Steinfiguren von dem Spielbrett und schleuderte sie mit aller Kraft gegen den Spion. Das schwere Stück traf ihn mitten in das eine Auge, das dadurch für immer blind wurde; doch der Mann hatte genug gesehen. Mit einer Hand vor die blutende Augenhöhle gepreßt, eilte er zurück zum König und erzählte, daß, obgleich Deirdre ihn um ein Auge gebracht habe, ihre Schönheit ihn bereits für alle anderen Frauen blind gemacht habe.

Für einen Augenblick war es, als hätten die Worte Conor mit der Kraft eines betäubenden Schlages getroffen. Dann stand er auf, taumelte vor Trunkenheit und rasender Wut und schrie die Männer, die sich um ihn befanden, an, daß sie den Saal des Roten Zweiges bis auf die Grundmauern abbrennen sollten. Als die Männer einwendeten, daß die Söhne des Fergus zusammen mit Deirdre und den Söhnen des Usnech in dem

Saal untergebracht seien, sagte er nur: „Laßt sie alle bei lebendigem Leibe verbrennen, alle – bis auf Deirdre."

Dann wandte er sich an Eoghan und sagte: „Wenn dein Vater mich nun wahrhaft liebt, wirst du mir in dieser Angelegenheit zur Seite stehen."

Ihrer Sache nicht sicher, näherten sich die Männer dem Saal mit brennenden Holzscheiten, doch als die erste Fackel in das Dachstroh geworfen worden war, kam Fergus' Sohn Buinne heraus und löschte die Flammen im Nu. Einen Augenblick später stand sein Bruder Illann neben ihm, und laut „Verrat" rufend, zogen sie ihre Schwerter und verhinderten jede weitere Annäherung an den Saal.

Als Conor sah, daß sie gewillt waren, Widerstand zu leisten, versuchte er, sie mit Bestechungen und Versprechungen auf seine Seite zu ziehen, aber im Namen der Ehre ihres Vaters lehnten sie ab. Deshalb bewaffnete der König seinen Sohn Fiacha mit seinen eigenen magischen Waffen und schickte ihn mit Eoghan und einer Schar bewaffneter Männer zum Saal des Roten Zweiges, um dort Mord und Totschlag zu verbreiten.

Unter den Waffen, die Conor seinem Sohn gegeben hatte, war sein großer Schild, der „Stöhner". Er hatte seinen Namen der magischen Eigenschaft wegen, daß er nämlich immer laut um Hilfe schrie, wenn der Krieger, der ihn hielt, in Gefahr war. Mit diesem Schild an seinem Arm stürmte Fiacha auf Illann zu, und die beiden kämpften mit einer fürchterlichen Heftigkeit, bis Conors Sohn ausrutschte und beim Hinfallen sein Schwert verlor. Sofort fing der große Schild an zu stöhnen.

Conall der Siegreiche war von den Geräuschen des Tumults, die aus der Richtung des Saals des Roten Zweiges kamen, geweckt worden. Er ergriff seine Waffen und stürzte hinaus in die Nacht, wo seine Ohren den unheilvollen Klang von Conors Schild vernahmen. Als er dorthin zur Hilfe gerannt war, konnte er im Dunkel lediglich einen Mann sehen, der zu Boden gefallen war und sich verzweifelt gegen das Schwert eines nicht erkennbaren Angreifers zu wehren versuchte. Er dachte, daß das Leben des Königs in Gefahr sei, und so schleuderte Conall seinen Speer in Illanns Bauch.

Als er erkannte, daß er dem Sohn seines Freundes Fergus

eine tödliche Wunde beigebracht hatte, beugte sich der verblüffte Krieger hinab, um den Jüngling zu trösten, und erfuhr von den Lippen des Sterbenden, was in Wahrheit geschehen war. In äußerster Wut darüber, daß er, ohne es zu wollen, zu einem solchen Hinterhalt beigetragen hatte, nahm sich Conall Fiacha vor und erschlug ihn vor den Augen seines Vaters.

Auf der anderen Seite des Hofes war Buinne schon von der Hand des Eoghan getötet und enthauptet worden, doch hatte der Widerstand, den die Söhne des Fergus geleistet hatten, Naoise und seinen Brüdern Zeit gegeben, um sich in dem Saal zu verschanzen. Conor beweinte seinen toten Sohn, am Hof von Emain Macha herrschten überall Entsetzen und Verwirrung, und der Rest dieser schrecklichen Nacht verging in einer angespannten Waffenruhe.

Als es dämmerte, erkannte Naoise, daß sie ihre Stellung in dem Saal des Roten Zweiges nicht lange würden halten können. Conor hatte schon gezeigt, daß er nicht davor zurückschrecken würde, das Dachstroh über ihren Köpfen anzuzünden, wenn sie drinnen blieben. Es war klar, daß sie entweder die Reihen von Kriegern, die den Saal umstellt hatten, durchbrechen oder an Ort und Stelle sterben mußten. Darum bildeten er und seine Brüder mit ihren Schilden um Deirdre einen Schutzwall, mit dem sie sich hinaus ins Tageslicht wagten.

Die Männer, die ihnen gegenüberstanden, erinnerten sich mit Bestürzung daran, daß Conor selbst einmal gesagt hatte, daß die Söhne des Usnech in der höchsten Glut der Schlacht Ulster ganz alleine und ohne weitere Hilfe verteidigen könnten. Und auch Conor muß befürchtet haben, daß sie sich den Weg aus seiner Umklammerung freikämpfen würden, denn er hatte den Druiden Cathbad aufgefordert, die Stärke der Waffen durch Zauberkraft zu erhöhen.

So kam es, daß Naoise und seine Brüder zunächst den Rückzug der Ultermänner sahen, daß aber dann der helle Tag anfing umherzuwirbeln und sich zu wandeln, bis das ganze Emain Macha um sie herum zu schwanken und zu taumeln schien. Alles wurde zunächst flüssig und unkörperlich, doch dann wurde es zu einer dichten, wogenden Kraft, so daß sie sich in die steigende Flut eines stürmischen Meeres hineingeworfen fühlten.

Als der Sturm über seinem Kopf losbrach, nahm Naoise Deirdre auf seine Schultern und versuchte so, ihre beiden Köpfe über den sich brechenden Wellen zu halten. Doch wurde das Gewicht der Wellen, die über ihren Köpfen brandeten, immer schwerer, bis alle drei nach Luft schnappenden Krieger in der verzweifelten Bemühung, sich über Wasser zu halten, ihre Waffen beiseite warfen.

Conor und seine Krieger spürten Cathbads Zauber nicht und betrachteten höchst verwundert das eigenartige Schauspiel, wie drei Männer und eine sagenhaft schöne Frau sich abmühten, über trockenes Land zu schwimmen. In dem Moment, in dem die Verzauberung, die Cathbad ihnen auferlegt hatte, nachließ, wurden die Söhne des Usnech in ihrer Verwirrung ergriffen. Hilflos wurden sie zum König gebracht.

Als Cathbad das dunkle Funkeln des Triumphs in Conors Augen sah, sagte der Druide: „Erinnere dich, Conor, daß du feierlich versprochen hast, ihnen nicht ihr Leben zu nehmen. Nur unter dieser Bedingung habe ich diesen Zauber gewirkt."

Aber der König lächelte nur grimmig und sagte: „Und ich werde mein Wort halten. Ich werde ihnen nicht ihr Leben nehmen. Warum sollte ich auch, da doch diese hier da sind, die es für mich tun werden?"

Doch als sich Conor zu den Männern von Ulster herumdrehte, wollte nicht einer von ihnen die Rolle des Scharfrichters übernehmen. Daraufhin forderte Conor den Sohn des Königs von Fermanagh auf hervorzutreten und sagte: „Da dein Vater mich liebt, Eoghan, wirst du diese Sache für mich tun."

Eoghan fühlte Conors unbeugsamen Blick und stand einen Augenblick schweigend da, dann nickte er.

Dazu sagte nun Ardan, daß er es nicht ertragen könnte, wenn seine Brüder vor seinen Augen enthauptet würden, und er verlangte, daß sein Kopf zuerst abgetrennt werde. Doch Ainle beteuerte, daß sein Schmerz ebensogroß sein würde, und bot seinen Hals für den ersten Schlag an.

Naoise löste sich aus Deirdres Umarmung, warf ihr ein letztes mattes Abschiedslächeln zu, trat vor den König und sagte:

„Meine Brüder und ich werden zusammen sterben, so wie wir zusammen gelebt haben. Das Schwert, mit dem ich kämpfte, ist der ‚Rächer'. Ich habe es aus der Hand des Manannan mac Lir empfangen, und es ist so stark, daß es drei Köpfe auf einmal abtrennen kann. Führe den Schlag sorgfältig aus, Eoghan!"

Dann knieten sich die Söhne des Usnech Seite an Seite hin, und mit einem einzigen Schlag hieb Eoghan ihnen die Köpfe ab.

Durch seine hinterhältige Falschheit war es Conor gelungen, sich an den Männern zu rächen, die ihm Deirdre geraubt hatten, aber sein Triumph sollte nicht lange anhalten, denn selbst seine engsten Vertrauten erkannten entsetzt, wie niederträchtig seine Tücke im Vergleich zu dem edlen Heldentod der Söhne des Usnech war. Als Fergus von Borrachs Festlichkeit zurückkehrte und erfuhr, daß seine Söhne getötet und Naoise, Ardan und Ainle ermordet worden waren und daß er selbst auf Conors List hereingefallen war, kämpfte er mit seinem Clan gegen den König. Dreihundert Männer von Ulster starben in der Auseinandersetzung. Fergus selbst tötete Conors Sohn und ging dann ins Exil, wo er sich den mächtigsten Feinden von Ulster am Hof des Königs Ailill und der Königin Maeve in Connaught anschloß.

Am stärksten getroffen wurde Conor aber dadurch, daß Cathbad der Druide den heimtückischen König verfluchte und vorhersagte, daß keiner von Conors Nachkommen jemals wieder in Emain Macha regieren würde. Als mit Cuchullain Ulsters größter Kämpfer starb, hatte sich diese Prophezeiung schließlich bewahrheitet.

Was aber war mit Deirdre?

Die Trauer, von der die wunderschöne, vom Schicksal geschlagene Frau überwältigt wurde, als sie sehen mußte, wie ihr schreckliches Gesicht Wirklichkeit wurde, drückte sich in dem Klagelied aus, das sie in jener Nacht für die Söhne des Usnech verfaßte:

Lang wird der Tag sein ohne Usnechs Söhne.
In ihrer Gesellschaft gab es keinen Kummer,
Kinder eines freigebigen Mannes, die sie waren.

Drei Löwen auf den Hügeln, das waren sie,
Drei Falken, die über Slieve Gullion kreisten,
Drei Männer, von den Frauen von Alba geliebt.

Niemand soll denken, daß ich länger leben will,
Da mein guter Ehemann Naoise starb.
Nach drei Todesfällen soll der vierte nicht weit sein.

Drei, die den Kampf niemals fürchteten, das waren sie,
Drei, die keine Anstrengung scheuten,
Drei, die zusammen so tapfer starben, wie sie gekämpft hatten.

O du, der du das Grab für Naoise aushebst,
Mach es tief, und mach es breit, denn Deirdre
Wird alsbald neben ihrem großherzigen Mann liegen.

Einige behaupten, daß sie Conor um seinen Triumph brachte, indem sie, so wie das Klagelied es sagte, noch in derselben Nacht starb. Andere geben ihrer Geschichte ein anderes Ende und sagen, daß sich die Trauer der Deirdre noch über ein weiteres Jahr erstreckte.

In diesem Jahr lächelte sie niemals und hob ihren Kopf niemals von ihren Knien. Wenn Conor Musikanten zu ihr schickte, um ihre betrübte Seele zu erfreuen, pflegte sie zu sagen: „Die Musik ist süß, aber süßer war mir der Klang von Naoises Stimme in der Bergschlucht."

Und wenn Conor sie trösten wollte, wendete sie sich ab und sagte: „Du hast mir das geraubt, was mir auf der ganzen Welt am liebsten war. Meine Trauer und meine Tränen sind von der Art, daß ich dich bis zu meinem Tod niemals lieben werde. Hättest du ein Herz, um diese Dinge zu verstehen, dann wüßtest du, daß Schmerz stärker ist als das Meer."

Doch er setzte ihr weiter zu, indem er sie daran erinnerte, daß sie ihm vom Augenblick ihrer Geburt an ihr Leben verdanke und daß der erste Treubruch gegen ihn gerichtet gewesen sei.

„Wenn ich dir das, was du mir angetan hast, verzeihen kann", sagte er, „warum kannst du dann nicht das Leid in deinem Herzen begraben, indem du mir verzeihst und meine Frau wirst, so wie es vor all den vielen Jahren sein sollte?"

„Ich habe einen Ehemann", antwortete Deirdre, „mit dem ich in Kürze vereint sein werde. Niemals in diesem Leben werde ich gleichzeitig zwei Ehemänner haben."

Allmählich verlor Conor seine Geduld mit ihr, da in seinen Augen ihre unerbittliche Trauer schwerer wog als ihre Schönheit. Als er durch eine weitere schroffe Abweisung erneut gedemütigt worden war, sagte er: „In deinem Herzen ist zuviel Haß, Deirdre. Sage mir, was von allen Dingen auf der Welt haßt du am meisten?"

„Dich", antwortete sie sofort, „und Eoghan, den Sohn des Durthacht."

„Dann werden wir beide deine Tage zwischen uns aufteilen", gab Conor grimmig zur Antwort. „Jetzt soll Eoghan ein Jahr lang deiner Wehklage zuhören!"

Am nächsten Tag versammelte sich das Heer auf der Ebene außerhalb von Emain Macha zu einer Parade. Eigenhändig zwang der König Deirdre, neben Eoghan in dessen Triumphwagen zu stehen. Als er den Triumphwagen wegfahren sah, fing er ihren letzten verächtlichen Blick auf und schrie hinter ihr her: „Deirdre, du schaust mit dem Auge eines Mutterschafs zwischen zwei Widdern!"

Aber Deirdre schrie zurück: „Habe ich nicht geschworen, daß ich in diesem Leben niemals zwei Ehemänner zugleich haben werde, Conor?" Noch während der König zuschaute, löste sie ihren Griff vom Geländer des rasenden Wagens und warf sich selbst mit dem Kopf zuerst gegen einen riesigen Felsstein, der am Wegesrand stand. In diesem Augenblick verließen sowohl die ungeheure Schönheit als auch die große Trauer der Deirdre die Welt für immer.

Der Viehraubzug von Cuailnge

Im Lande von Ulster lebten viele Helden, aber keiner von ihnen allen war größer als der Krieger Cuchullain. Seine gewöhnliche Erscheinung war die eines eleganten und stattlichen Mannes, aber wenn in der Schlacht in ihm die höchste Leidenschaft entflammte, fanden mächtige Veränderungen in ihm statt. Dann drehte er sich innerhalb seiner Haut. Eines seiner Augen nahm eine ungeheure Größe an, während das andere in seiner Augenhöhle wie eine Schnecke zusammenschrumpfte. Sein Herz fing an, in seinem Brustkasten zu donnern, und sein ganzer Körper glühte so hell wie ein Freudenfeuer. Seine Hitze war dann so stark, daß um ihn herum in einem Abstand von dreißig Fuß der Schnee schmolz. Sein Fleisch zischte, wenn er es ins Meer tauchte. Niemand konnte es aushalten, Cuchullain anzusehen, wenn diese wahnsinnige Verwandlung über ihn kam, denn ein wilder Funkenhagel stieb aus seinem Mund, sein Haar wurde wirrer als jeder Dornbusch, und aus seinem Scheitel spritzte eine hohe Feder aus Blut hervor, über der eine leuchtende Dunstwolke lag, so wie der Rauch über dem königlichen Palast wogt, wenn der König im Lichte einer Winternacht naht.

Schon Cuchullains Geburt war von höchst wundersamen Ereignissen begleitet. Seine Mutter, Dechtire, saß bereits neben Sualtam, einem Stammesanführer von Ulster, am Hochzeitstisch, als eine Eintagsfliege, ohne daß es jemandem auffiel, in ihren Becher flog und sie sie hinunterschluckte. Sofort fiel sie in einen tiefen Schlaf, und der Gott Lugh erschien ihr im Traum und sagte, daß er es sei, den sie in Gestalt der Eintagsfliege hinuntergeschluckt habe, und daß sie das Fest sofort verlassen und mit ihm in Begleitung von fünfzig Jungfrauen weggehen müsse.

Lugh gab ihnen mit Hilfe seiner Zauberkunst die Gestalt von Vögeln, so daß niemand ihr Weggehen bemerkte. Von der Frau ward nichts mehr gehört, bis neun Monate später eine Gruppe von Kriegern den besonderen Auftrag erhielt, Jagd auf einen leuchtenden Vogelschwarm zu machen.

Sie folgten ihrem Flug bis Mitternacht, als sie zu dem Ort am Fluß Boyne kamen, wo die Götter ihr Zuhause haben. Ein stattlicher Mann von erhabener Statur begrüßte sie und lud sie in seinen Palast ein, wo sie im großen Saal auf eine schöne Frau trafen, die auf sie wartete. Fünfzig Jungfrauen warteten ihr auf, und der Tisch war mit einem überaus reichlichen Festessen gedeckt. Nachdem sie nach Herzenslust gegessen und getrunken hatten, verbrachten die Ulstermänner die Nacht in dem Palast. Es war tief in der Nacht, als sie durch den ersten kräftigen Schrei eines neugeborenen Kindes geweckt wurden.

Am nächsten Morgen gab sich der edle Herr als der Gott Lugh zu erkennen. Er erklärte, daß er der Vater des Babys sei, und sagte den Jägern, daß die Mutter Dechtire sei, die Halbschwester von Conor mac Nessa, der zu jener Zeit in Ulster regierte. Er befahl ihnen, das Kind mit sich zurück in die Welt zu nehmen und es in Ulster als Krieger aufzuziehen. So kehrten die Jägersleute zurück zu Conors Hof nach Emain Macha und brachten den Säugling, die Mutter und die ihr dienenden Jungfrauen nach Hause, wo schließlich die Hochzeit von Dechtire und Sualtam doch noch gefeiert wurde.

Sualtam nahm den Jungen mit ganzem Herzen als eigenen Sohn an, und später wurde einer der größten Krieger von Ulster, Fergus Sohn des Roy, sein Pflegevater, so wie es in diesem Volke Sitte war. Und alle Recken, Barden, Rechtshüter und Druiden von Ulster wetteiferten miteinander, wer an der Erziehung des Kindes, das von Lugh selbst abstammte, mitwirken durfte.

Zuerst wurde der junge Setanta genannt, aber das sollte nicht der Name sein, mit dem er berühmt werden würde, und es gibt eine Geschichte von der großartigen Heldentat, durch die er sich einen Namen machte.

Schon als Kind war er so viel stärker als andere Jungen, daß er es im Treibballspiel allein gegen alle anderen aufnehmen konnte. Eines Tages ritt der König zusammen mit den Kriegern des Roten Zweiges vorbei, als sie auf dem Weg zu einem Festessen waren, das zu seinen Ehren von einem Meisterschmied namens Culan gegeben wurde. Conor schaute sich das eigenartige und einseitige Spiel an und war von der Kraft und Geschicklichkeit des Jungen so beeindruckt, daß er ihn einlud, sich seiner Gesellschaft anzuschließen. Setanta antwortete, daß er dem König sehr gerne folgen wolle, sobald das Spiel zu Ende sei.

Als alle Krieger in Culans Haus versammelt waren, ersuchte der Schmied den König um die Erlaubnis, seinen Wachhund frei laufen lassen zu dürfen. Es war ein großes, furchteinflößendes Tier, stärker und grimmiger als hundert Jagdhunde von geringerer Statur. Conor, der vergessen hatte, daß er den Jungen gebeten hatte nachzukommen, erteilte ihm die Erlaubnis. Daraufhin wurde der Hund von seinen Ketten und seinem Maulkorb befreit und nach draußen gelassen. Einige Augenblicke später sahen seine wachsamen Augen Setanta, der auf das Haus zu lief. Mit fletschenden Zähnen sprang der Hund mit einigen gewaltigen Sätzen auf den Jungen zu und warf sich mit seinem ganzen unheilvollen Gewicht auf ihn.

Mit äußerster Zielsicherheit schleuderte Setanta seinen Ball in das geifernde Maul, so daß die Kiefer zusammengepreßt wurden. Dann griff er den Hund an den Hinterbeinen, schwang seinen massigen Körper wie eine Peitsche und schlug seinen Kopf so lange gegen einen Stein, bis der Schädel zerborsten war.

Die ganze Festgesellschaft lief, von dem schrecklichen Lärm dieses Kampfes aufgeschreckt, nach draußen. Culan der Schmied raste vor Wut über den Tod seines Hundes und war dadurch äußerst betrübt, denn in ganz Irland gab es keinen besseren Wachhund als den, den er gehabt hatte. Der beherzte Junge wollte unbedingt Wiedergutmachung leisten und antwortete auf die Klagen damit, daß er sagte, er würde die Aufgabe übernehmen, einen Jagdhund für den Schmied zu finden, der so gut wäre wie der, den er getötet hatte, und ihn zu einem genauso verbissenen Wachhund abzurichten. Darüber hinaus würde er selbst Culans Haus bewachen, bis ein solches Tier gefunden und abgerichtet worden wäre.

„Ich werde Culans Hund sein", erklärte er. Und als der große Druide Cathbad diese irisch gesprochenen Worte hörte, sagte er voraus, daß bald eine Zeit kommen würde, in der dieser Name – Cuchullain, der Hund des Culan – in aller Munde sein würde.

Es dauerte nicht lange, da hörte der junge Cuchullain heimlich mit, wie Cathbad der Druide seinen jungen Novizen in der Kunst der Weissagung unterwies.

Einer der Schüler fragte, unter welchem Stern denn jener besondere Tag stehe, und Cuchullain hörte die Antwort des Druiden, daß jeder Mann, der noch an demselben Tag mit Waffen bestückt würde, sich ohne Zweifel einen Namen machen würde, der alle anderen verblassen ließe, aber daß sein glorreiches Leben auch ein plötzliches Ende finden würde.

In diesen prophetischen Worten hörte Cuchullain sein eigenes Schicksal widerklingen. Sofort trat er vor den König hin und verlangte, daß er noch am selben Tage als ein Mitglied des Roten Zweiges mit Waffen und einem Streitwagen ausgerüstet werden wolle.

Conor starrte den überaus frühreifen Siebenjährigen voller Verwunderung und Belustigung an. „Wer hat dir denn einen solch forschen Gedanken eingeflüstert?" fragte er mit einem Lächeln.

„Niemand anders als Euer eigener Oberdruide Cathbad", antwortete Cuchullain.

Conor war von der selbstsicheren Antwort verblüfft und erlaubte dem Jungen, die Waffen zu tragen, nach denen er sich sehnte. Allerdings erwies es sich als schwierig, welche zu finden, die stark genug für ihn waren. Dann wurde dem Jungen ein Wagenlenker zu Diensten gegeben, und Cuchullain, der stolz seine gerade angelegten Waffen trug, fuhr hinaus in das Feld.

Cathbad, der das Getöse, mit dem der Jüngling aufgebrochen war, gehört hatte, ging besorgt zum König und fragte, warum er ihm die Waffen gegeben habe.

„Geschah das nicht auf deinen eigenen Rat hin?" sagte Conor; aber Cathbad leugnete, irgend etwas davon zu wissen, und sagte, daß nichts seinem Denken und Begehren hätte ferner sein können als eine Handlung, die das Leben eines Menschen, den er so sehr liebe, gewiß verkürzen werde.

Doch als Cuchullain am Abend zurückkam, waren die Seiten seines Streitwagens mit den blutigen Köpfen von drei Kriegern geschmückt, die durch einen mächtigen Zauber geschützt waren und so vielen tapferen Ulstermännern den Tod gebracht hatten. Auch nach seiner Rückkehr befand sich der Jüngling noch in einem Zustand äußerster Raserei, so als wäre er noch mitten in der Hitze der Schlacht. Er warf mit überheblichen Aufforderungen zum Kampf nur so um sich und fuhr so stolz und mit solch lodernder Leidenschaft mit seinem Streitwagen durch Emain Macha, daß er eine Gefahr für die Allgemeinheit darstellte. Schließlich wurde eine Gruppe nackter Frauen hinausgeschickt, um den Jungen abzulenken und ihn zu beruhigen. Von dem Anblick erstaunt, drehte Cuchullain sein brennendes Gesicht zur Seite. Die Frauen fingen ihn in ihren Armen auf und tauchten ihn sogleich in einen Bottich mit kaltem Wasser, aber sein Körper war so heiß, daß die Eisenreifen der Tonne sofort auseinandergesprengt wurden. Als sie ihn in einen zweiten Wasserbottich eintauchten, fing das Wasser an zu kochen, und auch ein dritter dampfte recht lange, bis sich der Jüngling endlich abgekühlt hatte.

Danach saß Cuchullain immer auf dem Ehrenplatz zwischen den Füßen des Königs, und seine Tapferkeit in der Schlacht war so überragend, daß bald schon alle Frauen in Ulster für ihn schwärmten. Aber nur eine von ihnen konnte die Aufmerksamkeit seines Herzens erringen. Das war Emer, die Tochter von Forgal dem Verschlagenen.

Es heißt, daß Emer von allen Frauen in Irland die beste war, weil sie sechs Gaben besaß: die Gabe der Schönheit, die Gaben einer klangvollen Stimme und anmutiger Rede sowie die Gaben der feinen Nähkunst, der Ehrenhaftigkeit und der Weisheit. Da die Männer des Roten Zweiges eifersüchtig waren, weil ihre Frauen Cuchullain bevorzugten, verlangten sie, daß für ihn schnell eine Ehefrau gefunden werden müsse. Der junge Krieger machte sich also auf, um Emer als seine Braut zu freien.

Nun war Forgal ein gefährlicher Mann, denn er war der Neffe eines Fomorierkönigs, und es war keine einfache Angelegenheit, sicher zu seiner Bergfeste zu gelangen. Doch Cuchullain kam dort an, und Emer erkannte ihn sogleich als den Jüngling, von dem sie schon so viel gehört hatte.

„Möge der Weg, den du vor dir hast, ruhig und eben sein", begrüßte sie ihn.

„Und mögest du frei von allem Leid sein", erwiderte er.

Dann fragte Emer ihn, als wüßte sie weder etwas über ihn noch über seine Absichten, wer er sei und woher er käme. Nachdem Cuchullain stolz seinen Namen und seine Abstammung kundgegeben hatte, erlaubte er sich, Emer zu fragen, wer sie denn sei.

„Ich bin wie eine Königin unter den Frauen", antwortete sie stolz. „Eine, die angestarrt wird, aber nicht zurückstarrt. Ich bin das Schilfrohr, das unerreichbar ist, der Pfad, dessen Windungen noch kein Mann erkundet hat. Ich bin mit allen alten Tugenden aufgezogen worden, und man hat mir oft gesagt, daß ich eine bin, der alle Vorzüge der Frauen Irlands verliehen worden sind."

Cuchullain war von ihren hochmütigen Worten keineswegs eingeschüchtert, vielmehr ermutigten sie ihn, mit seiner eigenen Tapferkeit zu prahlen, was er recht ausführlich tat. Emer hörte ohne irgendeinen sichtbaren Ausdruck von Ehrfurcht zu, während er erzählte, daß er mindestens so stark sei wie zwanzig Männer, daß er mit Vergnügen alleine gegen vierzig kämpfe und daß ganze hundert Männer unter seinem Schutz eine sichere Zuflucht fänden.

„Diese Behauptungen sind beeindruckend", sagte Emer, „zumindest für einen Jungen. Aber es sind noch nicht die Heldentaten eines wahrhaften Mannes." Als sie sein enttäuschtes Stirnrunzeln sah, blickte sie schnell zur Seite und fügte hinzu: „Ich habe eine Pflegeschwester, deren Herz dadurch gewonnen werden könnte."

Cuchullain erwiderte, daß er nicht ihre Schwester begehre, sondern sie selbst. Staunend betrachtete er die weiche Haut zwischen ihrem gewundenen goldenen Halsband und der Wölbung ihres Busens und sagte: „Prächtig ist jene Ebene für das edle Joch."

„Doch kommt niemand zu jener Ebene", antwortete Emer, „wenn er nicht den Heldensprung des Lachses gesprungen ist, zwei Frauen mit ihrem Gewicht in Gold und Silber davongetragen und dreimal neun Männer auf einen Streich erschlagen hat, wobei jeweils nur einer von den neunen am Leben bleiben darf. Es sind nicht nur Worte, mit denen meine Gunst zu gewinnen ist, Hund des Culan. Ich werde niemanden heiraten als einen, dessen Name überall zu hören ist, wo Geschichten von Helden erzählt werden."

„Einen solchen Ruhm würde ich so oder so bald erlangt haben", sagte Cuchullain.

„Wenn du also all dieses tun kannst", sagte Emer mit einer Stimme, die plötzlich sanft und mild klang, „dann werde ich dein Angebot annehmen. Es wird angenommen, und es wird gewährt werden."

Als die Kunde dieser unerwünschten bedingten Verlobung Forgal zu Ohren kam, dachte sich Emers Vater einen listigen Weg aus, um sich der Gefahr zu entledigen, die er voraussah. Bei einem Besuch an Conors Hof tat er so, als ob er noch nie von Cuchullain gehört hätte. Nachdem er sich einige glänzende Waffenübungen des jungen Mannes angesehen hatte, verkündete er mit lauter Stimme, daß ein solch vielversprechender Bursche, wenn er es nur einmal wagen würde, zu der Insel der kriegerischen Königin Scathach im Westen von Alba zu gehen, er dort Fertigkeiten im Kämpfen erwerben könne, daß es danach keiner mehr mit ihm aufnehmen könne.

Nun war es bekannt, daß die Insel der Scathach schwer zu erreichen war, und noch schwerer war es, von ihr zurückzukehren, denn die wilde Königin ließ nur äußerst wenige von denen, die zu ihr kamen, am Leben. Doch Cuchullain ließ kein Abenteuer, von dem er hörte, aus und schwor, daß er tun würde, wozu ihn Forgal aufgefordert hatte.

Zwei Kameraden machten sich mit ihm auf den Weg, doch schon bald waren sie von dem ungeheuer anstrengenden Weg zermürbt. Als sie umkehrten, setzte Cuchullain den Weg allein fort und durchquerte das wilde Land, das als Ebene des Schlechten Geschicks bekannt war. Ganz allein erkämpfte er sich seinen Weg gegen die wilden Tiere in den Schluchten des Berglandes, bis er schließlich zu einer breiten und tiefen Felsschlucht kam, die man nur über eine einzige gefährliche Brücke überqueren konnte. Die „Brücke der Klippe" war mit einem listigen Zauber versehen. Sobald jemand einen Fuß auf ihre Steine setzte, schnellte die Brücke von der anderen Seite der Schlucht her geradewegs hoch in die Luft und stand aufrecht wie ein Schiffsmast über dem Abgrund, der sich unter ihr auftat. Dreimal versuchte Cuchullain die Überquerung, und dreimal scheiterte er, da die Brücke sich vor ihm aufbäumte. Das ließ sein Herz vor Wut gewaltig donnern, und das grelle Licht seiner wilden Leidenschaft umglühte seinen Kopf. Angetrieben von der Gewalt seiner Wut, lief er mit voller Geschwindigkeit auf die Brücke zu und sprang wie ein Lachs vom Boden, ohne die Steine zu berühren. Dieser eine Satz brachte ihn hoch in die Lüfte und hinunter auf die Mitte der Brücke. Sobald er dort landete, begann die Brücke sich zu heben, aber von dem Ort, an dem er stand, konnte er sich leicht auf die andere Seite hinabgleiten lassen.

Als er schließlich zu Scathachs Burg auf der „Insel der Nebel" kam, überrumpelte Cuchullain die wilde Königin. Er hielt das bloße Schwert gegen ihre Brust und drohte, sie vor den Augen ihrer beiden Söhne zu töten, wenn sie ihn nicht in ihren Stamm aufnehme und ihm alles beibringe, was sie über Kriegskunst wisse. Da sie von der Unerschrockenheit des Jünglings beeindruckt war und ihr Leben ihr lieber war als ein unnötiger Tod, erklärte sich Scathach bereit, ihn in ihre Geheimnisse einzuweihen.

In der Zeit, in der Cuchullain in ihrem Stamm lebte, erreichte er die höchste Geschicklichkeit in allen noch so schwierigen Kampfkünsten. Dort freundete er sich auch mit einem irischen Jüngling namens Ferdia an, der selbst ein Krieger von beachtlichen Kräften war, und zwischen ihnen entstanden tiefe Bande der Liebe und Treue. Diese Bande wurden mit dem Schwur lebenslanger Freundschaft besiegelt.

Als ein Krieg zwischen Scathach und Aife ausbrach, die als die grausamste Kriegerin der Welt berühmt war, war es schließlich Cuchullain, der die fürchterliche Frau bezwang. Er zwang sie, Geiseln an Scathach herauszugeben, und manche sagen, daß damals sowohl Aife als auch Scathach den Hund des Culan mit der Freundschaft ihrer Lenden beglückten.

Doch Cuchullains Herz war noch in Irland, und da seine gewaltige Kraft sich nun mit den Kenntnissen der Scathach aufs beste ergänzte, kehrte er mit seinem Sichelwagen zurück zu Forgals Feste und forderte lauthals die Hand der Tochter des Stammesführers, Emer.

Forgal schickte drei Gruppen von je neun Kriegern gegen ihn aus, doch jedesmal erschlug Cuchullain acht von ihnen mit einem Streich. Verschont wurden nur Scibur, Ibur und Cat, die die Brüder von Emer waren. Forgal selbst floh vor Entsetzen vor dem Herannahen dieses furchterregenden Bewerbers um die Hand seiner Tochter, und in seiner panischen Eile stürzte er von seinem eigenen Schutzwall und fand so den Tod. So trug denn Cuchullain sowohl Emer als auch ihre Pflegeschwester sowie ihr Gewicht in Gold und Silber von dannen und erfüllte damit die letzte der Bedingungen, die Emer ihm gestellt hatte.

Der Ruhm, den ihm diese Heldentaten eingebracht hatten, war so groß, daß Cuchullain und seine schöne Frau Emer bei allen Festlichkeiten an Conors Hof in Emain Macha den Vorsitz über das ganze übrige stolze Heer erhielten.

Nun war zu jener Zeit Conor mac Nessa der König in Ulster, und das Land von Connaught wurde von der Königin Maeve und ihrem Mann, König Ailill, regiert. Zwischen der Königin und ihrem Mann herrschte eine leidenschaftliche Rivalität, und in keiner Sache waren sie streitsüchtiger als im eifersüchtigen Stolz auf ihre Besitztümer. Eines Tages, als sie sich in einem heftigen Streit darüber befanden, wer von ihnen denn reicher sei, fingen sie an, ihre Schätze auszuzählen. Das Ergebnis war, daß es, was die Anzahl ihrer Münzen und Schmuckstücke, ihrer Kleider und kostbaren Stoffe, der wertvollen Gefäße und Haushaltswaren, der Schafherden, der Pferde und der Schweine anbelangte, nicht den kleinsten Unterschied hinsichtlich ihrer riesigen Anhäufungen von Reichtum gab.

Nur in einem einzigen Punkt fanden sie ein Ungleichgewicht: In König Ailills Rinderherde gab es einen fabelhaften Bullen, den man den Weißhörnigen nannte, und zu diesem majestätischen Geschöpf besaß die wütende Königin Maeve kein Gegenstück.

Ursprünglich war Ailills Bulle einer von zweien gewesen, doch es gab einen Grund für diese Verschiedenheit. In einem früheren Leben waren beide Bullen Schweinehirten gewesen, einer im Dienste des Königs von Munster, der andere im Dienste des Königs von Connaught, und die beiden waren eifersüchtige Rivalen bezüglich der Vortrefflichkeit ihrer Herden gewesen. Häufig genug zankten und kämpften sie miteinander, und um ihren Streit besser austragen zu können, pflegten sie sich in andere Gestalten zu verwandeln. Für einen Kampf wurden sie zu Raben, für einen anderen zu Wasserungeheuern. Einmal rangen sie miteinander als großartige Ritter, und einmal, beim letzten, verhängnisvollen Mal verwandelten sie sich in Aale. Als sie sich nun in die Gestalt der Aale verwandelt hatten, schwamm einer der beiden in einen Fluß in dem Teil von Ulster, den man als Cuailnge kennt, und dort wurde er von einer Kuh verschluckt, die einem Stammesführer namens Daire gehörte. Zur gleichen Zeit schwamm der andere Aal zu einer Quelle in Connaught, wo er ebenfalls von einer trinkenden Kuh verschluckt wurde, die zu der Herde der Königin Maeve gehörte.

Aus den Kälbern, die diese beiden Kühe zur Welt brachten, wurden zwei berühmte Preisbullen, die kräftiger und an Lenden und Hörnern edler waren als alle Bullen, die man jemals zuvor gesehen hatte. Sie waren weithin bekannt als der Weißhörnige von Connaught und der Braune Bulle von Cuailnge, und alles wäre gut gewesen, wenn nicht der weiße Bulle gedacht hätte, daß es minderwertig und verächtlich sei, zu den Herden einer Frau zu gehören. Darum lief er von Maeves Herde zu der ihres Ehemanns Ailill über.

Maeve war wahnsinnig vor Zorn, daß sie um nur einen einzigen Bullen ärmer sein sollte als ihr Mann und daß eben dieser Bulle einstmals rechtmäßig ihr gehört hatte. Maeve war fest entschlossen, die Rechnung wieder zu begleichen. Der schnellste Weg, um das zu erreichen, war der, Botschafter mit Geschenken nach Cuailnge zu entsenden, die Daire baten, ob er ihr nicht für ein Jahr seinen Braunen Bullen leihen würde.

Daire, der ein großherziger Mann war, war durchaus bereit, ihrem Wunsch zu entsprechen, und hätte es auch gerne getan, wenn nicht einer der Botschafter aus Connaught bei dem Festessen an jenem Abend zu viel Ale getrunken und lautstark geprahlt hätte, daß Maeve sich den Bullen, wenn er ihr nicht freiwillig geliehen worden wäre, auch mit Gewalt geholt hätte. Als Daire von dieser Anmaßung hörte, nahm er verärgert sein Einverständnis zurück, und die Botschafter wurden ohne den Bullen, den ihre Königin so sehr begehrte, unverzüglich zurück nach Connaught geschickt.

Maeve war außer sich über diese Zurückweisung und rief alle zum Kampf bereiten Männer von ganz Irland auf, sich ihr bei dem Viehraubzug gegen Cuailnge anzuschließen. Zu jener Zeit hielt sich Fergus Sohn des Roy, der Ulstermann, der im Exil lebte, in Connaught auf. Er war einmal der Pflegevater von Cuchullain und einer der größten Helden von Ulster gewesen, aber er hatte sein Heimatland verlassen, nachdem Conors Hinterlist in der Geschichte von Deirdre und Naoise den beiden Söhnen von Fergus das Leben gekostet hatte. Der verbitterte Recke stellte sich bereitwillig in den Dienst von Maeves Sache, und sie machte den unvergleichlichen Krieger zum Anführer ihrer Truppen.

Es gab gute Gründe dafür, daß sie sich sicher fühlte, einen leichten Sieg erringen zu können. Viele Jahre zuvor hatte ein Vorfahre von Conor mac Nessa die mächtige Göttin Macha, welche die Frau von Nuada mit der Silbernen Hand war, beschimpft. Als Vergeltung für diese Beleidigung hatte Macha den kämpfenden Männern von Ulster einen Erbfluch auferlegt, daß sie nämlich in Zeiten der Not für eine Weile alle Schwächungen auf sich nehmen mußten, die Frauen während der Entbindung erleiden. In der Gewißheit, daß dieser Fluch nun die Krieger des Roten Zweiges heimsuchen würde, forderte Maeve eine ihrer weisen Frauen auf, ihren Sieg vorauszusagen.

„Wie werden unsere Heere sich schlagen?" fragte sie die Seherin.

„Ich sehe, daß sie alle in ein grelles Rot getaucht sind", erwiderte die Seherin.

„Das kann nicht sein. Ohne Zweifel werden die Krieger von Ulster durch ihren Fluch geschwächt sein", schrie Maeve. „Schau noch einmal! Sage mir, wie sich unsere Heere schlagen werden!"

„Ich sehe sie in ein grelles Rot getaucht", sagte die Seherin wieder, „ich sehe sie ganz rot." In Trance sprudelten dann die Worte aus ihr heraus, und sie erzählte der bestürzten Königin, daß sie einen jungen Mann sah, der im Kampf eigenhändig die wunderbarsten Großtaten vollbrachte. „Seine Haut hat viele Wunden", sagte sie, „aber das Licht des Sieges leuchtet um seinen Kopf. Durch seine Hand wird unsere ganze Armee mit Rot bedeckt sein. An das Blutbad, das er anrichtet, wird man sich noch lange erinnern. Unsere Frauen werden wehklagen über die zerfetzten Körper, die er zurückläßt."

Und so geschah es denn auch, denn Cuchullains leiblicher Vater, Lugh, war kein Ulstermann, sondern einer der Unsterblichen, und der Jüngling war von dem Fluch, der die übrigen Ritter des Roten Zweiges ans Bett fesselte, ausgenommen. Zudem hatte Fergus ihn heimlich von dem bevorstehenden Überfall auf Ulster in Kenntnis gesetzt, denn Cuchullains Pflegevater hatte zwar nichts für Conor mac Nessa übrig, doch wollte er nicht einen Angriff gegen seine leidenden Landsleute anführen, ohne eine ehrliche Warnung gegeben zu haben. Als Maeves große Armee nun zum Sturm auf Cuailnge ansetzte, stießen die Krieger lediglich auf Cuchullain und seinen Streitwagenfahrer, die sich ihnen in den Weg stellten.

Schnell wie der Wind streckte er jeden nieder, der versuchte, ihn aus dem Weg zu räumen. Vor seinen Füßen lagen die Krieger nur so aufgehäuft. Als sich dann nur noch gelegentlich ein Gegner vorwagte, rieb er die Armee mit seiner Steinschleuder auf, mit der er jeden Tag einhundert Kämpfer oder mehr zur Strecke brachte. Schon bald wagten die Menschen in Maeves Lager sich aus Furcht vor seinen Geschossen kaum mehr zu bewegen. Der Schoßhund der Königin fiel einem seiner Steine zum Opfer, dann wurden ihr Lieblingsvogel und ihr Eichhörnchen getötet. Und auch Maeve selbst entkam dem Tod nur um Haaresbreite, als nämlich eine ihrer Dienerinnen den goldenen Kopfputz der Königin aufsetzte und ein Stein von Cuchullains Schleuder ihr den Schädel zertrümmerte.

Die leidenschaftliche Königin war äußerst verblüfft, daß ein einzelner Mann auf eine solche Weise eine ganze Armee in Schach halten konnte, und so war sie fest entschlossen, den Helden selbst in Augenschein zu nehmen. Ein Bote wurde ausgeschickt, um einen Waffenstillstand zu erreichen, und als Cuchullain vortrat und sprach, war Maeve aufs äußerste überrascht, daß sie sich einem Jüngling gegenüber fand, der gerade einmal siebzehn Jahre alt war.

Sie setzte alle ihre Kniffe ein, trug ihm ihre Freundschaft an und versprach ihm große Besitztümer in Connaught, wenn er bereit wäre, die Sache der Ulstermänner preiszugeben und seine Kräfte in ihren Dienst zu stellen. Doch so sehr sie ihn auch bat, alle Versprechungen und Schmeicheleien wurden zurückgewiesen. Sie sandte ihm immer neue Boten mit immer verführerischeren Angeboten, doch der Held blieb jedesmal standhaft. Schließlich wurde er so ungeduldig über ihre vergeblichen Bittgesuche, daß er schwor, er würde dem nächsten Mann, der ihn damit plagte, den Kopf abschneiden.

Doch die Untätigkeit war für den Hund des Culan langweilig, und so gab es einen Handel, den abzuschließen er bereit war. Er verkündete, daß er, wenn jeden Tag ein einzelner Kämpfer es wagen würde, gegen ihn anzutreten, es dem übrigen Heer erlauben würde, auf Cuailnge vorzurücken, und zwar genau so lange, wie der Zweikampf dauerte. Sobald aber ihr Vorkämpfer gefallen sein würde, müßte das ganze Heer von Connaught stehenbleiben, bis am nächsten Tag ein neuer Herausforderer sein Glück versuchte.

Da sie einsah, daß sie keine günstigere Vereinbarung erhoffen konnte, nahm Maeve diese Bedingungen an. Jeden Morgen bot sie jedem Mann die Hand ihrer Tochter, wenn er ihr Cuchullains Kopf bringen würde, und während jeder neue Bewerber sein Glück versuchte, hatte die Armee Zeit vorzurücken, aber niemals mehr als ein paar Meter, denn dann war der Zweikampf schon beendet, und der Name des Mannes wurde auf die immer länger werdende Liste der Toten gesetzt. Ein Krieger nach dem anderen purzelte von seinem Streitwagen oder fiel im Nahkampf mit dem Ulstermann. Doch während Cuchullain an seine täglichen Zweikämpfe gebunden war, schickte Maeve Kundschafter aus, die die Weiden von Ulster nach dem Braunen Bullen absuchen sollten, denn das Verlangen nach eben diesem noblen Tier hatte sie schon so viel gekostet. Als der Bulle schließlich gefunden wurde, wurde er dampfend in Maeves Lager getrieben, gefolgt von fünfzig jungen Kühen aus Daires Herde. Doch erwies sich Maeves kurzfristiger Triumph als ein bitterer: Ihre Tochter, die sich erniedrigt fühlte, weil sie jeden Tag einem anderen Mann versprochen wurde, starb vor Scham darüber.

In der Zwischenzeit waren die Heldentaten Cuchullains nicht unbeobachtet geblieben, und zwar von seiten der Unsterblichen, die über die Schicksale der Menschen befinden. Eines Nachts wurde der Held von einem schrecklichen Schrei geweckt, der aus dem Norden kam und ihn herbeirief.

Er sprang in seinen Wagen und eilte gen Norden, bis er an einen Platz gelangte, wo er auf eine große Frau traf, die in einem roten Streitwagen, der von einem rotgefleckten Pferd gezogen wurde, auf ihn gewartet hatte. Die Frau war ganz rot angezogen mit einem roten Mantel über ihrem roten Kleid, und gegen den hellen Glanz ihres Gesichtes erschienen selbst ihre Augenbrauen von feurigem Rot zu sein. In ihrer Hand aber hielt sie einen langen, grauen Speer.

Als Cuchullain zu wissen verlangte, wer sie sei, gab die Frau an, die stolze Tochter eines großen Königs zu sein, und daß sie viel von Cuchullains Heldentaten gehört habe. Und je mehr sie davon gehört habe, desto glühender, so sagte sie, sei ihr Herz in Liebe zu ihm entbrannt, desto stärker habe sie sich nach seiner Gesellschaft gesehnt.

„Wenn du meinen Taten gegenüber so aufmerksam bist", antwortete Cuchullain, „wirst du wissen, daß ich dringendere Angelegenheiten auf dem Herzen habe als die Liebe."

Die Frau, die nach dieser unerwarteten Abweisung einen Augenblick still war, beobachtete Cuchullain scharf. „Und wenn du gegenüber dem, was um dich herum passiert, aufmerksam bist", sagte sie, „wirst du wissen, daß ich dir in jedem Kampf meine Hilfe habe zuteil werden lassen und daß ich dieses auch weiterhin tun könnte."

„Cuchullain braucht keine Hilfe von einer Frau", schnaubte der Held.

„Nimm das zurück", sagte die Frau, und als Cuchullain es nicht zurücknehmen wollte, warf die gekränkte Königin ihm einen flammenden Blick zu. „Wenn du also meine Hilfe nicht haben möchtest", sagte sie, „wirst du statt dessen meinen Haß und meine Feindschaft bekommen. Bald wirst du einem Krieger gegenüberstehen, der dir ebenbürtig ist, und du wirst erleben, wie ich mich dann gegen dich stellen und ihm den Vorteil bescheren werde."

Daraufhin zog Cuchullain sein Schwert, doch im selben Moment waren Frau und Wagen verschwunden, und alles, was er in dem düsteren Licht, das ihn umgab, sehen konnte, war der Schatten einer Nebelkrähe auf einem Ast.

Das ließ das Herz des Cuchullain zum allerersten Mal erzittern, denn er wußte, daß es die Morrigan höchstpersönlich war, die sich ihm entgegenstellte.

Obwohl Maeve nun im Besitz des Braunen Bullen war, kochte auch sie vor Zorn wegen der Geringschätzung, mit der Cuchullain ihr Entgegenkommen abgewiesen hatte. Am nächsten Tag schickte sie den alten Haudegen Loch zum Zweikampf mit ihm, und da Loch schwor, daß er nicht mit einem bartlosen Milchgesicht kämpfen würde, färbte Cuchullain sein Kinn mit Brombeersaft, damit es ganz stoppelig aussah. Diese Verachtung stachelte Loch so sehr an, daß er sich auf den Jüngling stürzte, während die Morrigan, ohne daß er davon wußte, ihren Zauber für den Herausforderer einsetzte.

Dreimal ging sie gegen Cuchullain vor – zuerst als tollwütige Färse, die versuchte, ihn mit ihren Hörnern zu durchbohren; dann als Aal, über den er beinahe gefallen wäre, als er sich beim Kampf der beiden Krieger im Fluß unter seinen Füßen schlängelte; und schließlich als Wolf, der seinen rechten Arm zwischen seine bösartigen Kiefer bekam. Cuchullain wehrte jeden dieser Angriffe ab, indem er der Färse ein Bein brach, auf dem Aal herumtrampelte und dem Wolf ein Auge ausstach. Doch Loch zog aus ihrer Hilfe vollen Nutzen, denn seine Schläge fanden oftmals ihr Ziel.

Schließlich sah Cuchullain ein, daß er diesen Kampf nur gewinnen konnte, wenn er auf seinen Speer mit den vielen Widerhaken, den Gae Bolga, zurückgriff, der ihm eine solche Überlegenheit gab, daß er für alle Kämpfer unbezwingbar war. Schweren Herzens machte er von ihm Gebrauch, und schon war der Kampf auf abscheuliche Weise vorbei.

Doch hatte Cuchullain in dem erbitterten Ringen so viele schwere Wunden davongetragen, daß die Götter ihn bemitleideten, als er weghumpelte, um sie auszuwaschen.

Es wird gesagt, daß auch die Morrigan gesehen wurde, wie sie in der Gestalt einer alten Frau zu ihm ging und die Wunden pflegte, die er durch sie erlitten hatte, denn diese Wunden waren von der Art, daß sie nur von der geheilt werden konnten, die sie zugefügt hatte. Cuchullains leiblicher Vater, Lugh mit dem langen Arm, besuchte ihn ebenfalls, und zwar in Gestalt eines edlen Fremden, der grün und gold angezogen war und ihm eine Arznei verabreichte, die den Helden drei Tage und drei Nächte schlafen ließ. Und während Cuchullain schlief, legte Lugh höchst wirksame Kräuter auf seine vielen Wunden, so daß der Krieger, als er wieder aufwachte, sich so frisch und kräftig fühlte wie am ersten Tag der Schlacht.

Es wird auch gesagt, daß eine Gruppe von Jungen, die früher die besten Spielkameraden von Cuchullain in Emain Macha gewesen waren, an seiner Stelle kämpften, während er schlief, und daß, obwohl sie das Dreifache ihrer eigenen Zahl töteten, jeder einzelne von ihnen im Kampfe fiel.

Die Zeit war gekommen, daß Maeve nun von Fergus selbst verlangte, daß er aus dem Lager gehen und gegen Cuchullain kämpfen solle. Doch ohne eine Sekunde zu überlegen, weigerte sich der edelmütige Mann, seine Waffen gegen den Jüngling zu erheben, den er aufgezogen und geliebt hatte, als er ihn in Emain Macha aufwachsen sah. Erst als Maeve ihn vor dem versammelten Heer als Feigling verhöhnte, stimmte er zu, gegen seinen Pflegesohn im Kampf anzutreten. Er weigerte sich jedoch, das berühmte Schwert, das ihm Schutz gewährte, mitzunehmen.

Cuchullain tat es im Innersten weh, als er seinen eigenen Ziehvater auf sich zukommen sah, aber Fergus war ja jetzt kein Freund von Ulster mehr, und so griff er zu seinen Waffen und ging ihm entgegen. Da bemerkte er, daß Fergus das Schwert, von dem sein Leben abhing, nicht trug.

„Geh zurück, Pflegevater", schrie er, „es ist Wahnsinn, ohne dein Schwert gegen mich anzutreten."

„Selbst wenn ich mein Schwert trüge", antwortete Fergus, „würde ich es gegen dich nicht erheben."

„Du warst immer so gut zu mir, Fergus", schrie Cuchullain bestürzt, „und ich weiß, daß Conor dir Unrecht zugefügt hat. Auf keinen Fall möchte ich dein Blut vergießen, doch wenn du versuchst, den Feinden von Ulster den Weg zu bahnen, kann ich nicht anders, als dich niederzufällen."

„Dann hättest du den Tod deines eigenen Pflegevaters auf dem Gewissen. Ich aber kann nicht zu Maeve zurückgehen, ohne meine Hand gegen dich erhoben zu haben."

„Dann hat das Schicksal es so gewollt", sagte Cuchullain traurig.

„Vielleicht ist es nicht so, wie du denkst", antwortete Fergus, indem er seine Stimme senkte. „Es ist Conor, den ich hasse, nicht Ulster, und du bist mir so lieb wie meine eigenen Söhne, die er ermordet hat. Ich wollte, er stünde jetzt nicht zwischen uns. Um alles dessen willen, was wir gemeinsam erlebt haben, flehe ich dich an: Laß uns einen Ausweg finden."

„Die Treue, die ich Conor geschworen habe, wiegt so schwer wie dein Haß auf ihn", sagte Cuchullain. „Was für einen Ausweg könnte es da geben?"

„Wenn wir für eine Weile nur so tun würden, als kämpften wir, und dann sähe man, daß du dich abwenden und die Flucht ergreifen würdest, dann würde dir die Blutschuld, deinen Pflegevater getötet zu haben, erspart bleiben, und ich könnte in Ehren zu Maeve zurückgehen."

„So sehr ich dich auch liebe", antwortete Cuchullain, „es würde mir schwerfallen, vor irgendeinem Mann wegzulaufen."

„Mir auch", sagte Fergus. „Wenn du es aber unserer Liebe wegen tätest, dann schwöre ich, daß ich in einer zukünftigen Schlacht, zu einer Zeit, die du bestimmen kannst, genauso meine Waffen von mir werfen und die Flucht ergreifen werde." Und als Cuchullain immer noch zögerte, seufzte er: „Mit meinem Herzen bin ich nicht mehr in diesem Krieg. Ich glaube, daß Ulster aus unserer Vereinbarung großen Nutzen ziehen wird."

„Gibst du mir deinen Treueid darauf?" fragte Cuchullain.

„Wenn du meinen Treueid brauchst, dann hast du ihn hiermit."

So ließen die beiden Haudegen eine Zeitlang ihre Waffen klirren, bis Cuchullain zum Erstaunen und zum lauten Spott der Männer von Connaught auf dem Absatz kehrtmachte und losrannte. Und als Fergus zum Lager der unbarmherzigen Königin zurückkehrte, konnte sie nichts finden, um ihn zu tadeln.

Doch war Cuchullain am Leben geblieben, weshalb Maeve sich jetzt nicht entblößte, betrügerische Mittel anzuwenden, um sein Ende herbeizuführen. Zu ihren Streitkräften gehörten Calatin der Zauberer und seine siebenundzwanzig Söhne, die alle mit vergifteten Speeren bewaffnet waren, die ihr Ziel nie verfehlten. Obgleich es vereinbart worden war, daß an jedem Tag nur ein einzelner Herausforderer mit Cuchullain kämpfen sollte, verkündete Maeve, daß Calatin und seine Söhne als einer gelten müßten, da sie von einem Fleisch und Blut seien.

Fergus war voller Scham und Kummer, als er von diesem Betrug hörte. Da er selbst Cuchullains Tod nicht mit ansehen wollte, entsandte er einen aus Ulster stammenden Mann namens Fiacha, der den Kampf beobachten und ihm Bericht erstatten sollte. Und als Fiacha sah, wie Cuchullain von so vielen auf einmal heimtückisch überfallen und beinahe überwältigt worden wäre, blieb ihm das Herz in Anbetracht des Unrechts fast stehen, und er sprang von den Felsen hinab und kämpfte an Cuchullains Seite, und zusammen erschlugen sie Calatin und seine Brut.

Nun blieb Maeve nur noch ein einziges Mittel. In ihren

Streitkräften war nur noch ein Ritter übriggeblieben, der gegen die gewaltige Kraft von Cuchullain hätte ankommen können – ein irischer Krieger, dessen Haut so hart wie Horn war, so daß keine gewöhnliche Waffe sie jemals durchstoßen hätte. Sein Name war Ferdia.

Er war es, mit dem Cuchullain beim Stamm der Scathach auf der Insel der Nebel in die Geheimnisse der Kampfkunst eingeweiht worden war. Er war es, dem Cuchullain lebenslange Liebe und Treue geschworen hatte; und das waren auch die Gründe, aus denen Ferdia nicht vorher seine Waffen gegen den großen Kämpfer gerichtet hatte.

Und das war er auch jetzt nicht bereit zu tun, denn die Liebe, die er für seinen Freund empfand, war weitaus stärker als seine Verbundenheit mit Maeve.

Als sie sah, daß man einen Weg finden mußte, um den Mann anzuspornen, verbreitete Maeve die Lüge, daß sie gehört habe, Cuchullain habe geprahlt, daß er Ferdia nicht fürchte und ihn mit Leichtigkeit bezwingen würde. Aber Ferdia hielt dagegen, er wisse, das sei eine Lüge; und selbst wenn es wahr wäre, würde er seinen Freundschaftsschwur auch dann nicht brechen, wenn Cuchullain es getan haben sollte.

Maeve behauptete, daß sich so die Antwort eines Feiglings anhöre und daß ein Feigling ein gefundenes Fressen für ihre Spottdichter sei. Wenn Ferdia Angst habe, um die Ehre seines Namens zu kämpfen, sagte sie, dann würde sie jene Barden beauftragen, ihn mit solch unbarmherzigem Spott zu übergießen, daß die ansonsten undurchdringliche Haut seines Gesichtes mit Blasen und Pusteln übersät sein und er gewiß vor Scham sterben werde. Dann versprach sie ihm in einem süßeren Ton, daß sie, wenn er es wagte, den Kampf zu eröffnen, mit sechs Bürgschaften für die großartigen Belohnungen, die ihm nach seinem Sieg zuteil werden würden, einstehe.

Allmählich wurde Ferdia durch solche Lügen, Drohungen und Versprechungen dermaßen in die Enge getrieben, daß er sich widerwillig aufmachte, um gegen Cuchullain zu kämpfen.

Als der Held seinen Freund näher kommen sah, wollte er ihn freudig begrüßen, doch Ferdia sagte, daß er nicht als Freund gekommen sei. Das Schicksal habe sich gegen ihre

Freundschaft gewendet, und jetzt sei die Zeit gekommen, daß sie kämpfen müßten.

Cuchullain war bestürzt über die tragische Wendung, die seine Sache nahm, und inniglich bat er Ferdia, da die Erinnerung an die Liebe und Treue, die zwischen ihnen entstanden war, in ihm noch ganz lebendig war, er möge sich zurückziehen. Doch hatte Ferdia sich schon zu sehr verpflichten lassen, und obwohl sich auch seine Gefühle aufs heftigste sträubten, war für ihn ein Rückzug doch nicht möglich. Schweren Herzens ließen die beiden Helden ihre Streitwagen gegeneinander anfahren, und nach einem ganzen Tag des Kämpfens hatte keiner von ihnen auch nur einen Meter Boden preisgegeben. Vor Anstrengung völlig erschöpft, küßten sie sich dann und kehrten zu ihren Zelten zurück, um sich auszuruhen, bis der Kampf im Morgengrauen wiederaufgenommen werden sollte. In jener Nacht schickte Cuchullain die Hälfte der Heilkräuter, die Lugh ihm gegeben hatte, zu Ferdia, der damit seine Wunden pflegen sollte. Ihre Pferde wurden wie in alten Zeiten im selben Stall untergebracht, und ihre Wagenlenker schliefen am selben Feuer.

Als die beiden Helden am nächsten Tag aufstanden, kämpften sie erneut von Sonnenaufgang bis Sonnenuntergang, ohne daß einer einen Vorteil errungen hätte. Auch am dritten Tag führte das Ringen zu keinem anderen Ergebnis, aber am Ende dieses Tages trennten sich die Helden in düsterer Stimmung. Nun wurden ihre Pferde und Wagenlenker getrennt untergebracht, denn es war gewiß, daß einer von beiden am folgenden Tag fallen mußte.

Am vierten Tag trat Ferdia hervor und machte seiner Feindseligkeit gegenüber Cuchullain Luft: „Ich komme ganz so wie ein Wildschwein aus dem Rudel", brüllte er, „um dich unter die Wasseroberfläche der Furt niederzudrücken. Denn ich, Ferdia, ich bin es, der dich zermalmen kann, auf daß der Tod ihres Vorkämpfers für die Menschen von Emain Macha noch lange ein schmerzlicher Verlust sein möge."

Von einigen wird erzählt, daß auf diesen Ausruf hin zwei unsichtbare Helfer aus der Feenwelt Cuchullain zu Hilfe kamen und daß Ferdia, als er ihre Gegenwart bemerkte, voller

Groll den Ulstermann anklagte, daß er mit unlauteren Mitteln eine Überlegenheit erlangen wolle. Wütend antwortete Cuchullain, daß, wenn solche Mächte ihm beistünden, dann nur als Ausgleich für das Ungleichgewicht, das durch Ferdias undurchdringliche Haut bestehe. So steigerten sich beide Kämpfer in eine ohnmächtige Wut hinein, während sie aufeinander einschlugen, ohne daß einer nachgegeben hätte.

Als schließlich seine unsichtbaren Beschützer getötet wurden, steigerte sich der Vorkämpfer der Ulstermänner in die volle Raserei seiner Schlachtbegeisterung. In diesem schrecklichen Zustand griff er nach seinem ihn unbesiegbar machenden Speer, dem Gae Bolga, den er vorher aus Ehre vermieden hatte zu benutzen. Damit stieß er mit seiner ganzen Kraft zu und durchbohrte Ferdias Haut an der einen Stelle, an der sie verletzbar war. Als die schreckliche Waffe erst einmal eingedrungen war, sorgten ihre Widerhaken für das übrige.

Als die Raserei der Schlacht von ihm abfiel, fand Cuchullain sich nun vor dem Freund, den er einst so sehr geliebt hatte, und mußte mit ansehen, wie dieser unter unbeschreiblichen Qualen starb. Der Anblick erfüllte sein Herz mit unermeßlichem Schmerz. Zärtlich beugte er sich zu dem schrecklich zugerichteten Körper hinab, hob ihn auf und trug ihn über den Fluß zurück zur Seite von Ulster, damit Ferdia nicht zusammen mit den Kriegern von Connaught, sondern zusammen mit Cuchullains eigenem Geschlecht begraben würde. Und als er zu weinen anfing, brach ein gewaltiger, wehklagender Schmerzensschrei aus ihm hervor.

„Es war alles nichts als ein Spiel", jammerte er, „bis mein Freund Ferdia gegen mich antrat, und nun wird der Schatten seines Todes für immer wie eine dunkle Wolke über mir schweben."

Nach all diesen langen Tagen des Kämpfens war Cuchullains Körper nun so mit Wunden übersät, daß er es nicht mehr aushalten konnte, daß seine Kleider seine Haut berührten. Die Kunde von seinem Leiden erreichte Sualtam, Dechtires Ehemann, der den neugeborenen Cuchullain als seinen eigenen

Sohn angenommen hatte. „Was müssen meine Ohren hören? Ist es der Ton des Himmels, der in Stücke bricht", schrie Sualtam, „oder des Meeres, das ausgegossen wird, oder der Erde, die auseinanderfällt; oder ist es das Stöhnen meines eigenen geliebten Sohnes, das ich höre?" Daraufhin suchte er den Ort auf, an dem der abgekämpfte Held lag, und als er sah, daß sein Körper voller blauer Flecke und klaffender blutiger Wunden war, wollte er schon einen Rachefeldzug unternehmen; doch Cuchullain trug ihm auf, lieber sofort nach Emain Macha zu reiten und Conor und den Kriegern des Roten Zweiges auszurichten, daß er bald am Ende seiner Kräfte sein würde und daß er Ulster ohne ihre Hilfe nicht länger würde verteidigen können.

Sualtam bestieg Cuchullains großartiges Kriegspferd, den Grauen der Schlacht, und eilte nach Emain Macha zu Conors Feste, wo er laut ausrief, daß in Ulster Männer erschlagen, Frauen verschleppt und Rinder geraubt würden. Cathbad der Druide war der erste, der sich vom Bann der Gebrechlichkeit erholte und den lärmenden Eindringling scharf dafür zurechtwies, daß er seine Nachtruhe gestört habe. Höchst verärgert über eine solche Begrüßung gab Sualtam seinem Pferd die Sporen, woraufhin sich der Graue der Schlacht aufbäumte und die scharfe Kante des Schildes mit einer solchen Gewalt gegen den Hals des Reiters katapultierte, daß Sualtams Kopf glatt abgetrennt wurde. Doch war die Wut, die in ihm steckte, so nachhaltig, daß sein abgeschnittener Kopf, als er auf den Boden rollte, nicht aufhörte, seine Warnung zu schreien: „Zu den Waffen! Zu den Waffen! In Ulster werden Männer erschlagen, Frauen verschleppt und Rinder geraubt."

Die Eigenartigkeit dieses Vorfalls genügte, um alle Männer des Roten Zweiges aus ihrem Zustand der Entkräftung wachzurütteln. Als sie wieder zu Kräften gekommen waren, legte Conor vor ihnen allen ein großes Rachegelübde ab. „Der Himmel ist über uns", erklärte er feierlich, „und die Erde unter uns, und das weite Meer umgibt uns von allen Seiten; und wenn nicht die Sterne hinabfallen oder die Erde zusammenbricht oder die Meere das ganze Land überfluten, dann werde ich jedes Tier zu seiner Weide und jede Frau zu ihrem Heim zurückbringen."

Boten wurden durch ganz Ulster geschickt, um alle kampffähigen Männer zusammenzutrommeln. Rasch strömten sie zu dem Ort, an dem Maeves Heer von dem großen Helden festgehalten worden war, und dort stießen die beiden Armeen aufeinander.

Als Cuchullain das Waffengeklirr um sich herum hörte, vergaß er seine Wunden und nahm wieder seine Waffen auf. Kaum war er in der Nähe der vordersten Reihe des Feindes, da sah er, daß dort inmitten der Männer von Connaught Fergus kämpfte.

„Erinnere dich an unsere Vereinbarung, Pflegevater", schrie Cuchullain. Als Fergus seine Worte hörte, warf er das volle Gewicht seiner Waffen zu Boden, machte auf dem Absatz kehrt und rannte vor Cuchullain weg. Als Maeves Krieger sahen, wie ihr Anführer so schamlos die Flucht ergriff, verließ sie all ihr Mut. Ihre Reihe wankte und zerbrach, und sogleich floh Maeves ganze Armee in panischer Furcht vor dem Vorstoß der siegreichen Ulstermänner.

Doch wurde der ursprüngliche Anlaß dieses ganzen blutigen Konfliktes, der prächtige Braune Bulle von Cuailnge, noch immer von Maeves Hirten gefangengehalten. Sie trieben das Tier zurück zu den Weiden der Königin in Connaught, aber auch dort währte Maeves Zufriedenheit nicht lange, denn als der Braune Bulle von Cuailnge auf den „Weißhörnigen", der König Ailill gehörte, traf, haßten sie sich auf den ersten Blick.

Der Braune Bulle senkte seine Hörner und rammte den weißen Rivalen mit der Wucht seines ganzen Gewichtes, woraufhin ein fürchterlicher Kampf zwischen den beiden Tieren entbrannte. Sie tobten und rasten über alle grünen Felder Irlands und brüllten im Kampf, daß es nur so dampfte. Schließlich wurde der Braune Bulle in Cruachan, dem Hohen Sitz von Connaught, gesichtet: An seinen Hörnern hingen in blutigen Stücken die weißen Glieder seines Widersachers. Mit einem lauten Ächzen drehte der Braune Bulle dann seinen zerbeulten Kopf fort von Connaught und ging zurück zu seinen eigenen Weidegründen in Cuailnge.

Nun war die Rechnung zwischen Maeve und Ailill wieder

ausgeglichen, denn beide hatten in dem Krieg große Verluste erlitten, und beide besaßen nun keinen Bullen mehr von solch hohem Wert. Aber die Grausamkeit seines langen Kampfes hatte den Verstand des Braunen Bullen von Cuailnge getrübt, und als er seinen Weg nach Hause gefunden hatte, war er eine Gefahr für alle, die in seine Nähe kamen. Es dauerte nicht lange, bis sein ganzes wahnsinniges Gebrüll sein erhitztes Herz zum Bersten brachte und der Bulle wie ein Stein tot zu Boden fiel. Auf diese Weise kam der große Krieg, der seitdem immer der Viehraubzug von Cuailnge genannt wurde, zu einem Ende.

Es gab viele andere wundersame Begebenheiten und Abenteuer in Cuchullains kurzem, aber glorreichem Leben, denn Königin Maeve vergab ihm niemals die Niederlage, die sie durch seinen Einsatz erlitten hatte, und sie wurde nicht müde, Feinde gegen ihn aufzuhetzen. Unter diesen waren die Könige von Munster und Leinster die erhabensten, doch er tötete beide. Seine gefährlichsten Feinde waren aber die Töchter von Calatin dem Zauberer, die erst nach dem Tod des Hexenmeisters geboren und auf die Insel Alba geschickt worden waren, um dort die mächtigen Künste der Hexerei zu erlernen. Nach ihrer Rückkehr nach Irland wirkten sie manchen Zauberbann gegen Cuchullain, durch den sie ihn zu einem Ort locken wollten, an dem er getötet werden konnte. Doch stand Cuchullain unter dem Schutz von Cathbad dem Druiden, und die drei Hexen hatten keine Freude an ihren Zaubereien, bis schließlich ihre magischen Kräfte den Helden glauben machten, daß die ganze Provinz von Ulster verwüstet würde und in Flammen stünde.

Sogleich eilte Cuchullain den trügerischen Feinden entgegen, obwohl alle Vorzeichen gegen dieses Abenteuer sprachen: Sein Pferd, der Graue der Schlacht, verweigerte sein Zaumzeug und weinte angeblich Tränen aus Blut. Als seine Mutter, Dechtire, ihm einen Kelch mit Wein zu seinem Streitwagen brachte, wo er neben Laig, seinem Wagenlenker, stand, verwandelte sich der Wein auf seinen Lippen in Blut. Und noch furchtbarer war, daß er, als er die erste Furt überquerte, eine Jungfrau sah, die blutbefleckte Schlachtgewänder auswusch und sagte, es seien die Kleider von Cuchullain, der bald sterben müsse.

Doch Cuchullain fuhr unerschrocken seinem Schicksal entgegen, bis sein Wagen zu einem Ort kam, an dem drei häßliche alte Weiber am Wegesrand um ein Feuer hockten. Jede von ihnen war auf dem linken Auge blind, und über dem Feuer waren Bratspieße aus dem Holz der Eberesche aufgehängt, an denen die alten Weiber über den Flammen das Fleisch eines Hundes rösteten. Eines von ihnen lächelte Cuchullain an, als sich sein Streitwagen näherte, und lud ihn ein, ihr Mahl mit ihnen zu teilen.

Nun hatte Cuchullain sein ganzes Leben lang das Verbot eingehalten, kein Hundefleisch zu essen, denn er selbst war der Hund des Culan, und er wollte keinesfalls das Fleisch des Tieres essen, dessen Name er für sich gewählt hatte. Darum lehnte er das Angebot ab und wollte gerade Laig befehlen, weiterzufahren, da behauptete das Weib, das ihn angesprochen hatte, daß er nur deshalb ihren Wunsch zurückweise, weil er zu stolz sei, um mit ihnen gesehen zu werden, wie er ihre dürftige Kost äße.

„Wären wir so reich wie deine Freunde", spottete sie, „wie bereitwillig hättest du dich zu uns gesetzt!"

Cuchullain machte diese Bemerkung betroffen, und er erklärte, daß er sich überhaupt nicht schäme, mit armen Leuten zu essen, und so stieg er von seinem Wagen hinab und setzte sich zu ihnen auf den Boden. Lächelnd riß das Weib das Schulterblatt vom gerösteten Kadaver des Hundes, und Cuchullain nahm es aus ihrer Hand entgegen. Unter den Blicken der Weiber tat der Held allerdings nur so, als nage er an dem Knochen, und versteckte ihn geschwind unter seinem Oberschenkel. Doch auch so fühlte er, wie ein großer Teil seiner Kraft aus der Hand, die das Fleisch angefaßt hatte, und von dem Oberschenkel, unter dem es verborgen war, entwich.

In dem Augenblick erkannte er, daß es Calatins Töchter waren, die ihn so geschwächt hatten. Er sprang auf und sah eine Schar seiner größten Feinde auf ihn zukommen. An ihrer Spitze waren Lughaidh, der Sohn jenes Königs von Munster, den Cuchullain getötet hatte, sowie sein Verbündeter Erc, dessen Vater, der König von Leinster, ebenfalls von Cuchullain eigenhändig niedergestreckt worden war. Er fühlte, daß ihm die Kraft, die ihm gerade entwichen war, fehlen würde, und er wußte, daß er sich dringend um seine Verteidigung kümmern mußte.

Nun war Cuchullain an diesem Tag mit den drei Speeren bewaffnet, von denen es hieß, daß jeder dazu bestimmt war, einen König zu töten. Seine Feinde müssen das gewußt haben, denn sie hatten drei Barden mitgebracht, und es bringt einem Mann Unglück, wenn ein Barde ihn um etwas bittet und er es ablehnt.

„Gib mir einen von den Speeren in deinem Wagen", forderte der erste Barde, „oder ich werde ein solches Spottgedicht über dich verfassen, daß dein Name für immer mit Schande befleckt sein wird."

„Nimm ihn", sagte Cuchullain, „denn niemals werde ich Schande über meinen Namen bringen, weil ich einem Barden etwas verweigere."

Und er warf den Speer, der den Barden auf der Stelle tötete. Aber Lughaidh, der junge König von Munster, zog den Speer heraus und schleuderte ihn zurück, womit er Laig tötete, der der König unter den Wagenlenkern war.

Dann forderte ein zweiter Barde einen Speer von Cuchullain und drohte, die ganze Provinz Ulster zu verspotten, wenn seine Forderung nicht erfüllt würde.

„Ich bin nicht verpflichtet, mehr als einmal am Tag zu geben", antwortete der Held, „aber niemand soll Ulster meinetwegen beschämen", und er warf den Speer so kraftvoll, daß er den Kopf des Barden durchschlug. Aber Erc, der König von Leinster, fing ihn auf, als er zu Boden fiel, und warf ihn zurück, um seinen toten Vater zu rächen. Der Speer traf die Flanke des Grauen der Schlacht, der der König aller Kriegspferde war. Mit einem herzzerreißenden Schrei riß sich Cuchullains Pferd aus seinem Geschirr los und taumelte zu einem nahe gelegenen Teich, woraufhin sein Herr mit nur einem einzigen Pferd zurückblieb, das vor seinen Streitwagen gespannt war.

Dann forderte der dritte Barde von Cuchullain den letzten Speer.

„Habe ich nicht bitter genug für alles gezahlt, was Ulster und ich euch schuldig sind?" fragte Cuchullain ernst.

„Weist du mich ab", antwortete der Barde, „dann werden meine Lieder alle deine Verwandten und Nachkommen mit Hohn und Spott übergießen."

„Ich glaube nicht, daß ich mein Zuhause wiedersehen werde", schrie Cuchullain, „aber mein Geschlecht soll nicht meinetwegen Hohn und Spott ertragen müssen." Dann schleuderte er seinen letzten Speer und brachte den Barden augenblicklich zur Strecke. Wieder zog Lughaidh den Speer heraus und schleuderte ihn dahin zurück, woher er gekommen war, und dieses war der Speer, der tödlich den Bauch des Mannes durchbohrte, der ein König unter den Kriegern war. Cuchullain wußte, daß seine letzte Stunde gekommen war. Er zog den Speer heraus, hielt mit seinen Händen das hervorquellende Eingeweide fest und bat seine Feinde, ihn zum Wasser gehen zu lassen, um zu trinken. Von Ehrfurcht ergriffen, schauten sie schweigend zu, wie er zu dem Teich torkelte und seine Kräfte ihn dabei schnell verließen. Als Cuchullain fühlte, daß er keinen Schritt mehr weiter gehen konnte, lehnte er sich gegen einen großen, obeliskförmigen Stein und band sich selbst mit seinem Gürtel an ihn fest, damit er wenigstens auf seinen Füßen stehend sterben konnte. Als Lughaidh, Erc und ihr Gefolge näher rückten, bäumte sich der Graue der Schlacht zur Verteidigung seines Herrn noch einmal auf und stieß mit einem letzten gewaltigen Kraftakt seine blitzenden Hufe den Feinden ins Gesicht, bevor er tot zu Boden sank.

Doch das Licht um den Kopf des Helden wurde schon trübe, und das Gesicht, das einst im Rausch der Schlacht rot geglüht hatte, war nun so blaß wie über Nacht gefallener Neuschnee. Da geschah es, gerade als dem großen Krieger, so wie er dort stand, aufrecht an den Stein gefesselt, die letzte Lebenskraft schwand, daß eine Nebelkrähe aus der Düsternis hervorflatterte und sich auf seiner Schulter niederließ. So war am Ende die Morrigan gekommen, um Cuchullain als ihr Eigentum einzufordern.

Als sie das sahen, waren sich seine Feinde sicher, daß sein Lebenslicht erloschen war. Es war Lughaidh, der dann Cuchullains edlen Kopf abhackte, damit die Königin Maeve ihn zur Genüge würde betrachten können. Doch selbst im Tod kämpfte der Krieger noch weiter, denn als sich sein Griff löste, sauste sein großes Schwert zu Boden, und die Klinge trennte Lughaidhs Hand am Gelenk ab.

Es heißt, daß sie aus Rache Cuchullains leblose rechte Hand abhackten. Doch keiner von ihnen lebte noch lange, um den Sieg über den großartigsten aller kämpfenden Männer zu genießen, denn sein Freund Conall der Siegreiche stand bald an der Spitze der Krieger des Roten Zweiges und verfolgte die Feinde von Ulster, bis sie alle der großen Verwüstung anheimgefallen waren. Es war Conall, der sich an Lughaidh, dem König von Munster, rächte, gegen den er mit einer Hand auf den Rücken gebunden kämpfte, um gegenüber dem verstümmelten Mann nicht im Vorteil zu sein. Dennoch gelang es ihm, Lughaidh den Kopf abzuschneiden.

Von solcher Art und Weise war also der Tod des größten Kriegers von Ulster im siebenundzwanzigsten Jahr seines jungen Lebens. Und die Krieger des Roten Zweiges von Ulster sollten nie wieder einen solchen Ruhm erlangen wie den, den sie zu Lebzeiten von Cuchullain erworben hatten.

Die Verfolgung von Diarmaid und Grainne

In jenen Tagen, als Cormac mac Art Irland von seinem Königssitz in Tara aus beherrschte, gab es eine stolze Schar von Kriegern, die Fianna genannt wurde, und ihr Anführer war Finn mac Cool. Die Fianna hatten sich bei Eid verpflichtet, die Küsten von Irland zu bewachen und jedem Prinzen auf der Insel, in dessen Gebiet fremde Feinde eindrangen, zu Hilfe zu kommen; und es war kein leichtes, ein Mitglied der Schar zu werden.

Ein kämpfender Mann der Fianna mußte nicht nur ein leidenschaftlicher Krieger sein, sondern auch ein Dichter und ein Mann von vorzüglicher Bildung – und einer, der sich vielen schwerwiegenden Verpflichtungen unterworfen hatte. Er mußte jeder Form von Rache für seine Familie abschwören, und er durfte auch niemals von seinen Familienmitgliedern Vergeltung fordern. Er mußte schwören, in der Schlacht niemals dem Feind den Rücken zu zeigen, niemandem, der ihn darum bat, die Gastfreundschaft zu verweigern, niemals Anstoß in der Frauenwelt zu erregen und keine Mitgift zu verlangen, wenn er eine Frau nahm. Doch das war noch lange nicht alles, denn er mußte viele schwere Prüfungen bestehen, um zu beweisen, daß er es wert war, in die Schar aufgenommen zu werden. Nur ein Mann, der, bis zur Hüfte in einer Grube stehend, lediglich mit einem Schild und einer Haselstrauchrute bewaffnet war und damit die Speere, die neun Krieger gleichzeitig auf ihn warfen, abwehren konnte, ohne dabei verletzt zu werden, nur ein solcher Mann durfte sich ihnen anschließen. Weiterhin mußte er mit dem Vorsprung von einer Baumeslänge durch einen dichten Wald rennen, und wenn einer der bewaffneten Männer, die hinter ihm herjagten, ihm auch nur einen Kratzer zufügen konnte, durfte er sich der Schar schon nicht mehr anschließen.

Das konnte er auch nicht, wenn sein Haar bei der Verfolgung durcheinandergeriet oder er einen Zweig von einem Baum abbrach, und auch nicht, wenn nach bestandener Verfolgungsjagd auch nur einer sah, daß der Speer in seiner Hand zitterte. Und schließlich waren die körperlichen Fertigkeiten dieser Männer höchst erstaunlich, denn es heißt, daß sie im vollen Lauf Dornen aus ihrer Ferse ziehen, daß sie über hohe Zweige springen und unter kniehohen Ästen hindurchlaufen konnten.

Ja, die Krieger der Fianna waren tapfere und gebildete Männer, und keiner war es mehr als ihr Anführer Finn mac Cool, der, sollte er nicht der stärkste unter ihnen gewesen sein, so doch gewiß der treueste, weiseste und freigebigste war. Denn von Finn wurde erzählt, daß er, wenn das abgefallene Laub im Wald pures Gold gewesen wäre und der weiße Schaum auf den Wassern pures Silber, mit Vergnügen alles verschenkt hätte.

Es gab ein großes Wunder, das Finns Weisheit zugrunde lag, und das ereignete sich zu jener Zeit, als er ein Jüngling war und in den Bergen von Slieve Bloom aufwuchs. Der Vater des Jungen war noch vor seiner Geburt in einem erbitterten Kampf zwischen zwei rivalisierenden Clans getötet worden. Der Clan, zu dem Finn gehörte, wurde durch diesen Krieg in alle Winde zerstreut, und er wurde von seiner Mutter heimlich im tiefsten Wald großgezogen, so daß die Feinde ihn nicht finden und töten konnten. Der Jüngling, den man zu jener Zeit Deimne nannte, wurde ein guter Athlet und Jäger, und alle freuten sich, wenn sie ihn sahen. Eines Tages ging er zum Ufer des Flusses Boyne und wurde dort zum Diener eines einsiedlerisch lebenden Mannes von großer Weisheit, der Finn der Seher hieß. Sieben Jahre lang hatte der Eremit gewartet, um in dem tiefen Teich in der Nähe von Slane den Lachs der Erkenntnis zu fangen, denn es war geweissagt worden, daß der Lachs seine Gabe allumfassender Weisheit an einen Mann namens Finn abtreten würde, wenn dieser ihn fangen und essen würde.

Kurz nachdem Deimne zu ihm gekommen war, fing der Einsiedler den Lachs und gab ihn seinem Diener zum Kochen, nicht ohne ihn zu warnen, ja keinen Bissen von seinem Fleisch zu essen. Als der Jüngling aber mit dem gekochten Fisch zurückkehrte, spürte der Seher, daß mit dem Jüngling etwas nicht stimmte, und so fragte er ihn, ob er irgendeinen Teil gegessen habe. „Das habe ich nicht", erwiderte Deimne, „aber als ich den Lachs gewendet habe, habe ich mir den Daumen verbrannt und eine Blase bekommen, darum habe ich ihn in meinen Mund getan, um den Schmerz zu lindern."

„Du hast mir gesagt, dein Name sei Deimne", sagte sein Meister, den plötzlich ein furchtbarer Verdacht überkam. „Hast du noch irgendeinen anderen Namen?"

„Das habe ich", antwortete der Jüngling, und das war die reine Wahrheit, denn so viele Leute hatten gefragt, wer denn der schöne junge Mann sei, daß man ihm das Wort „schön" als zweiten Namen gegeben hatte. „Der Name, den ich angenommen habe", sagte er, „ist Deimne Finn."

„Dann bist du es, für den der Lachs bestimmt war", sagte Finn der Seher traurig. „Jetzt mußt du ihn ganz essen."

Der junge Finn tat, wie ihm geheißen wurde, und so erlangte er die Gabe der Weisheit. Wann immer er in seinem weiteren Leben einen guten Rat brauchte, mußte er nur an seinem Daumen der Erkenntnis lutschen, und dann wußte er auf einmal alles, was ihm zu wissen not tat.

Dann, so geht die Geschichte weiter, benutzte Finn seine magische Gabe der Weisheit, um die Feinde seines Vaters zu verblüffen und sie zu überzeugen, sich mit seinen eigenen Leuten zusammenzutun, und so wurden aus den zwei Clans einer, die Fianna, über den Finn weise herrschte. Als seine Kräfte wuchsen, zollten alle Könige Irlands diesem überaus gerechten und begabten Mann ihre Hochachtung, und er stellte seine unabhängige Stärke in ihre Dienste und vollbrachte viele mutige und wunderbare Heldentaten. Es waren die Fianna, die ihre Reiche von allen Arten von Riesen, Drachen und Ungeheuern, die Unruhe stifteten, befreiten. Zwar war Finn ein Seher und ein Dichter und ein mächtiger Krieger, aber seine wohl größte Leidenschaft galt der Jagd.

Die Fianna waren alle gute Jagdleute, und viele ihrer größten Abenteuer begannen mit einer Verfolgungsjagd durch den Wald, wo sie gegen magisches Blendwerk und anderen Zauber bestehen mußten, und endeten mit Blutvergießen. Doch dank ihrer Wahrheitsliebe und der Kraft ihrer Hände gingen sie aus allen Gefahren siegreich hervor.

Finn selbst hatte zwei feine Jagdhunde, Bran und Sceolan, die beide magische Wesen waren und ihm so nahestanden wie Blutsverwandte, ja sie waren tatsächlich seine eigenen Neffen, die Finns Schwester zur Welt gebracht hatte, als sie durch Hexerei in eine Hündin verwandelt worden war. Finns Liebe zur Jagd spiegelte sich in dem Namen wider, den er seinem Sohn gab, Oisin, was „Rehkitz" bedeutet, und seinen Enkelsohn nannte er Oscar, was „einer, der die Rehe liebt", bedeutet.

Als Finn, Oisin und Oscar einmal einem verzauberten Rehkitz in den Wald gefolgt waren, kam es zwischen ihnen und den Feengöttinnen der *sidh* zu einem Bündnis im Kampf gegen ein großes Heer, das gekommen war, um die *sidh* anzugreifen; und die Sage von der Verfolgungsjagd der verzauberten Schweine des Aengus erzählt davon, wie das hitzige Wetteifern zwischen Finn und dem Gott Aengus darüber, ob Finns Hunde stärker seien als die Schweine des Gottes, zu einem vernichtenden Krieg zwischen Göttern und Helden hätte führen können, wenn nicht Finn weise eingelenkt hätte.

Doch die packendste Geschichte von Finn dem Jäger handelt nicht von der verzauberten Jagd nach einem Reh oder einem Wildschwein, sondern von der verhängnisvollen Verfolgung einer Frau und des Mannes, den sie liebte, und diese traurige Geschichte geht so:

Es war in jener Zeit, als die Jahre Finn einen alten Mann hatten werden lassen, und seit seine Frau gestorben war, hatte er kaum mehr eine Nacht gut geschlafen. Da er sich nach einer Gefährtin für sein Alter sehnte, teilte er Cormac mac Art, dem Hohen König von Tara, mit, daß er dessen Tochter Grainne zur Frau nehmen wolle. Nun konnte es für eine Königstochter keine edlere Partie geben, als mit Finn, dem größten Helden von ganz Irland, verheiratet zu werden, aber zwischen Cormac und Finn hatte nicht immer alles zum besten gestanden, und von Grainne wußte man, daß sie alle Männer, die um ihre Hand angehalten hatten, zurückgewiesen hatte. Deshalb waren alle erleichtert, als Cormac Grainne fragte, ob sie in die Heirat einwilligen würde, und sie antwortete, daß Finn, wenn er ein passender Schwiegersohn für ihren Vater sei, ja wohl auch ein passender Ehemann für sie sein dürfte.

Daraufhin wurde Finn eingeladen, bei einem großen Hochzeitsfest, das am Hohen Sitz des Königs stattfand, seine Braut in Empfang zu nehmen. In Begleitung der von ihm ausgewählten Männer kam Finn mit großem Pomp nach Tara, wo er herzlich von König Cormac willkommen geheißen wurde. Doch Grainne war von Finns Ankunft weniger erfreut, denn obwohl sie viel von seinen großen Heldentaten gehört hatte und ihr leidenschaftliches Herz beim Anhören der Heldengeschichten vor Aufregung schneller geschlagen hatte, hatte sie Finn niemals zuvor mit eigenen Augen gesehen. Sie war nun entsetzt, als sie sah, daß der Mann, mit dem sie verlobt war, schon älter war als ihr eigener Vater.

„Es ist doch sehr merkwürdig, daß Finn nicht eine Heirat zwischen mir und seinem Sohn Oisin vorgeschlagen hat", dachte sie, „denn er wäre wohl der passendere Bräutigam gewesen." Finn hingegen fand Grainne so schön, wie er sie sich erträumt hatte, und als sie beieinandersaßen, wollte er seine Verlobte bezaubern, indem er ihr die Gelegenheit bot, ihre Schlagfertigkeit im Antworten auf seine Rätselfragen unter Beweis zu stellen.

„Was ist weißer als Schnee?" fragte er.

„Die Wahrheit", sagte sie wie aus der Pistole geschossen.

„Und was ist schärfer als ein Schwert?"

„Der Scharfsinn einer Frau, die zwischen zwei Männern steht."

„Und was ist schneller als der Wind?" fragte Finn.

„Der Geist einer Frau", antwortete Grainne, und in allen ihren Antworten gab sie kein unwahres Wort von sich. In Wahrheit aber fühlte sie keine Liebe für Finn. So warf sie während des Hochzeitsfestes, als das Essen aufgetragen wurde, die Lieder gesungen wurden und die ganze Festgesellschaft bester Stimmung war, ihre aufmerksamen Blicke auf alles, aber nicht auf den Mann, dem sie versprochen war.

Finns Druide saß neben ihr am Tisch, und Grainne fragte

ihn nach den Namen all derer, die Finn zu dem Fest begleitet hatten. Der Druide nannte nacheinander alle Namen der Helden der Fianna, bis sie am Ende fragte: „Und wer ist der Mann, der so höflich spricht, der links von Oisin sitzt?"

„Das ist Diarmaid, der Sohn des Duibhne", antwortete der Druide, „der dritte Mann der Fianna, der direkt nach Finn selbst und nach Finns Sohn Oisin kommt und der beste Liebhaber weit und breit ist."

Und während Grainne noch auf das schöne Gesicht des dunkelhaarigen Mannes starrte, der eine Mütze trug, welche forsch bis zu den Augenbrauen hinuntergezogen war, kam es zu lautem Gebell der Hunde, die unter dem Tisch um die Abfälle stritten. Als Diarmaid aufstand, um sie zu trennen, fiel die Mütze, die einen Teil seiner Schläfe bedeckt hatte, hinunter, und beim Anblick des Liebesmals, das dort plötzlich zu sehen war, war Grainnes Herz mit unbändiger Liebe für diesen Mann erfüllt.

Ihre Kehle brannte wie Feuer, als sie ihre Magd herbeirief und sie losschickte, um aus dem Sonnenzimmer den großen goldenen Trinkpokal zu holen, der Wein für fast die gesamte Gesellschaft fassen konnte. Als der Kelch gebracht wurde, tat Grainne heimlich eine Droge in den Wein und trug ihn eigenhändig zu Finn, den sie bat, einen großen Schluck zu nehmen. Dann lief sie rund um den Tisch, und kein Mann konnte ihr einen Schluck abschlagen. Als der Kelch leergetrunken war, hatten alle daraus getrunken bis auf Diarmaid, Finns Sohn Oisin, seinen Enkelsohn Oscar und den Druiden, der neben Grainne saß.

Es dauerte nicht lange, bis alle, die aus dem Kelch getrunken hatten, von einem tiefen Schlaf übermannt wurden. Dann stand Grainne auf und ging zu Diarmaid, zu dem sie mit angehaltenem Atem sagte: „Ich bitte dich, meine Liebe anzunehmen, Diarmaid Sohn des Duibhne, und mich heute nacht aus diesem Haus hinauszuführen."

Diarmaid war von diesen Worten höchst erstaunt und schwor, daß er keinen geheimen Umgang mit einer Frau haben würde, die schon seinem Herrn versprochen war. „Es ist ein großes Wunder, daß du deine Liebe mir gibst und nicht Finn", wandte er ein, „denn es gibt im ganzen Land keinen größeren Frauenliebhaber als ihn."

Daraufhin erzählte Grainne dem verblüfften Mann, wie sie auf sein Gesicht gestarrt hatte, als die Mütze heruntergerutscht war und das Liebesmal enthüllt hatte, und wie ihr Herz sofort mit einer so starken Liebe erfüllt war, daß sie nicht lange würde leben können, wenn ihre Liebe nicht erwidert würde.

Nun wußte Diarmaid von der Macht des Liebesmals, das der Gott Aengus ihm auf die Stirn gesetzt hatte, und genau aus dem Grund hatte er versucht, es zu verbergen. Er beklagte den unglücklichen Zufall, durch den Grainnes Blick auf es gefallen war, und bemühte sich, ihr ihre Liebesforderungen abzuschlagen, indem er sagte, daß er, selbst wenn er seine Treue zu Finn zu brechen wünschte, es doch nicht wagen würde.

„Aber heißt es nicht von den Fianna, daß sie ohne Furcht sind, und auch, daß sie niemals einer Frau eine Kränkung zufügen?" sagte Grainne.

„So ist es", gab Diarmaid zu.

„Dann nehme ich dich in die Pflicht, daß du mich jetzt nicht abweisen darfst", schrie sie. Und als sie sah, daß er angesichts des Konflikts, den ihre entschiedene Forderung in ihm auslöste, blaß wurde, ging sie hinaus, sagte aber noch vorher: „Ich werde bei den Mauern von Tara auf dich warten. Wenn du ein richtiger Mann bist, wirst du mich, bevor Finn und mein Vater, der König, aus ihrem Schlaf erwachen, von diesem Ort wegführen."

Diarmaid fühlte sich hin- und hergerissen zwischen der Treue zu seinem Herrn und einer Verpflichtung, die kein Mann von Ehre zurückweisen konnte, und wandte sich mit vor Verwirrung hochrotem Kopf an die Freunde, die noch wach waren, erzählte ihnen, was geschehen war, und fragte sie nach ihrem Rat.

„Obwohl ich der Sohn meines Vaters bin", antwortete Oisin, „sage ich dir, daß du dich, wenn die Frau dich in die Pflicht nimmt, nicht schuldig machst, wenn du mit ihr gehst." Und Oscar, Finns Enkelsohn, fügte hinzu, daß es für einen Mann keine größere Schande geben könne, als die heiligen Bande, die eine Frau ihm auferlegt habe, zu verletzen.

Diarmaid fühlte sich noch immer von dem Konflikt gemartert und wandte sich schließlich mit der Bitte um einen Rat an Finns Druiden. Der Druide schüttelte seinen Kopf und sprach: „Auch ich sage dir, daß du mit Grainne gehen sollst, obgleich ich den Gedanken nicht loswerde, daß es dir den Tod bringen wird."

So nahm Diarmaid seine Waffen auf, verabschiedete sich schweren Herzens von seinen Freunden, verließ den Saal der Schlafenden und fand Grainne, die draußen in der Nacht auf ihn gewartet hatte. Zusammen kletterten sie mit Hilfe der Speere, die er zwischen den Steinen befestigt hatte, über die äußere Mauer von Tara, und als sie auf der anderen Seite angelangt waren, sagte Diarmaid: „Dieses ist eine üble Reise, die du antrittst, Grainne, denn ich kenne keinen Fleck in ganz Irland, wo wir beide uns verstecken könnten. Es wäre besser, wenn wir jetzt umkehrten, bevor Finn aufwacht." Doch Grainne antwortete ihm, daß sie niemals umkehren würde und daß sie sich niemals von ihm trennen lassen würde, ja daß nur der Tod sie würde trennen können.

Daraufhin murmelte Diarmaid bedrückt, daß er nichtsdestoweniger Finn die Treue halten würde, und führte Grainne hinaus in die Nacht. Sie überquerten bei Athlone den Fluß Shannon und hatten eine weite Strecke zurückgelegt, als sie schließlich zu einem Ort kamen, der „Wald der Zwei Hütten" hieß. Es war an diesem Ort mitten im Wald, daß Diarmaid für Grainne eine Behausung zimmerte, die von einem Zaun aus Weidenruten umgeben war und so gebaut war, daß sie sieben Türen hatte, durch die sie würden entkommen können.

Als Finn aus seiner Betäubung aufwachte und von der Flucht von Diarmaid und Grainne erfuhr, war er von einem solch heftigen Zorn erfüllt, daß seine Freunde um seinen Verstand fürchteten und mehr Sympathie für Diarmaid aufbrachten als für ihren eifersüchtigen Herrn. Finns beste Fährtenfinder wurden sofort auf die Spur der Geflohenen angesetzt, und das Versteck im Wald wurde schnell entdeckt. Als diese Nachricht die Fianna erreichte, waren sich Oisin und Oscar einig, daß die Liebenden gewarnt werden mußten, daß Finn kommen würde. Sie schickten Finns eigenen Hund, Bran, der seinen

Kopf in Diarmaids Schoß legte, während dieser in der Hütte schlief, und als Diarmaid Brans Berührung fühlte und wach wurde, wußte er sogleich, was diese Warnung zu bedeuten hatte. Doch zu Grainnes großem Entsetzen weigerte er sich zu fliehen.

„Da ich letztendlich Finn nicht entgehen kann", sagte er traurig, „kann ich mich ihm auch jetzt so gut wie zu jeder anderen Zeit stellen." So warteten denn die beiden gemeinsam auf Finn und sein Gefolge von gedungenen Männern, daß diese sie überfallen würden.

Finn wußte allerdings, daß diejenigen, die ihm am nächsten standen, keine Sympathie für seinen finsteren Zorn hatten. Selbst sein eigener Sohn Oisin machte ihm Vorwürfe wegen seiner Eifersucht, aber sein Stolz und seine Wut kannten vor lauter Rachegelüsten keine Grenzen. Dank seines überlegenen Wissens war es ihm klar, daß sich die Flüchtlinge noch in ihrer Hütte im Wald der Zwei Hütten befanden; doch als sie dort ankamen, versuchte Oisin es zu bestreiten, indem er vorbrachte, es sei ein schmähliches Anzeichen von Eifersucht, daß sein Vater glaube, Diarmaid würde an einem Ort bleiben, wenn er doch wisse, daß Finn hinter ihm her sei.

Finn sah seinen Sohn mit einem kalten Blick an, schritt zu dem hohen Zaun und rief hinüber: „Oisin schwört, du würdest nicht an diesem Ort warten, wenn du wüßtest, daß Finn hinter dir her ist. Aber ich sage, daß du hier bist, Diarmaid. Wer von uns hat recht?"

„Wann hätte dich dein gutes Urteilsvermögen jemals verlassen, Finn?" antwortete Diarmaid sogleich. „Ich bin hier mit Grainne."

Dann befahl Finn seinen Männern, den Ort zu umstellen, einzudringen und sie zu ergreifen.

Von den Unsterblichen, die über das Schicksal der Menschen wachten, war derjenige, der sich am meisten für die Angelegenheiten der Liebenden interessierte, Aengus Og. Auch war er der Pflegevater von Diarmaid gewesen, als der junge Mann der Schüler von Manannan mac Lir im Land des Versprechens unter den Wellen gewesen war. Als er die große Gefahr sah, die seinem Pflegesohn nun drohte, nahm Aengus den Mantel der Unsichtbarkeit, den die Götter benutzten, und ließ sich von einem kalten, klaren Wind tragen, bis er neben Diarmaid und Grainne landete, die beide mit rasenden Herzen in ihrer Hütte im Wald warteten.

Aengus riet Diarmaid, daß in dieser äußerst bedrohlichen Lage nur eine Sache weise wäre, nämlich sich seines Zaubermantels, den er mitgebracht hatte, zu bedienen. Wenn sie beide ihre Köpfe damit bedeckten, könnten sie die Reihen von Finns Männern unsichtbar passieren und so seinem Zorn entkommen. Doch Diarmaids treues Herz erlaubte es ihm nicht, sich mit Hilfe von übernatürlichen Mitteln der Wut von Finn zu entziehen.

Er bat Aengus, Grainne unter den Schutzmantel zu nehmen, damit wenigstens sie unverletzt entkommen möge, und sagte: „Wenn ich überlebe, werde ich dir binnen kurzem folgen, und wenn ich nicht überlebe, dann bringe Grainne zu ihrem Vater nach Tara und lasse ihn entscheiden, was am besten mit ihr geschehen soll."

Er schaute zu, wie der Gott seinen Mantel um Grainne hüllte, und dann verschwanden die beiden Gestalten vor seinen Augen und ließen ihn allein zurück mit Finns Männern, die an allen sieben Toren auf ihn warteten.

An jeder Tür, die er gebaut hatte, rief Diarmaid laut dieselbe Frage, nämlich wer sie bewache, und an fünf der Tore standen Mannschaften, die von Männern angeführt wurden, die Mitgefühl für seine Notlage aufbrachten – Oisin, Oscar, Caoulte und andere, von denen er jeden um Hilfe hätte bitten können. Das sechste Tor wurde von dem Clan bewacht, der ihn zuerst aufgespürt hatte, und die Krieger dieses Clans hatten ihn niemals auch nur im geringsten gemocht. Als Diarmaid dann zu wissen begehrte, wer das letzte Tor bewache, und eine Stimme antwortete: „Kein Freund von dir, Diarmaid Sohn des Duibhne", da wußte er, daß Finn selber dort auf ihn wartete, und zwar mit vierhundert gedungenen Männern hinter sich.

„Dann wird es dein Tor sein, an dem ich herauskomme, Finn", schrie er, und unter Einsatz von zwei Wurfspießen, die ihm vor langer Zeit von Manannan mac Lir gegeben worden waren, schwang er sich hoch über die Mauer. Der erstaunliche Sprung ließ Finns Heer vor Überraschung wie gelähmt dastehen, und als er auf dem Boden aufkam, floh er so schnellfüßig, daß sie ihn nicht fangen konnten. Außer Atem kam er zu dem Ort, wo Aengus auf ihn wartete, und Grainne stieß einen Freudenschrei aus, als sie ihn in Sicherheit sah.

Ein halbes Wildschwein wurde am Bratspieß geröstet, so daß Diarmaid in jener Nacht gut aß und in Grainnes Armen glücklich ruhte. Am nächsten Morgen sagte Aengus, daß er sie verlassen müsse, aber er gab ihnen die folgenden Ratschläge: sich niemals in einem Baum zu verstecken, der nur einen Stamm hat; niemals in einer Höhle zu schlafen, die nur einen Eingang hat; und niemals eine Insel anzulaufen, die nur einen Hafen hat. „Und wo auch immer ihr euer Essen kocht", sagte er, „eßt es nicht an demselben Ort; und wo auch immer ihr euer Essen eßt, legt euch nicht am selben Ort zum Schlafen nieder; und wo auch immer ihr einen Ort zum Schlafen findet, dürft ihr eure Köpfe niemals ein zweites Mal zur Ruhe legen." Dann, nachdem er für sie ein Leben wie das von gejagten Vögeln bestimmt hatte, wünschte er ihnen alles Gute und verließ sie.

Die Fliehenden befolgten die Ratschläge von Aengus so gewissenhaft, daß es lange dauerte, bis Finns Männer sie eingeholt hatten. Auf ihrem Weg nach Westen begegneten sie einem jungen Krieger, der einen Herrn suchte. Sein Name war Muadan, und als er sich zum Dienst für Diarmaid verpflichten wollte, drängte Grainne ihren Geliebten, das Angebot anzunehmen, „denn man kann nicht immer ohne Menschen sein", sagte sie.

So reisten sie zu dritt weiter, und als sie zur Küste kamen, sahen sie in einer Bucht drei Schiffe, von denen Truppen bewaffneter Männer an Land kamen. Diarmaid verlangte von den Fremden zu wissen, wer sie seien, und erfuhr, daß zweitausend Männer aus Alba angefordert worden waren, um Finn bei seiner Suche zu helfen. Angeführt wurden sie von drei Kämpen, die Schwarzfuß, Weißfuß und Starkfuß genannt wurden, und als diese wissen wollten, ob der Fragesteller die zwei Flüchtlinge, hinter denen sie her seien, gesehen habe, antwortete Diarmaid, daß er sie noch am Vortag gesehen habe, und versprach den Fremden, daß sie Diarmaids kampferprobte Hand erkennen würden, wenn sie auf sie träfen.

Dann fragte er, ob es auf dem Schiff Wein gebe, und als ein großes Faß an Land gebracht worden war, tranken sie nicht wenig, und Diarmaid verblüffte die Fremden, indem er atemberaubende athletische Kunststücke vorführte. Als die betrunkenen Soldaten versuchten, ihn darin nachzuahmen, auf dem Weinfaß stehend den Hang hinabzurollen, wurden fünfzig von ihnen getötet. Am folgenden Tag starb eine größere Zahl von ihnen, als er sie herausgefordert hatte, es ihm gleichzutun und nackt auf die Spitze eines senkrecht aufgestellten Speers zu springen. Eine noch größere Zahl von ihnen wurde in Stücke geschnitten, als sie versuchten, so behend wie er die Brücke zu überqueren, die zwischen zwei Astgabeln von der scharfen Kante seines Schwertes, des Moralltach, gebildet wurde. Als dadurch die Überzahl, die ihm gegenüberstand, stark vermindert war, gürtete Diarmaid am nächsten Tag sein Schwert um. Er ließ Grainne unter dem Schutz seines Freundes Muadan zurück und trat der fremden Armee entgegen. Als der Kampf zu Ende war, hatten Schwarzfuß, Weißfuß und Starkfuß nur noch wenige Krieger zu ihrer Verfügung, und zu Grainnes großer Freude kam Diarmaid unverletzt zu ihr zurück.

Als die drei gegnerischen Anführer am nächsten Tag gegen ihn antraten, besiegte er sie alle drei der Reihe nach. Anstatt sie zu töten, ließ er sie beschämt mit Knoten gefesselt, die niemand lösen konnte, zurück. Aber es gehörten auch drei wilde Jagdhunde zu den gegnerischen Truppen, und da Diarmaid wußte, daß es nicht lange dauern würde, bis diese Bestien auf ihn losgelassen würden, sprach er zu Grainne und Muadan, daß es besser wäre, wenn sie die Höhle, in der sie sich aufhielten, verließen.

Es dauerte nicht lange, da hatte der erste der Jagdhunde sie eingeholt. Muadan erlegte ihn im Lauf, indem er aus seiner Tasche selbst einen kleinen Terrier hervorholte, der in die Mundhöhle des großen Tieres sprang, den Rachen hinunterglitt, das Herz mit den Zähnen schnappte und seitlich durch den Brustkasten wieder herausbrach. Währenddessen hatte Diarmaid den zweiten Hund mit einem einzigen Wurfspieß niedergestreckt, aber der dritte sprang über seinen Kopf und stürzte sich mit fletschenden Zähnen auf Grainne. Doch bevor die Zähne zubeißen konnten, ergriff Diarmaid die Bestie an den Hinterbeinen und schlug sie so gewaltsam zu Boden, daß ihr Schädel von einem Stein zertrümmert wurde. Nachdem die Jagdhunde getötet worden waren, wandte er sich den Jägern zu und verschonte nur eine von ihnen, die Frau vom Schwarzen Berg, die die Kunde von der Niederlage an Finn überbrachte.

In der Zwischenzeit hatten zwei Krieger Finn ersucht, sie als kämpfende Männer in die Fianna aufzunehmen. Weil sie die Söhne von Männern waren, die den Tod seines Vaters zu verantworten hatten, erlegte Finn ihnen eine schwere Prüfung auf. Er sagte, er würde ihnen nur dann erlauben, sich der Gesellschaft der Fianna anzuschließen, wenn sie eines von zwei Dingen vollbrächten. Entweder müßten sie ihm von dem magischen Vogelbeerbaum Beeren pflücken, deren Besitz alle Krankheiten fernhielt und ein himmlisches Wohlgefühl sicherte; oder sie müßten ihm den Kopf des Verräters Diarmaid bringen. Nun war wohlbekannt, daß der Vogelbeerbaum von dem einäugigen fomorischen Riesen Searbhan bewacht wurde, der ein Ungeheuer mit fürchterlichen Kräften war. Darum erschien den Kriegern die zweite Aufgabe die viel leichtere zu sein. Doch bevor sie noch ihren Irrtum begreifen konnten, waren beide schon besiegt und fanden sich mit Knoten gefesselt als Gefangene des Diarmaid wieder.

Jener Vogelbeerbaum aber war aus einer verzauberten Frucht der Eberesche gewachsen, die einer aus dem Volk der Danu vor langer Zeit achtlos hatte fallen lassen. Das Volk der Danu war es auch, das Searbhan als Wächter seiner Früchte aufgestellt hatte, und die Wachsamkeit des gräßlichen Ungetüms war von der Art, daß selbst die Männer der Fianna sich scheuten, in die Nähe des Baumes zu kommen. Als die zwei gefangenen Krieger Diarmaid jenen Ort ins Gedächtnis zurückbrachten, fiel ihm ein, daß Grainne und er am Ende dort eine sichere Zuflucht finden könnten. Verwegen trat er dem abscheulichen fomorischen Wächter entgegen und bat um Erlaubnis, in der Gegend um den Vogelbeerbaum herum lagern und jagen zu dürfen. Searbhan erwiderte mit einem mürrischen Blick aus seinem einen Auge, daß sie ihr Lager aufschlagen dürften, wo sie wollten, solange sie keine Beeren von dem Baum, den er bewache, nähmen.

Zu jener Zeit war Grainne gerade schwanger und litt entsetzlich an der daraus folgenden Übelkeit. Während sie darauf wartete, daß Diarmaid, der im Gelände um den Baum herumstöberte, zurückkehrte, begann sie sich heftig nach der Erleichterung zu sehnen, die das Essen der scharlachroten Beeren ihr bringen würde. Als er sah, wie sehr sie litt, ging Diarmaid zurück zu Searbhan und fragte, ob er nicht, um ihre große Not zu lindern, eine Handvoll Beeren als Geschenk bekommen könnte.

Das Ungeheuer antwortete, daß Grainne, selbst wenn sie die letzte Frau auf Erden wäre und allein diese Beeren sie und das ungeborene Kind retten könnten, nicht einmal eine einzige Beere bekommen würde. Diarmaid war erzürnt über diese gefühllose Gleichgültigkeit, zog sein Schwert, und nach einem zähen Ringen, das ihn um ein Haar das Leben gekostet hätte, spaltete er dem fomorischen Ungeheuer den Schädel. Er pflückte einige Büschel der scharlachroten Beeren von dem Baum und brachte sie sogleich zu Grainne, und die übrigen gab er den Gefangenen, denen er befahl, mit ihnen zu Finn zurückzukehren und ihren Platz unter den Fianna einzunehmen.

Als Finn sich ihre Geschichte angehört hatte, versammelte er ein weiteres Mal seine Truppen, um seinen Feind, der sich ihm entzog, am magischen Vogelbeerbaum zu suchen. Als er dort ankam, hatten Diarmaid und Grainne die erste Unterkunft, die sie errichtet hatten, verlassen und lebten wie Reiher in den Ästen der Eberesche. Sie versteckten sich hinter den Blättern und beobachteten, wie Finn und seine Männer in der Mittagshitze in der Lichtung ankamen und ihr Lager um den unbewachten Baum herum aufschlugen.

Finn wußte sehr wohl, wo Diarmaid und Grainne sich versteckten, doch als er dieses Oisin erzählte, sagte sein Sohn, es sei ein schmähliches Anzeichen von starker Eifersucht, zu glauben, Diarmaid würde sich an einem solchen Ort verstecken, obgleich er doch wisse, daß Finn hinter ihm her sei.

Daraufhin ordnete Finn an, daß das Fidchell-Brett gebracht werde, und als die Figuren auf ihren Feldern auf dem Brett unter dem Baum standen, forderte Finn seinen Sohn zu einer Partie heraus. Im Laufe des Spiels wurde Oisin von Oscar und Finns Druiden beraten, aber Finn verfolgte seine Strategie so geschickt, daß sich eine Stellung ergab, in der Oisin nur mit einem einzigen Zug die Partie gewinnen konnte. Weder er noch einer seiner beiden Berater konnten den Zug sehen.

Von seinem Versteck hinter den Blättern in den Ästen über dem Brett hatte Diarmaid dem Fortschreiten der Partie zugeschaut und, selbst kein schlechter Fidchell-Spieler, auch schon den Gewinnzug gesehen. Er konnte es nicht mit ansehen, wie Finn Oisin verhöhnte, pflückte eine Beere von einem Zweig und ließ sie auf die entscheidende Figur fallen. Oisins Aufmerksamkeit wurde darauf gelenkt, er sah den Zug, führte ihn aus, und zu Finns Verdruß posaunten die Männer der Fianna es laut aus, daß sich das Spiel gewendet hatte. Zwei weitere Partien endeten auf dieselbe Weise. Nach seiner dritten Niederlage erhob sich Finn und schrie: „Kein Wunder, daß du das Spiel gewinnst, Oisin, da dir nicht nur von meinem Druiden und meinem Enkelsohn, sondern auch noch vom Verräter Diarmaid im Baum über dir geholfen wird."

Wieder erklärte Oisin, daß eine solche eifersüchtige Einbildung ein äußerst beschämendes Zeichen für den Geisteszustand seines Vaters sei, doch Finn schrie auf: „Ich sage, daß du mitsamt deiner Hure in dem Baum bist, Diarmaid, und mein Sohn, Oisin, sagte, du bist nicht dort. Wer von uns hat recht?"

Darauf antwortete Diarmaid: „Wann hätte dich dein gutes Urteilsvermögen jemals verlassen, Finn? Ich bin hier in der Eberesche mit Grainne."

Dann erhob er sich und gab vor den Augen von Finn und der Fianna Grainne drei zärtliche Küsse auf den Mund.

Finns Herz war so sehr von Verbitterung durchdrungen, daß er den Anblick nicht ertragen konnte. Indem er gegen Gefühle von Ohnmacht und Lähmung in seinen Gliedern ankämpfte, rief er aus, daß Diarmaid als Vergeltung für die große Schande, die er ihm vor der gesamten Fianna angetan hatte, als er

Grainne aus seinem Schloß in Tara geraubt hatte, nun umgehend den Kopf, der diese Küsse gegeben hatte, abgeschlagen bekäme.

Sodann befahl er all seinen vierhundert Söldnern, den Baum zu umstellen, und er versprach dem Mann, der ihm den Kopf des Verräters bringen würde, seine Waffen und Rüstung sowie einen Ehrenplatz unter den Fianna.

Und wieder kam in diesem Augenblick der höchsten Not Aengus Og von den Unsterblichen, der Beschützer der Vögel, seinem Pflegesohn zu Hilfe. So kam es, daß Aengus dem ersten Krieger, der auf den Baum kletterte und mit einem Fußtritt von Diarmaid von den Ästen hinuntergestoßen wurde, mit seiner Zauberkraft das Gesicht von Diarmaid gab, weshalb ihm, als er unten aufschlug, der Kopf abgeschnitten wurde. Das wiederholte sich so lange, bis der Boden unter dem Baum glitschig war vor lauter Köpfen, die nicht länger die schönen Gesichtszüge von Diarmaid aufwiesen. Dann hüllte Aengus wie schon zuvor auf Diarmaids Geheiß hin Grainne in den Mantel der Unsichtbarkeit und trug sie fort, während Diarmaid sich selbst mit einem so gewaltigen Sprung von dem Baum wegkatapultierte, daß er über alle Köpfe von Finns Männern hinweg durch die Luft segelte und einen genügenden Vorsprung besaß, um im Wald zu verschwinden.

Einige sagen, daß Finn, nachdem sein unedler Charakter diese weitere Niederlage erlitten hatte, in das Land Tir Tairngire in der Anderswelt ging, um dort Hilfe von dem alten Weib zu suchen, das ihn einst, als er als Kind schon mit Waffen übte, aufgezogen hatte. Und als er sie unter den Schatten dort gefunden hatte, versprach sie, nach Irland zurückzukehren und alles zu tun, was in ihrer Macht stehe, um ihm gegen Diarmaid zu helfen.

Die fliehenden Liebenden standen unterdessen für eine Weile unter dem Schutz von Aengus Og in dessen Wohnung beim Fluß Boyne. Danach verbargen sie sich in der tiefen Meereshöhle am westlichen Ozean, wo in einer wilden Sturmnacht ein Fomorier namens Ciach der Grimmige Unterschlupf bei ihnen suchte. Diarmaid hieß ihn willkommen, und schon bald saßen die beiden Männer zusammen am Spielbrett; aber Ciach gewann die Oberhand und verlangte als Siegespreis Grainne zur Frau.

Als er seine Arme um sie legte, als wollte er sie davontragen, scherzte Grainne, daß es lange her sei, seit der dritte Mann der Fianna dasselbe getan habe. Diarmaid war wie gestochen von einer plötzlichen, eifersüchtigen Wut, ergriff sein Schwert und schlug den Fomorier tot. Grainne war so zornig über seinen Wutanfall, daß sie ein Messer ergriff, das in der Nähe lag, und es in Diarmaids Oberschenkel stieß. Einen Augenblick lang starrten sich die beiden voller Erregung an, dann stürzte Diarmaid, ohne ein Wort oder einen Schrei von sich zu geben, hinaus in den Sturm.

Grainne rief hinter ihm her und folgte ihm hinaus in die Nacht, aber sollte er ihre Rufe gehört haben, so antwortete er jedenfalls nicht; und es war nicht vor Tagesanbruch, daß sie ihn fand. Schweigend saßen sie dann in der rauhen Luft zwischen den Steinen und hörten, jeder für sich, dem Meer zu.

Nach einer Weile hörten sie den spitzen Schrei eines Reihers, den der Wind zu ihnen herüber trug. Grainne drehte sich zu ihrem stummen Geliebten um und sagte leise: „Wenn du es kannst, dann sage mir, edler Sohn des Duibhne, dem ich meine Liebe gab, aus welchem Grund der Reiher aufschreit!"

Diarmaid schloß daraufhin seine Augen und sagte: „O Grainne, Tochter des Hohen Königs, die du niemals einen Schritt richtig getan hast, weil er an die Felsen festgefroren war, deshalb hat der Vogel geschrien."

Auf einmal war Grainne an seiner Seite und bat ihn um Vergebung, doch er sagte, daß sie um etwas Schwieriges bitte: zwar sei sie so schön wie ein Baum in voller Blüte, doch vergehe ihre Liebe gerade so schnell. Und da er schon einmal angefangen hatte zu sprechen, machte er ihr nun bittere Vorwürfe, daß ihr Vergehen ihm den Fluch der Verbannung eingetragen habe. „Ich bin wie ein tolles Reh, wie ein Tier, das seine Herde verloren hat, und ich habe ein wildes Verlangen, wieder zu ihr zurückzukehren." Daraufhin kam ihm alles, was er im Laufe der Geschichte verloren hatte, in den Sinn – wie er ihrer Untreue zuliebe sein Vaterland, seine Sippe, seine Ehre, seine

Lebensfreude und alles, was ihm lieb gewesen sei, verloren habe, und an ihrer Stelle habe er nichts gewonnen bis auf ein hartes Leben des Herumirrens und der Entbehrung. „Es wäre besser gewesen, du hättest mir deinen Haß gegeben", sagte er, „und deine Liebe für den Herrn, den ich verloren habe, bewahrt."

Grainne empfand alle Seelenpein der Liebe und stand weinend vor ihm, bis sie sagte, daß der Anblick seines Gesichtes ihr mehr wert sei als alle Schätze, die sie verloren hätten. „Als ich dich das erste Mal sah, war es wie das ganze Leben in einem einzigen Blick", sagte sie, „und das ganze Glück meines Herzens lag darin, und keinen Augenblick der Freude werde ich mehr erleben, wenn du mich nicht wieder so annimmst wie früher; denn ich weiß ja, daß die bittere Schuld an allem bei mir liegt."

Doch auch damit stieß sie auf den kalten Schatten seiner Hartherzigkeit. Weinend flehte sie Diarmaid an, sie nicht zu verlassen, doch er schüttelte nur traurig den Kopf und hörte nicht auf ihr Flehen. „Du bist eine Frau mit vielen Worten", sagte er. „Wie kann ich dich wieder annehmen, wenn du an einem Tage das Haupt der Fianna betrügst und am nächsten Tag mit gleicher Leichtigkeit mich betrügst?" Und nichts, was Grainne sagen konnte, war in der Lage, die Härte seiner Worte ihr gegenüber zu mildern.

Schweigend und voller Grauen liefen sie eine Weile, bis sie zu einem Ort kamen, wo frisches Wasser zwischen den Steinen einer Höhle hervorsprudelte, und beide waren des Kummers, der zwischen ihnen herrschte, überdrüssig. Als sie von der Quelle getrunken hatten, fragte Grainne Diarmaid, ob er nicht Hunger auf Brot und Fleisch habe. Er antwortete barsch, daß er es essen würde, wenn er nur welches hätte; doch Grainne hatte das, was sie ihm angeboten hatte, bei sich und sagte zu ihm: „Gib mir ein Messer, daß ich es schneiden kann."

„Nimm es aus der Scheide, in die du es zuletzt hineingesteckt hast", sagte er und hob seinen Mantel an. Grainne sah, daß das Messer immer noch in seinem Oberschenkel steckte, nahm das Heft in ihre Hand und zog die Klinge vorsichtig aus dem Fleisch heraus. Das Blut strömte über Diarmaids Oberschenkel; und in ihrem ganzen Leben sollte Grainne keinen Augenblick der Scham erleben, der schmerzlicher war als dieser.

Nach dem Streit zogen sie lange Zeit unversöhnt durch ganz Irland, und jede Nacht, wenn Diarmaid ruhte, wachte Grainne über ihn und sang die Lieder, die ihn am besten einschlafen ließen, und sobald er eingeschlafen war, endete sie mit dem Lied, daß ihre Trennung, wenn es jemals soweit kommen sollte, für sie wie die Trennung des Lebens von ihrem eigenen Körper wäre. Beim ersten Morgengrauen, als es Zeit wurde, ihren schlafenden Herrn zu wecken, sang sie davon, wie der Hirsch sich im Farnkraut rührte und die geweihlose Hirschkuh nach ihrem Rehkalb schrie. Und sie sang davon, daß die Verfolgung durch Finns Männer ihnen so sehr zusetze und Diarmaid den Tod von sich selbst abhalten und niemals in einen ewigen Schlaf fallen dürfe.

Dann trafen sie eines Tages in einer tiefen Höhle unterhalb von Ben Edair eine alte Frau, die ihnen ihre Freundschaft anbot. Als sie ihre Not und ihre Erschöpfung sah, sagte sie, sie würde über sie wachen, während sie ruhten; aber es war das alte Weib, das Finn um Hilfe gebeten hatte, und sie schickte ihm eine Nachricht, wo sie Diarmaid und Grainne gefunden hatte und daß sie sie dort festhalten würde, bis er mit seinen Männern bei ihnen einträfe. Bevor sie zurück in die Höhle ging, schwenkte die alte Hexe ihren Umhang durch das Meerwasser, und als Diarmaid sie fragte, warum der Umhang so naß sei, erklärte sie, sie habe noch nie einen so kalten und stürmischen Tag gesehen. Jede Furt sei vereist, sagte sie, jede Bergfurche sei ein Fluß und jeder See ein sturmgepeitschtes Meer. Auf der ganzen Welt gäbe es weder für Rehe noch für Krähen eine Zuflucht, und sie drei könnten sich glücklich schätzen, diese Höhle und den großen Topf, der am Haken über dem Feuer hing, für sich zu haben.

Daraufhin ließ sie die Liebenden für eine Weile allein in der Tiefe der Höhle zurück, doch ihren Umhang ließ sie zum Trocknen dort liegen, wo sie ihn hingelegt hatte. Als Grainne aufwachte und Diarmaid ihr von dem ungewöhnlichen Sturm erzählte, der draußen wütete, leckte sie mit ihrer Zunge an dem Umhang und schmeckte das Meersalz daran.

„Die alte Frau hat uns gewiß betrogen", schrie sie. „Steh auf, Diarmaid, und schnalle dir deine Waffen um, denn Finn und seine Männer sind auf dem Weg hierher."

Als sie aus dem Eingang der Höhle hervortraten, herrschte helles Tageslicht, und sie sahen Finn und seine Mannen über den Strand auf sie zukommen. Hinter ihnen waren große Felsen, und sie erkannten, daß es keinen Fluchtweg gab. Da lenkte ein Schrei ihre Blicke zum Meer, wo gerade ein Boot am Ufer anlegte, und sie sahen einen Mann in einem goldgelben Umhang am Ruder stehen. Es war Aengus, der wieder gekommen war, um ihnen zu helfen und sie nach Brugh na Boyne zurückzubegleiten.

So war schließlich der Zeitpunkt gekommen, an dem Finn von den dunklen Leidenschaften seines Herzens so aufgewühlt war, daß er Diarmaid an dem Ort, an dem Aengus sich aufhielt, aufsuchen wollte. Seine alte Amme half ihm, indem sie Finn und die Fianna in einen Druidennebel hüllte, der sie dorthin bringen sollte, doch sie konnten sich anstrengen, so sehr sie wollten, ihre Waffen waren nicht stark genug, und Finn mußte einsehen, daß Diarmaids Leben dort nur durch die Kraft ihres Zaubers beendet werden konnte. So kam es, daß eines Tages, als Diarmaid allein auf der Jagd war, das alte Weib sich in dem Blatt einer Wasserlilie verborgen hatte, das ein Loch in der Mitte hatte wie ein Mühlstein; dieses Blatt ließ sie vom Wind durch die Lüfte tragen, bis sie genau über Diarmaid war und von dort Wurfspeere durch das Loch auf ihn warf. Von diesen Wurfspeeren wurde der Mann so schwer verletzt, daß er schon bald daran gestorben wäre; aber als er auf seinen Rücken fiel, nahm er seinen großen Speer in die Hand und schleuderte ihn dem Himmel entgegen, wo er durch das Loch in dem Blatt schnellte und der alten Hexe auf der anderen Seite das Leben kostete. Der Körper von Finns Amme fiel auf den Erdboden hinab, und mit letzter Kraft schlug Diarmaid den verhutzelten Kopf ab und brachte ihn zu Aengus Og.

Am nächsten Tag entschied der Gott Aengus, daß die Zeit

für einen Frieden gekommen sei. Er ging zu dem Ort, an dem Finn um seine tote Amme trauerte, und brachte ihn zur Einsicht, daß die volle Stärke seiner Waffen, sein ganzes Wissen, seine ganze Tücke und auch alle magischen Kräfte, über die er verfügte, ihn keinen Schritt näher zur Vollstreckung seiner Rache geführt hätten. Er sagte ihm, seine Rachegelüste seien eine schreckliche Sache, die von Finns einstmals edlem Herz vollständig Besitz ergriffen hätte. Und als er Finn fragte, ob er nicht Frieden mit Diarmaid schließen wolle, stimmte der Anführer der Fianna schließlich zu. Dann ging Aengus nach Tara, wo er Grainnes Vater, Cormac mac Art, erklärte, daß Finn bereit sei, Frieden mit Diarmaid zu schließen. Er fragte, ob der Hohe König von Irland nicht dasselbe tun würde, und als Cormac sagte, das würde er tun, kehrte Aengus zurück zu dem Ort, an dem sich Diarmaid und Grainne aufhielten, und fragte, ob sie jetzt nicht auch bereit seien, Frieden zu schließen. Sie sagten, das seien sie – „aber nur, wenn sie die Bedingungen akzeptieren, die ich stelle", sagte Diarmaid, „und die sind, daß ich die Länder zurückbekomme, die mein Vater besaß, ohne daß Finn das Recht hat, in diesen Gebieten zu jagen, und ohne Tribut oder Zins an den König von Irland; und Cormac muß Grainne aus freien Stücken die Länder geben, die zu ihrer rechtmäßigen Mitgift gehören."

Daraufhin einigte man sich, daß um des lieben Friedens willen diese Bedingungen erfüllt werden würden, und nach allen Beschwernissen ihrer sechzehn Jahre dauernden Flucht wurde Diarmaid und Grainne erlaubt, sich weit entfernt von Finn und Tara an einem schönen Ort namens Rath Grainne niederzulassen. Vier Söhne und eine Tochter wurden ihnen dort geboren, und lange Zeit lebten sie in einem solchen Frieden, daß die Menschen zu sagen pflegten, es gäbe keinen reicheren Mann in ganz Irland als Diarmaid und keinen, der so vollkommen zufrieden sein könne wie er, der einstmals ein Ausgestoßener auf der Flucht gewesen war.

Als Teil der Friedensvereinbarung wurde eine neue Heirat zwischen Finn und einer anderen Tochter von Cormac festgelegt, aber ein Rest von Bitterkeit wegen der Demütigung, die Diarmaid ihm zugefügt hatte, brannte unaufhörlich in seinem Herzen fort. Auch Grainne war nicht völlig zufrieden, denn sie empfand es als Kränkung gegenüber der Ehre ihres Hauses, daß weder ihr Vater, der Hohe König, noch Finn, der erste Mann der Fianna, jemals dorthin kamen, um es durch ihre Anwesenheit auszuzeichnen.

Eines Tages beklagte sie sich darüber bei ihrem Ehemann, und Diarmaid fragte, warum sie wolle, daß sie kämen, da sie doch um die Feindseligkeit wisse, die sie immer noch in ihren Herzen gegen ihn hegten. Aber wie soll es jemals beigelegt werden, hielt Grainne dagegen, wenn kein großzügiges oder von Sympathie getragenes Wort zwischen ihnen gewechselt würde. „Mein Wunsch ist, daß wir sie zu einem großen Fest hierher einladen", sagte sie, „und auf diese Weise wirst du wieder ihre Zuneigung gewinnen."

Diarmaid willigte ein, und Finn kam mit allen Kriegern der Fianna nach Rath Grainne; und Cormac mac Art, der Hohe König von Irland, kam mit seinem ganzen Gefolge zu einem großen Fest, das von einer Nacht zur nächsten über den Zeitraum eines ganzen Jahres hinweg andauerte.

In der letzten Nacht dieses Festjahres hörte Diarmaid die Stimmen von Jagdhunden durch seinen Schlaf hallen. Als er Grainne fragte, ob sie das Gebell höre, sagte sie, es sei nur ein Traum, der ihm von den Tuatha de Danann geschickt worden sei, und er möge ihn von sich abschütteln. Aber am nächsten Morgen ritt Diarmaid aus, um zu sehen, wer es war, der auf seinem Land der Jagd nachgehe. Auf dem Gipfel von Ben Gulbainn fand er Finn, der dort, abgesehen von seinem großen Jagdhund Bran, allein war. Wütend verlangte Diarmaid zu wissen, ob er es gewesen sei, der in der Nacht dort gejagt und damit ihr Abkommen gebrochen habe. Doch Finn bestritt, daß er gejagt habe, und sagte, er sei nur draußen gewesen, um seine Hunde zu bewegen, da sei einer von ihnen auf die Fährte eines Wildschweins gestoßen. Es sei ein gefährliches Tier, das die Fianna viele Male vergeblich versucht hätten zur Strecke zu bringen und das schon dreißig von seinen Männern getötet habe. Dann blickte Finn den Hügel hinunter und sah, daß der Eber, der von den Jägern der Fianna gehetzt wurde, auf sie zu donnerte. „Für dich ist es gefährlich, diesem Wildschein entgegenzutreten, Diarmaid", sagte er. „Wir sollten ihm den Hügel überlassen."

Diarmaid fühlte sich durch Finns Herablassung getroffen und erklärte, er fürchte sich nicht, einem angreifenden Wildschwein entgegenzutreten, und er wüßte auch keinen Grund, warum er sich davor fürchten sollte.

„Weißt du denn nicht", antwortete ihm Finn, „daß dein eigener Vater einmal den Sohn eines Seneschalls getötet hat und daß dieser Seneschall seine Zauberkraft benutzt hat, um die Überreste seines Sohnes in einen ohrlosen grünen Eber zu verwandeln, und dabei schwor, daß eines Tages der Sohn deines Vaters durch seine Hauer zu Tode kommen würde?"

„Davon weiß ich nichts", sagte Diarmaid, „und ich werde meinen eigenen Hügel auch nicht wegen eines Wildschweins aufgeben. Leihe mir deinen Hund Bran, und ich werde dem Unwesen des wilden Tieres ein Ende bereiten."

Doch Finn wollte ihm den Jagdhund nicht leihen, denn, so sagte er, Bran hätte schon oft genug diesem Wildschwein gegenübergestanden, aber nichts gegen es ausrichten können. Daraufhin schaute Diarmaid Finn lange in die Augen und sagte: „Ich denke mir gerade, daß du diese Jagd angesetzt hast, um meinen Tod heraufzubeschwören, Finn."

„Selbst wenn es so wäre", antwortete Finn, „hast du mir nicht einen guten Grund gegeben, dir den Tod zu wünschen, als du mich vor der gesamten Fianna im Sitz von Tara gedemütigt hast?"

„Und machst du mir deswegen immer noch Vorwürfe, Finn", fragte Diarmaid, „obwohl ich in meinem ganzen Leben niemals etwas gegen dich getan habe, bis auf diese eine Sache? Und selbst die tat ich nur, weil Grainne mir ihre Bande auferlegt hat, und meine Bande würde ich nicht um alles Gute, was es in der Welt auch geben mag, verletzen." Und als Finn ihm nicht antwortete, seufzte er und fügte hinzu: „Doch wenn mein Tod hier auf mich wartet, dann hat es keinen Sinn, ihm entfliehen zu wollen."

Sodann balancierte Diarmaid seinen Wurfspieß in seiner Hand und sagte: „Es ist unklug, nicht dem Rat einer guten

Frau zu folgen, denn Grainne riet mir heute morgen, mein großes Schwert, den Moralltach, mitzunehmen, und ich habe nicht auf sie gehört." Dann wandte er sich von Finn ab und schritt über den Hügel voran, um sich dem Ansturm des Ebers, den die Jäger der Fianna auf ihn zu trieben, zu stellen. Und als der Eber nahe vor ihm war, zielte er seinen Wurfspieß gerade auf das mit Hauern bewaffnete Gesicht des Wildschweins und schleuderte ihn mit seiner ganzen Kraft. Der Wurfspieß traf das Tier mitten ins Gesicht, prallte aber von dem sperrigen Kopf ab. Das borstige Fell des Ebers blieb ohne einen Kratzer, und er stürmte weiter auf ihn zu. Deshalb zog Diarmaid das kurze Schwert von seiner Seite und ließ es auf das Wildschein heruntersausen, als dieses ihn erreicht hatte; doch die Klinge zerbrach an seinem Rücken, und die Hauer des Ebers bohrten sich in ihn hinein. Zugleich wurde er von den Beinen geholt, und der Eber durchbohrte ihn und trampelte auf ihm herum, bis seine Eingeweide dort, wo er lag, auf dem Boden von Ben Gulbainn, hervortraten.

Mit allerletzter Kraft drehte sich Diarmaid um, als der erhitzte Eber mit seiner gewaltigen Körpermasse von ihm abließ, hob das Heft des Schwertes, das noch in seiner Hand war, und schleuderte es mit einem solch verzweifelten Zorn, daß es die Rückseite des Schädels zerschlug und das Gehirn des Ebers zerschmettert wurde. Dann legte er sich auf den Rücken, und während er immer mehr Blut verlor, blickte er in den mit schwarzen Wolken verhangenen Himmel.

Als Finn zu ihm vorgelaufen kam, sagte der sterbende Held: „Und möchtest du mich nicht retten, Finn, denn es ist ja weithin bekannt, daß Wasser, das aus deiner Hand verabreicht wird, die Macht hat, jeden Mann zu heilen, der noch nicht tot ist?"

„Ich weiß von keiner Quelle auf diesem Hügel", antwortete Finn.

„Keine neun Schritte, von wo du stehst", hauchte Diarmaid, „ist die beste Quelle von ganz Irland."

Inzwischen waren die Jäger der Fianna dazugekommen, angeführt von Oscar, dem Enkelsohn von Finn. Als Oscar dies hörte und sah, daß Finn sich noch nicht in Bewegung gesetzt hatte, bedrängte er ihn, das Wasser unverzüglich zu seinem sterbenden Freund zu bringen. So ging denn Finn zu der Quelle und nahm Wasser in seine gewölbten Hände, doch als er in das kleine Becken starrte, verdüsterten sich seine Gedanken, und als er schließlich zurück zu der Stelle kam, an der Diarmaid lag, war das ganze Wasser zwischen seinen Fingern hindurchgerieselt.

Das Blut kam ihm schon aus dem Mund, da sagte Diarmaid: „Ist dein Herz immer noch so voller Härte gegen mich, Finn? Wirst du mir nicht jetzt etwas Wasser holen?"

Erneut ging Finn zu der Quelle und füllte ein zweites Mal seine Hände, doch wieder verdunkelte der Gedanke an Grainne seinen Geist, und als er zurückkam, waren seine Hände wieder leer. Daraufhin brach ein mitleiderregender Seufzer aus Diarmaids Rachen hervor, und Oscar baute sich vor Finn auf und sagte: „Ich bitte dich, ihm etwas Wasser zu bringen, Finn, denn wenn du es nicht tust, dann schwöre ich, daß einer von uns neben ihm auf diesem Hügel sterben wird."

Finn eilte sogleich zurück zu der Quelle; und als er wiederkam, war der Kelch seiner heilenden Hände gefüllt, doch gerade als er sich neben den Mann kniete, der sowohl sein Feind als auch sein Freund gewesen war, hauchte Diarmaid seinen letzten Atem aus, und alle Männer der Fianna stießen aus Schmerz und Jammer über diesen Tod drei Schreie aus.

Oscar starrte daraufhin Finn an und sagte, daß Diarmaids Tod jetzt als größerer Verlust empfunden würde, als wenn Finn selbst gestorben wäre. „Niemals hätte ich mich an dieser Jagd auf Ben Gulbainn beteiligt", sagte er, „wenn ich gewußt hätte, daß du es dabei auf Diarmaid abgesehen hattest."

Doch Finn antwortete lediglich, daß sie den Hügel verlassen sollten, bevor die Tuatha de Danann dort über sie hereinbrächen. „Denn obwohl wir unsere Hände beim Tod von Diarmaid nicht im Spiel hatten", sagte er, „wird Aengus uns die Wahrheit, wenn er sie von unseren Lippen hört, nicht glauben."

Die Männer der Fianna suchten die Teile von Diarmaids zerschmettertem Körper zusammen und brachten ihn zurück zu Grainne. Ein gewaltiger Schrei brach aus ihr hervor, und dann erklang die Totenklage von allen Frauen der Fianna über jenen Hügeln. In derselben Nacht sang Grainne ein Lied von ihrer Trauer über den toten Körper von Diarmaid und verfluchte den Tag, an dem sie ihm ihre Liebe gegeben hatte und zwischen Finn und seine edle Seele getreten war, wodurch sie die traurige Geschichte, die schließlich zu diesem Tod führte, eingeleitet hatte.

Sie hätte Diarmaid an ihrem Wohnort in Rath Grainne begraben lassen, aber der betrübte Gott Aengus kam und forderte den Körper des Helden ein, wobei er jene einzige Nacht in all den langen Jahren verwünschte, in der er es versäumt hatte, Diarmaid seinen Schutz zu geben.

So wurde Diarmaid schließlich nach Brugh na Boyne, dem Wohnsitz der Götter, geholt, wo er selbst nach seinem Tod noch der Freund und Gefährte von Aengus sein konnte.

Einige Zeit, nachdem der erste tiefe Schmerz über all dieses vergangen war, suchte Finn im geheimen Grainne auf und sprach sanft und zärtlich zu ihr. Anfangs war ihr Herz so voller Haß und Zorn, daß sie kein Wort, das er sagte, hören wollte, und gleichzeitig schleuderte sie ihm jedes noch so harte Wort, das ihr auf die Zunge kam, entgegen, wobei sie nichts von dem Haß und der tollen Wut, die sie fühlte, zurückhielt. Aber Finn nahm das alles hin und überwand den Zorn ihres Herzens, indem er noch sanfter und zärtlicher zu ihr sprach, bis er sie schließlich so weit hatte, daß sie einwilligte.

Einige sagen, daß ihm das nur gelingen konnte, weil er Grainne mit einem großen Liebeszauber willig gemacht hatte, andere sagen, daß es nur geschah, weil das Herz einer Frau so wandelbar ist wie ein fließender Strom.

Was aber auch immer die Wahrheit sein mag, so weiß man doch, daß Grainne nach und nach die Söhne von Diarmaid überredete, mit Finn Frieden zu schließen; und Finn und Grainne blieben zusammen bis an ihr Lebensende.

Die Schuhe der Leprechanier

In jenen Tagen, als Fergus mac Leide Ulster von seinem Hof in Emain Macha regierte, hauste in den Tiefen von Loch Rudraige ein riesiges Wasserungeheuer, das im ganzen Land ringsumher Angst und Schrecken verbreitete. Die ungestüme Art, mit der die geschuppten Windungen seines schlangenartigen Körpers das Wasser aufrührten, als ob ein gewaltiger Sturm über den See fegte, trug dem Ungeheuer den Namen Sineach ein, was soviel wie „der Stürmische" heißt.

Die Leben vieler Bootsleute gingen auf schreckliche Weise dadurch verloren, daß das Untier sie mit seinem Schlund hinunterzog zu seiner Behausung auf dem Grund des Sees, und den Menschen von Ulster verursachte dies viel Kummer und Schmerz. Dann wurde eines Tages sogar das Boot des Königs angegriffen, als es den Loch überquerte. Von Schlamm bedeckt, brach der abscheuliche, zerstörerische Kopf durch die Wasseroberfläche und brachte das Boot zum Kentern. Obwohl Fergus mutig gegen das Ungeheuer kämpfte, so fehlte ihm doch der nötige Boden unter den Füßen, um seiner Schwerthand Stärke zu verleihen; der Sineach schlug mit seinen Klauen und seinem bösartig stacheligen Schwanz um sich, schnappte den Steuermann mit den Zähnen und ließ sich, ohne einen Kratzer abbekommen zu haben, auf den Grund des Sees hinuntersinken. Fergus kam an diesem Tag mit dem Leben davon, aber sein Gesicht war von dem Kampf so grausam verstümmelt worden, daß die Haut von seinem Mund abgezogen worden war und nun bis zum Hinterkopf herumgewickelt werden mußte.

Einstmals ein gutaussehender Mann, war er nun schrecklich anzusehen. Doch niemand wagte es, im eigenen Gesichtsausdruck den Abscheu auszudrücken, den er beim Anblick seines Gesichtes fühlte; und aus Furcht vor dem Schaden, der dem

Gemüt des Königs zugefügt werden könnte, wenn er jemals den ganzen Schrecken dessen, was ihm angetan worden war, sehen würde, ließen seine Minister heimlich alle Spiegel in Emain Macha entfernen. So lebte Fergus lange Zeit im Unwissen um den furchterregenden Anblick, den er bot, wo immer er sein Gesicht zeigte. Aber eine solche Wahrheit bleibt nicht lange verborgen, und einige sagen, es sei der Barbier des Königs gewesen, der den König über seine Häßlichkeit aufklärte, und andere sagen, daß die Frau des Königs ihn eines Nachts im Bett deswegen abgewiesen habe. Doch wer es war und wie immer es auch geschehen sein mag, so erfuhr Fergus jedenfalls die schreckliche Wahrheit darüber, was seinem Gesicht zugestoßen war, und seitdem ließ ein noch heftigerer Widerwille gegen die ungeheure Kreatur im Loch Rudraige sein Herz zusammenschrumpfen.

Von jener Zeit an hatte er nichts anderes im Sinn als die Frage, wie er dem Sineach mit der vollen Kraft seines Schwertes, des Caladcolg, beikommen und so seine Rache nehmen könnte. Doch je mehr er darüber nachgrübelte, desto weniger schien das Problem lösbar, und seine schmerzliche Ohnmacht verdunkelte ihm alle seine Stunden.

Zur gleichen Zeit, in der Fergus als König der Ulstermänner in Emain Macha herrschte, wurde das Reich der Leprechanier von einem hohen und mächtigen Burschen namens Iubdan regiert, den man oftmals prahlen hörte, daß es nirgends auf der ganzen grünen Insel von Erin einen König gäbe, der über einen edleren, reicheren und mächtigeren Hof herrsche als er.

An dem Hof gab es einen Barden namens Eisirt, der schon lange wußte, daß sein eigenes Wissen über das, was sich in der weiten Welt abspielte, ihn viel weiser sein ließ als sein aufschneiderischer König. Und solche Angebereien zu hören klang in seinen Ohren wie das Kratzen eines Messers auf einer Schiefertafel. Nichtsdestoweniger fand er es klüger, sich in Geduld zu fassen, und doch sollte ein Tag kommen, an dem er Iubdans Überheblichkeit nicht mehr ertragen konnte.

Als es soweit war, sagte er: „Es ist gewiß, daß wenn der König nur einmal seinen eigenen Hof verließe und bis zum

Land Ulster reiste, er einsehen müßte, daß sein eigener königlicher Palast gegenüber dem von Emain Macha nur ein winziger Schuppen ist und auch daß der König Fergus mac Leide um so vieles mächtiger ist als er, wie eine Eiche verglichen mit einer Gartennelke. Denn ist es nicht wohlbekannt, daß selbst der schwächlichste Bauer in Ulster wie ein Riese wirkt im Vergleich zur Größe des längsten Leprechaniers?"

Nachdem er gesprochen hatte, stockte allen im Saal des Iubdan für einige Zeit der Atem, und schweigend und staunend starrten sie ihn an. Niemals hatte es jemand zuvor gewagt, auf diese Weise zu dem König zu sprechen. Nun mußte der König erst einmal die Sprache wiederfinden, und als dies geschah, war sein Gesicht rot vor Zorn, und seine Augen blitzten vor rasender Leidenschaft. Habe er nicht schon immer Eisirt für einen Lügner und Verräter gehalten, sagte er, und warum solle irgendein treuer Leprechanier solch einem staatsgefährdendem Geschwätz Beachtung schenken, wenn nicht der Barde selbst nach Ulster ginge und einen lebenden Beweis für seine Behauptung zurückbrächte?

Nun ist es aber unklug, einen Dichter zu kränken, und mit der kalten Flamme des Grolls in seinem Herzen machte sich Eisirt auf den Weg, um einen Beweis zurückzubringen, der den König als den Narren und Prahlhans bloßstellen würde, der er war.

Er verließ das Reich der Leprechanier und kam schließlich zum Hof von Fergus in Emain Macha, wo seine winzige Erscheinung bei allen, die dort den kleinen Kerl sahen, Erstaunen auslöste. Obwohl alles um ihn herum von gigantischer Größe war, war Eisirt von allen am wenigsten überrascht, weil er wußte, warum er gekommen war und was er zu erwarten gehabt hatte, als er aus seinem Heimatland in diese riesenhafte Welt aufgebrochen war.

Dieses ereignete sich in jenen Tagen, bevor Fergus die Verletzung von dem Sineach erlitten, in denen der König noch seinen Seelenfrieden hatte. So empfing er diesen unerwarteten Botschafter der Leprechanier mit offenem Sinn und offenem Herzen. Als Eisirt seinen Auftrag erläuterte und darum bat, daß ein Botschafter mit ihm zusammen zu Iubdan zurückkehren möge, wurde entschieden, daß nur der Zwerg des Königs, Aedh, diesen besonderen Auftrag würde erfüllen können. Doch die schlichte Tatsache, daß selbst er, der wohl nicht halb so groß war wie ein erwachsener Mann, den kleinen Barden auf seine Schulter hätte setzen können und sein Gewicht kaum gefühlt hätte, war nicht zu übersehen. Der Zwerg war jedoch auch ein leutseliger Geselle, und als der König ihn fragte, ob er in das Land der Leprechanier reisen wolle, stimmte Aedh bereitwillig zu, sich auf das Abenteuer einzulassen.

Drei Tage und drei Nächte lang wurde Eisirt als Ehrengast reichlich bewirtet, und zugleich verbrachte er die Zeit damit, voller Neugier Emain Macha auszukundschaften. Dann zog der leprechanische Barde in Begleitung des Zwergen Aedh frohlockend durch ganz Irland und zurück zu dem winzigen Königreich, in dem Iubdan herrschte.

Als sie die Ufer des Meeres erreicht hatten, erhaschte Aedh einen flüchtigen Blick von einem kleinen Wesen, das sich ihnen über die Wellen näherte, doch seine scharfen Augen konnten nicht erkennen, was es wohl sein könnte.

„Kommt da über das Meer ein Hase auf uns zugerannt?" fragte er.

„Das freilich ist es nicht", erwiderte Eisirt, „es ist das Pferd von König Iubdan, das uns nach Hause tragen wird."

Es fällt nicht schwer, sich den Schreck und die Erschütterung am Hofe vorzustellen, als der Barde Eisirt zu Iubdans Palast zurückkam und ein solch riesiges Probestück für den Größenmaßstab der Dinge am Hof von Fergus mac Leide in Emain Macha mitbrachte.

Iubdan mußte mit sich ringen, um seine Furcht und seinen Ärger zu verbergen, als er hinaufschaute zu Aedh, der mit einem Lächeln, das breiter war als ein Scheunentor, hoch über ihm aufragte, und im geheimen mußte er vor sich selbst eingestehen, daß Ulster wahrlich ein Land der Riesen sein müsse.

„Doch hat mein Freund Aedh, den Ihr hier seht, in dem mächtigen Land, aus dem er kommt", so verkündete Eisirt triumphierend, „nur die Größe eines Zwergen. Sein königlicher Herr, König Fergus – auch er ist mein guter Freund –, ist mehr als zweimal so groß." Er hielt einen Moment inne, um seine Worte wirken zu lassen, und da er sich an die öffentliche Kränkung, die er aus dem Mund von Iubdan erfahren hatte, erinnerte, drehte er sich vom König weg und hin zu den versammelten Hofleuten, die im riesigen Schatten von Aedh kauerten. „Allerdings räume ich ein", fügte er listig hinzu, „daß ich keinen Beweis dafür vorlegen kann; doch ich glaube sicher, daß unserem eigenen mächtigen König der Vorzug gebührt, von seiner Königin begleitet nach Ulster zu gehen und dort von Fergus königlich empfangen zu werden."

Iubdan war sich im klaren, daß sowohl sein guter Ruf als auch sein Thron auf dem Spiel standen. Als er Bestätigung suchend einen Seitenblick auf Königin Bebo warf, wurde er enttäuscht; nichtsdestotrotz stammelte er eine Erklärung, daß ganz sicherlich zu gegebener Zeit die Königin und er dem Hof von Fergus mit ihrer königlichen Anwesenheit die Ehre erweisen würden.

„Ausgezeichnet!" rief Eisirt. „Dann werdet Ihr sicherlich den Porridge aus dem großen eisernen Kessel, der dort in der Küche hängt, probieren, und wenn Ihr zurück seid, können wir uns über seine Vorzüge austauschen."

Aedh wurde mit der Botschaft, daß Fergus' Hof ein Staatsbesuch durch die leprechanischen Hoheiten bevorstehe, zurück nach Emain Macha geschickt, und der Barde Eisirt ließ keine Gelegenheit aus, öffentlich seine Kenntnisse der Wunderdinge, die Iubdan dort erwarteten, zur Schau zu tragen. Schweigend hörte der aus der Fassung gebrachte König zu und äußerte nur sein Bedauern, daß dringende Staatsgeschäfte ihn daran hinderten, so schleunig aufzubrechen, wie er es gewollt hätte. Doch war alle Freude aus Iubdans Leben entwichen. Er konnte sich nicht mehr mit seinem Königreich brüsten und sich selbst zu all den Herrlichkeiten beglückwünschen; und so kam der Zeitpunkt heran, daß die Reise nicht länger aufgeschoben werden konnte. So verließen Iubdan und Bebo mit unheilvollem Gefühl und bösen Vorahnungen ihr kleines Königreich in Richtung des gewaltigen Reiches von Fergus.

Sie richteten es so ein, daß sie Emain Macha im Schutz der Dunkelheit erreichten, und als sie in der Düsterkeit die kolossale Größe von allen Dingen um sie herum sahen, erzitterten ihre Herzen vor Schreck noch stärker als zuvor. Königin Bebo war entschieden dafür, diesen monströsen Ort sofort zu verlassen, aber Iubdan bestand darauf, daß sie so viel von dem Land erforschten, wie sie sich trauten, denn Eisirt würde zweifellos nach ihrer Rückkehr ihre Kenntnisse von Emain Macha auf die Probe stellen. Verstohlen wie Hausmäuse schlichen sie von einem riesigen Raum zum nächsten, bis sie schließlich in die Küche des Königs kamen, wo der große eiserne Kessel an seinem Haken hing. Er war offensichtlich mit einem zähflüssigen See aus Porridge gefüllt, der darauf wartete, am nächsten Morgen von Fergus verspeist zu werden.

„Eisirt hat von diesem Porridge gekostet", sagte Iubdan. „Wenn ich mit ihm nicht über seinen Geschmack fachsimpeln kann, wird er wissen, daß ich mein Wort nicht gehalten habe." So erkletterte er mühsam das steile Gestell, das den Holzbalken hielt, an dem der Kessel aufgehängt war, und ließ seine Füße behutsam zum Rand des Kessels hinunter. Dort balancierte er und beugte sich, um besseren Halt zu bekommen, als sein Fuß auf der schmierigen Kante abrutschte und er geradewegs in den Topf hinabpurzelte.

Ohne etwas sehen zu können, mußte er eine Weile würgen und spucken, bis sein Kopf wieder an der Luft war. Doch er konnte sich anstrengen, wie er wollte, so gab es doch keine Möglichkeit, sich wieder die Wölbung des Topfes hinaufzubewegen. Und Bebo war nicht stark genug, um bis zum Rand zu klettern, dort zu balancieren und zu versuchen, ihn von dort aus herauszuziehen. So blieb nichts anderes übrig, als daß Iubdan die übrige Nacht damit verbringen mußte, den Porridge zu durchmessen. Auch mußte er zusehen, daß sein königlicher Kopf aus dem Brei herausragte, bis bei Tagesanbruch der erste Küchenjunge in Fergus' Küche kommen würde. Zu seiner äußersten Verblüffung fand der Bursche dort die zwei verängstigten und erschöpften Leprechanier vor.

So beehrten Iubdan und Bebo den Hof des Fergus am Ende doch noch mit ihrer Anwesenheit. Doch der verbitterte König war nicht in der Stimmung, ihnen denselben herzlichen Empfang zu gewähren, den Eisirt erfahren hatte, denn seit jenem letzten Besuch eines Leprechaniers hatte Fergus den schrecklichen Angriff durch den Sineach erlitten, und zudem hatte er erst vor kurzem von dem wahren Zustand seines Gesichtes erfahren.

Als er aus seinem abscheulich entstellten Gesicht auf Iubdan und seine Frau hinabblickte, sah er nichts als zwei zitternde Wesen, die zwar behaupteten, ein König und eine Königin zu sein, aber wie Diebe in der Nacht gekommen waren, um aus seinem Kessel Porridge zu stibitzen. Das war nicht die Art von Königen, sondern von kleinen Gaunern, und Fergus war schon entschlossen, die eingeschüchterten Leprechanier zu groben Arbeiten an Ort und Stelle zu verurteilen, doch dann brach Königin Bebo in einen kleinen Tränenstrom aus. Ihre sanften Hände wären eine solche Arbeit nicht gewöhnt, heulte sie, und die Schmach einer solchen Arbeit würde ihrem Gemahl das stolze Herz brechen.

Als sie das hörten, lachten die Männer und Frauen von Emain Macha zum ersten Mal nach einer langen Zeit laut auf und sagten, daß es in solch dunklen Zeiten sehr schade wäre, nicht die Belustigung durch ihre Anwesenheit am Hof zu haben. So war Fergus gezwungen, Gnade vor Recht ergehen zu lassen. Wenn Iubdan sein königliches Wort gäbe, daß sie nicht versuchen würden zu fliehen, sagte er, dann könnten seine Frau und er das gar nicht so üble Leben von Geiseln in Emain Macha führen. Da sie in dieser Angelegenheit kaum eine Wahl hatten, stimmte Iubdan zu, und die beiden Leprechanier fanden sich damit ab, in dem Land der Titanen zu leben.

Im Laufe der Zeit löste das Ausbleiben von König und Königin im Reich der Leprechanier immer mehr Sorge und Unruhe aus. Iubdan hatte wohl seine Schwächen, so war man sich einig, aber er hatte auch ein rechtschaffenes Gefühl für die Würde des Königreichs bewahrt, und schließlich war es ja sein heldenhaftes Herz, das ihn dazu geführt hatte, sich mit seiner Frau in das Land der Riesen zu wagen. Selbst Eisirt, der in den Verdacht des ruchlosen Verrats geraten war, war gezwungen zuzustimmen, daß man Mittel und Wege finden müsse, um Fergus dazu zu bewegen, seine Geiseln freizulassen.

Auf seinen Rat hin wurde Fergus ein freundliches Angebot unterbreitet. Als Ausgleich für die sofortige Freilassung ihres Königs und ihrer Königin boten die Leprechanier an, das gesamte brachliegende Land um Emain Macha zu verzaubern, so daß es eine ergiebige Getreideernte geben würde, ohne daß überhaupt gesät werden müßte.

Doch der Fergus, den Eisirt dieses Mal antraf, war nicht derselbe Mann, dem er zuvor begegnet war, denn das Gemüt des Königs war so verdunkelt und störrisch geworden wie seine äußere Erscheinung ekelhaft.

Wenn er sich auf einen solchen Handel einließe, sagte Fergus mit finsterem Blick, würden seine Untertanen faul werden, und Muße sei immer ein Nährboden für Schwierigkeiten. Außerdem sei eine der wenigen Freuden, die er in seinem Leben noch habe, die Belustigung, Iubdan und Bebo zuzuschauen, wie sie sich in Emain Macha geckenhaft aufführten. Er sei nicht bereit, sie freizulassen.

Aber nicht alle Macht liegt bei den Riesen dieser Welt. Als Fergus das großzügige Angebot der Leprechanier ablehnte, wurden auch deren Gedanken finsterer. Da Fergus auf freundliche Angebote nicht einging, entschieden sie, daß ihn vielleicht ein Unglück umstimmen könnte.

Nicht lange, nachdem Eisirt mit einer schroffen Ablehnung zurück zu den Leprechaniern geschickt worden war, fiel den Hirten von Ulster auf, daß ihre Kühe unerklärlicherweise immer weniger Milch gaben. Nach einer Weile fand man heraus, daß nachts die kleinen Leute kamen und die Kälber antrieben, ihre Mütter zu besuchen und zu saugen, was ihnen rechtmäßig zustand. Die Leprechanier leugneten auch gar nicht, daß sie für dieses Unheil verantwortlich waren. Wenn Fergus ihren König und ihre Königin freiließe, erklärten sie, würde die Milch wieder fließen.

Doch Fergus war so wütend und stur, daß er nicht bereit war, sich von Leprechaniern einschüchtern zu lassen, und so wurde der Handel erneut abgelehnt. Daraufhin waren die Quellen von Ulster so verpestet, daß ihre Wasser schwerlich trinkbar waren. Iubdan und Bebo blieben weiterhin gefangen. Unerklärliche Feuer brachen aus auf Mühlrädern und in Brennöfen. Die Geiseln wurden nicht freigelassen. Über Nacht wurden in den Erntefeldern alle Getreideähren von den Stengeln abgeschnitten, und obwohl die Bauern verzweifelt über den Verlust waren, konnten ihre Beschwerden das verbitterte Herz des Fergus nicht erweichen.

Bis zum Äußersten getrieben, drohte die nächste Abordnung der Leprechanier, daß wenn Iubdan und Bebo nicht sofort freikämen, alle Männer und Frauen von Ulster eines Morgens mit kahlgeschorenen Köpfen aufwachen würden.

Fergus sagte, wenn das geschehen würde, dann würden seine Geiseln mit Sicherheit getötet werden.

Als er das hörte, wurde Iubdan klar, daß der mürrische König durch Drohungen welcher Art auch immer nicht zu bewegen war, und er überzeugte die Gesandtschaft, nach Hause zu gehen. Da er von seinem Aufenthalt in Emain Macha gelernt hatte, was der sturen Laune von Fergus zugrunde lag, bat der Leprechanier um die Erlaubnis, mit ihm sprechen zu dürfen. Er erzählte Fergus, daß es unter den Besitztümern in seinem eigenen Königreich viele seltene und kostbare Dinge gäbe. Wenn er seiner Frau und ihm gestattete, nach Hause zu gehen, dann dürfte Fergus sich einige von ihnen aussuchen.

Fergus fragte, was für ein Schatz ein Leprechanier denn jemals besitzen könnte, der für ihn von Interesse sein könnte. Iubdan zählte daraufhin alle die Schätze einzeln auf, die er so sehr geschätzt hatte, als er frei in seinem eigenen Reich lebte. Doch bei der liebevollen Beschreibung eines jeden Gegenstandes schüttelte Fergus lediglich den Kopf. Iubdan hatte jedoch schlauerweise die Sache bis zuletzt zurückgehalten, von der er dachte, daß sie den König am ehesten verlocken könnte.

„Vielleicht hätte Eure Majestät jedoch den Wunsch, mein feinstes Paar Schuhe zu haben", sagte er.

Darüber lachte Fergus barsch. „Und warum sollte ich auch nur das kleinste Verlangen nach den Schuhen eines Leprechaniers haben?"

„Vielleicht, weil diese Schuhe mit einer bestimmten magischen Eigenschaft ausgestattet sind."

„Und welche Eigenschaft soll das sein?"

„Mit diesen Schuhen", antwortete Iubdan ruhig, „kann selbst

ein Mann von deiner gewaltigen Größe ohne weiteres auf dem Wasser gehen." Als er das gesagt hatte, schaute er Fergus mit einem wissenden Blick an.

Sofort kam es Fergus, wie solche Schuhe schließlich das Problem lösen könnten, des Sineach habhaft zu werden und seine Rache zu üben für schlimme Verletzung, die das Ungeheuer ihm zugefügt hatte. „Könnte ich mit ihnen über Loch Rudraige gehen?" wollte er wissen.

„Du könntest mit ihnen bis nach Alba gehen", antwortete Iubdan.

„Und könnte ich in ihnen fest auf den Wellen stehen?"

„Wie auf einem Stein", sagte Iubdan.

„Dann lasse diese Schuhe zu mir bringen", sagte Fergus, „und du bist frei."

Sobald er die kostbaren Schuhe in seinem Besitz hatte, schnallte Fergus sein berühmtes Schwert, den Caladcolg, um und lief hinab zum Ufer von Loch Rudraige.

Dort machte er einen vorsichtigen Schritt auf dem stillen Wasser und sah, daß das, was Iubdan ihm versprochen hatte, der Wahrheit entsprach. Einige Meter weiter, einige Klafter Wasser unter sich, blieb er stehen und schwang sein Schwert. Sein Stand war so fest wie auf einem Felsen. So schritt er mit steigendem Vertrauen weiter über den See, bis er zu einer Stelle kam, an der er die Wirbelbewegungen des Sineach in den Tiefen unter sich spüren konnte. Dort blieb er stehen, seine Füße ruhten sicher auf den Wellen, und er wartete darauf, daß das Ungeheuer seinen bösen Kopf zeigen würde.

Der Kampf, der dann folgte, war schrecklich anzuhören und nicht weniger schrecklich anzusehen. Der Sineach stieß seinen gedrungenen, eidechsenartigen Kopf mit einem großen Gebrüll aus dem Wasser hervor und versuchte, mit allen Windungen seines schlangenhaften Körpers Fergus zu erwischen; doch der König schritt so behend wie nur möglich über das Wasser und traf das ungeheuere Biest ein ums andere Mal mit der Klinge seines Schwertes. Doch ganz konnte er den Klauen und Zähnen nicht ausweichen, und so hatte er am ganzen Körper viele schwere klaffende Wunden erhalten, bevor das verletzte Ungeheuer schließlich von dem zähen Ringen erschöpft war und versuchte, sich quer über den Loch zurückzuziehen, um seine Wunden lecken zu können.

Fergus witterte den Sieg, nahm seine verbliebene Kraft zusammen und eilte ihm nach. Jeder Schlag, den er landete, trieb den Sineach näher an die Untiefen heran, und schließlich lief das Ungeheuer auf Grund und krümmte sich im Todeskampf im Sand. Eine Weile schlug es noch mit einer verzweifelten und erschöpften Wut nach seinem unerbittlichen Angreifer, dann trennte ein schwungvoller Schlag mit dem großen Schwert Caladcolg ihm den Kopf ab. Schwarzes Blut strömte aus der Wunde, und das große verendende Ungetüm lag auf dem Strand und keuchte und starb. So gut er konnte, wich Fergus den letzten zuckenden Bewegungen seiner Klauen aus und drang zum Körper des Sineach vor, stieß seine Klinge tief in das Fleisch hinein und schnitt das Herz heraus.

So wurde Loch Rudraige schließlich von dem Ungeheuer befreit, das ihn so lange heimgesucht hatte, und Fergus hatte seine Rache für den schrecklichen Schaden, der an seinem Gesicht entstanden war, bekommen. Doch während der entkräftete König nach seinem Sieg an Land torkelte, verlor er so viel Blut, daß er kaum mehr stehen konnte. Als er am Strand bewußtlos niedersank und dort mit unstillbar blutenden Wunden lag, war es offensichtlich, daß sein Tod ihn eingeholt hatte.

Mit dem letzten Atem, der ihm blieb, ordnete er an, daß sein Schwert, der Caladcolg, weggelegt und nicht wieder hervorgeholt werden sollte, bis ein Held, der es verdiente, kommen und seine Klinge für die Sache von Ulster schwingen würde. Dann hauchte er sein Leben aus.

Sein trauerndes Volk begrub ihn unter der Erde seines Landes, und ein großer Stein wurde über seinem Grab aufgestellt, auf dem eine Inschrift in einer Geheimsprache eingemeißelt wurde, die der Nachwelt für alle Zeiten den Ruhm seines berühmten Namens überlieferte.

Teil II

Walisische Mythen

Das Haupt von Annwn

Die ältesten Geschichten von den britischen Göttern erzählen von der Familie von Pwyll, der ein Prinz von Dyfed war, jener unwegsamen Gegend im Südwesten von Wales, die die Barden lange als das Land der Sinnestäuschung und als das Reich des Blendwerks besangen und an deren zerklüftete und leuchtende Küste das dunkle, anderweltliche Königreich von Annwn angrenzte.

Pwyll hielt hof in Arberth, und dort geschah es eines späten Nachmittags, daß in seinem Herzen die Sehnsucht erwachte, im wilden Tal von Glyn Cuch auf die Jagd zu gehen. So machte er sich mit seinen Gefährten auf, schlug sein Nachtlager gemeinsam mit ihnen in Pen Llwyn Diarwya auf und ritt bei Tagesanbruch aus, um in dem Tal seinen Hunden freien Lauf zu geben. Nachdem er seinen bellenden Jagdhunden mit voller Geschwindigkeit durch das Dickicht des Waldes gefolgt war, mußte Pwyll feststellen, daß seine Gefährten den Anschluß an ihn verloren hatten. Er ließ sein Jagdhorn ertönen, um die Jäger zusammenzurufen, und horchte auf eine Antwort, als er das Gebell einer anderen Meute durch die Bäume auf sich zukommen hörte.

Wenige Augenblicke später brach ein Hirsch mit einem zwölfendigen Geweih durch das nebelige Gebüsch in die Lichtung, in der seine eigenen Hunde sich ausruhten. Das große Tier kam schlitternd zum Stehen, dann stand es mit weit geöffneten Augen zitternd da, und aus seinem Maul dampfte der Atem. Pwyll hatte kaum Zeit, den herrlichen Anblick aufzunehmen, da schoß die seltsame Meute auch schon zwischen den Bäumen hervor, stürzte sich auf den Hirsch und zerrte ihn zu Boden. Noch nie hatte Pwyll Jagdhunde wie diese gesehen. Eine Zeitlang stand er wie festgewurzelt da, gebannt vom

Schimmer ihrer weißen Pelze und der gleißenden Röte ihrer Ohren, während sie um den gefallenen Hirsch herumtobten. Als ihnen aber keine Jäger nachfolgten, jagte Pwyll die seltsamen Jagdhunde davon und hetzte seine eigene Meute auf ihre Beute.

Als er von dem erlegten Hirsch aufschaute, sah er einen Mann auf einem großen graugescheckten Pferd in die Lichtung reiten. Ein Jagdhorn hing ihm um den Hals, und er trug einen dunkelgrauen Jagdrock. Der graue Reiter zügelte sein Pferd und beschuldigte Pwyll des unweidmännischen Betragens, daß er die Jagdhunde, die den Hirsch in die Enge getrieben hatten, verjagt und dann seine eigene Meute auf die rechtmäßige Beute eines anderen gehetzt habe.

„Ich werde für Eure Unhöflichkeit keine Rache nehmen", erklärte er, „aber Ihr seid in meiner Schuld, und zwar in der Höhe des Wertes von einhundert Hirschen."

Voller Demut erwiderte Pwyll sofort, daß er alles Erdenkliche tun wolle, um seinen Fehler wiedergutzumachen und die Freundschaft des Mannes zu gewinnen.

„Wie willst du es wiedergutmachen?" fragte der Fremde.

„Gemäß Eures Ranges und Eurer Würde", antwortete Pwyll, „obwohl ich weder diese kenne noch Euren Namen oder woher Ihr kommt."

„Ich bin Arawn", sprach der Fremde zu ihm, „König von Annwn."

„Wenn das so ist, wie kann der König von Dyfed Eure Freundschaft erringen?"

„In Annwn gibt es noch einen anderen König, dessen Name ist Hafgan", sagte Arawn. „Seine Gebiete liegen meinen gegenüber, und unaufhörlich führt er gegen mich Krieg. Du kannst meine Freundschaft nur dadurch erringen, daß du nach Annwn gehst und mir die Last, die ich durch ihn habe, vom Halse schaffst."

Pwyll sagte, das wolle er gerne tun, wenn Arawn ihm doch zeigen würde, wie er denn nach Annwn gelangen könne.

„Nichts leichter als das", antwortete der königliche Jäger. „Ich werde dir meine äußere Erscheinung verleihen. So kannst du Annwn betreten, und die schönste Frau, die du je gesehen hast, wird dich für mich halten und dich in ihrem Bett aufnehmen; und niemand wird dich von mir unterscheiden können. Ein Jahr und einen Tag lang wirst du unter diesem Zauberbann stehen, dann werden du und ich uns wieder an diesem selben Ort treffen."

„Aber wie soll ich Hafgan erkennen?" fragte Pwyll.

„Es ist abgemacht, daß heute nacht in einem Jahr er und ich uns an der Furt treffen werden. Gehe du an meiner Stelle hin und kämpfe für meine Sache. Aber versetze ihm nur einen einzigen Schlag, und wie sehr er dich auch bitten mag, ihm mit einem weiteren den Rest zu geben, so darfst du ihn kein zweites Mal treffen, denn durch einen zweiten Schlag wird lediglich seine ganze Kraft wiederhergestellt."

So verpflichtete sich Pwyll zu diesem Abenteuer, nachdem er noch gefragt hatte, was während seiner einjährigen Abwesenheit aus seinem eigenen Königreich werden solle. Arawn antwortete, daß er Dyfed an Pwylls Statt regieren würde und daß niemand dort bemerken würde, daß es nicht Pwyll wäre, der über sie herrsche. Dann geleitete er Pwyll zu dem Ort, von wo er Annwn betreten konnte, und wirkte einen Zauber, der ihm mitsamt dem grauen Gewand das Aussehen von Arawn gab. Sodann begab er sich selbst in der Gestalt von Pwyll unverzüglich nach Dyfed.

Als Pwyll den großartigen Palast des Arawn im dunklen Reich von Annwn betrat, eilten ihm die Diener entgegen. Sie waren nicht im geringsten über sein Aussehen überrascht und brachten ihm frische Kleider. Er wusch sich und ging zum Abendessen, wo er mit wärmster Zuneigung von der liebreizendsten und temperamentvollsten Frau begrüßt wurde, die er jemals gesehen hatte. Das Essen, das auf goldenen Tellern serviert wurde, verbrachten sie glücklicherweise in innigem und geistreichem Gespräch, bis es Zeit wurde, ins Bett zu gehen.

Pwyll wußte, wie stark sein Begehren nach der Frau war, und so konnte er keinen anderen Weg finden, seinem Freund Arawn gegenüber treu zu bleiben, als ihr sofort den Rücken zuzudrehen und in angespannter Stille zu verharren, bis schließlich eine vollständige Müdigkeit ihn in den Schlaf hinüberzog. Nicht ein Wort war in der ganzen Nacht zwischen ihnen gewechselt worden, doch am nächsten Tag nahmen sie im Nu ihr liebevolles und zärtliches Verhalten wieder auf. Dasselbe geschah in der nächsten Nacht und in jeder folgenden Nacht des Jahres, in dem Pwyll seine Tage damit verbrachte, Arawns Königreich gerecht zu regieren, in den schattigen Wäldern zu jagen und nach Herzenslust zu schmausen. Schließlich war das Jahr vorüber und die Zeit gekommen, um Hafgan an der Furt entgegenzutreten.

Pwyll, der noch immer das Aussehen von Arawn hatte, wurde von seinen Gefährten vom Hof dorthin begleitet und traf auf Hafgan, der in der Dunkelheit auf ihn gewartet hatte. Ein unbekannter Reiter verkündete, daß das Duell ein Kampf Mann gegen Mann sein würde, bei dem beide Kämpfer ihr Land einsetzten. Niemand drittes dürfe eingreifen.

Schweigend wateten die beiden Männer über die dunkle Furt aufeinander zu. Pwyll zerschmetterte mit dem ersten Schlag den Schild seines Gegenübers, und das Schwert bahnte sich weiter seinen Weg in Hafgans Brust und fügte ihm eine so tiefe Wunde zu, daß er zweifellos daran sterben mußte. Hafgan fiel in das Wasser vor Pwylls Füße und schaute mit einem erschütterten und herzzerreißenden Blick zu Arawn auf und verlangte, daß dieser ihm weitere Leiden ersparen und den Gnadenstoß geben möge.

„Den Schlag, den ich dir zugefügt habe, werde ich vielleicht schon mein Leben lang bereuen", sagte Pwyll. „Du wirst keinen zweiten von meiner Hand erleiden."

Hafgan, dessen Zeit gekommen war, sagte seinen Anhängern, daß er die Herrschaft über sie nicht länger aufrechterhalten könne, und befahl ihnen, Arawn Gefolgschaft zu leisten. Daraufhin knieten Hafgans Männer vor Pwyll nieder und versicherten, daß das Reich von Annwn in Zukunft keinen anderen Herrscher haben würde als ihn.

Am Mittag des folgenden Tages hatte Pwyll im Namen von Arawn beide Teile von Annwn zusammengefügt. Da sein Auftrag erfüllt war, gab er Arawns Frau zum letzten Mal einen zärtlichen Kuß und ritt los, um pünktlich zum verabredeten Treffen in der Lichtung von Glyn Cuch zu erscheinen.

Arawn wartete dort bereits auf ihn. Der wahre König von Annwn wußte schon von Pwylls Erfolg und dankte ihm für seine Freundschaft. Außerdem sagte er, daß Pwyll sehen würde, was er für ihn getan habe, sobald er zurück nach Dyfed komme. Dann nahmen die beiden Männer wieder ihre eigene Gestalt an, und jeder kehrte in sein eigenes Königreich zurück.

Als Pwyll zurück nach Arberth ritt, begrüßten ihn seine Freunde, als sei er nicht länger weg gewesen als den einen Tag, und als er sein Königreich näher in Augenschein nahm, erkannte er, daß seine sieben Cantrefs[1] noch nie so floriert hatten wie während des letzten Jahres. Erst jetzt erzählte er seinen Freunden von seinem Abenteuer und von der Dankesschuld, die sie dem König von Annwn gegenüber hatten.

In der Zwischenzeit fand Arawn bei seiner Rückkehr sein eigenes schattiges Land Annwn freudig vereint unter seiner Herrschaft vor. In jener Nacht gab er ein rauschendes Fest für seine Edelleute und ging nur allzugern mit seiner Frau zu Bett, die höchst erstaunt war, als er sich ihr herzlich zuwandte und sie in die Arme nahm. Schweigend lag sie da und rätselte über diese plötzliche und unerklärliche Veränderung in seinem Verhalten, und näherte er sich ihr auch noch so liebevoll, so wurde doch keiner seiner Vorstöße erwidert. Schließlich fragte er sie, warum sie nicht mit ihm sprechen wolle.

„Was erwartest du von mir", antwortete sie, „nachdem du mich jeden Tag mit vollendeter Höflichkeit behandelt hast und doch ein ganzes Jahr lang mich in diesem Bett weder berührt noch zärtlich zu mir gesprochen hast?"

Da begriff Arawn, welch ein treuer und standfester Freund er mit Pwyll, dem Prinzen von Dyfed, gefunden hatte. Er eröffnete seiner Frau die ganze Geschichte, was während des vergangenen Jahres geschehen war und daß sie ihr Bett mit einem Fremden geteilt hatte, der, obgleich er die Gestalt Arawns angenommen hatte, keinen Vorteil aus der Verwandlung gezogen hatte.

---

[1] Ein Cantref war ein Teil des Königreiches; wörtlich: hundert Heimstätten.

Da stimmte seine Frau zu, daß Pwyll fürwahr ein würdiger Freund sei, und die Bande der Freundschaft zwischen den beiden Männern wurden danach noch stärker. Geschenke wurden von einem Land in das andere geschickt – Falken und Jagdhunde und Pferde und alles, von dem der eine dachte, es würde das Herz des anderen erfreuen. Und aufgrund des Heldenmuts und der Gerechtigkeit, mit der Pwyll die geteilte Anderswelt von Annwn vereinigt hatte, wurde er von da an nicht mehr Prinz von Dyfed genannt, sondern Pwyll Pen Annwn – der Weise, der das Haupt der Anderswelt ist.

Außerhalb von Pwylls großem Palast in Arberth gab es einen uralten Erdwall von eigenartigem und magischem Charakter. Wenn ein Mann auf ihm saß, dann widerfuhr ihm eines von zwei Dingen: Entweder wurde er von irgendeiner unsichtbaren Macht mit Schlägen böse zugerichtet, oder ihm wurde ein Wunder zuteil. Da alle Dinge in seinem Reich so gut standen, entschied Pwyll, daß die Zeit gekommen war, die Erfahrung mit dem Erdwall zu wagen. Vor einigen Schlägen, falls er die bekommen sollte, fürchtete er sich nicht, und nach Wundern verlangte ihn sehr. Also kletterte er in Anwesenheit von einigen seiner Gefährten auf den Erdwall.

Als er sich an dem verzauberten Ort niederließ, regte sich in den Lüften über seinem Kopf keinerlei Anzeichen von Gewalt, aber als er in den Dunst spähte, der sich plötzlich um ihn herum gebildet hatte, sah er eine Gestalt in seiner Nähe auftauchen. Eine Frau, die einen glänzenden Mantel aus Goldbrokat trug, ritt auf einem blaßweißen Pferd in einem gleichmäßig gemächlichen Schritt die Straße entlang, die am Erdwall entlangführte. Pwyll starrte sie fasziniert an und fragte dann seine Gefährten, ob einer von ihnen wüßte, wer sie sei. Keiner wußte es, und darum schickte er einen von ihnen hinunter zur Straße, um sie in seinem Namen zu grüßen.

Der Mann lief los, um die Reiterin an der Straße abzufangen, aber als er dort angekommen war, war sie bereits vorbeigezogen. Deshalb lief er hinter dem Pferd her, kam ihm aber nicht näher. Je schneller er lief, desto mehr schien sich der Abstand zwischen ihm und seinem Ziel zu vergrößern, obgleich sich das gleichmäßige Tempo der weißen Stute überhaupt nicht erhöht hatte. Schließlich schaute er außer Atem und erschöpft zu, wie die Reiterin aus seinem Blickfeld verschwand, und er hatte keine andere Wahl, als zum Erdwall zurückzukehren und von seinem Scheitern zu berichten.

Pwyll war von seiner Beschreibung gefesselt und entschied, sich dem Zauber des Erdwalls am folgenden Tag erneut auszusetzen. Wieder erschien die Reiterin, doch dieses Mal hatte Pwyll einen Reiter mitgebracht. Dieser saß auf dem schnellsten Roß aus Pwylls Stall, wohingegen die Frau dieselbe breithufige Stute im selben gemächlichen Schritt ritt. Darum trabte er sachte, um sie anzusprechen, und als er sah, daß sie schon vorbeigeritten war, versuchte er, sie im kurzen Galopp zu überholen. Er gab seinem Pferd die Sporen, bis es vor Erschöpfung lahm wurde, und doch hatte er noch nicht einmal die Hälfte des Abstandes zu der gemächlich trabenden Stute aufgeholt. So versuchte er die Verfolgung in einem langsameren Schritt, kam aber auch nicht besser voran. Nachdem er sein Pferd mit einer letzten vergeblichen Aufholjagd vollständig ermüdet hatte, sah er sie verschwinden und mußte ebenfalls voller Erstaunen über seine Niederlage umkehren.

In der darauffolgenden Nacht mußte Pwyll immerzu an dieses Rätsel denken. Er war sicher, daß die Reiterin mit ihrem Kommen einen Zweck verfolgte, und kehrte am nächsten Tag zu dem Erdwall zurück, fest entschlossen, sie dieses Mal selbst zu verfolgen. Doch auch er konnte sie nicht überholen, weder mit größter Schnelligkeit, noch indem er sich ihrem gemütlichen Schritt anglich. Zu seiner Verblüffung merkte er, daß sein Pferd sich nur noch voranquälte, und so schrie er über die ganze Entfernung, die zwischen ihnen lag: „Schöne Jungfrau, um dessen willen, den Ihr am meisten liebt, bitte ich Euch anzuhalten."

Sofort zügelte die Reiterin ihr Pferd, drehte sich zu ihm um und sagte, daß sie das gerne tun wolle und daß es für sein Pferd besser gewesen wäre, wenn er sie früher gerufen hätte. Als Pwyll fragte, wer sie sei und warum sie dorthin gekommen sei, hob sie ihren Reitschleier. Da blickte er in ein ernstes und offenes Gesicht, das sein Herz schneller schlagen ließ als irgendein Gesicht jemals zuvor.

„Ich bin in meiner eigenen Angelegenheit gekommen, auf der Suche nach keinem anderen als dir", sagte sie, „und ich bin wahrlich froh, dich gefunden zu haben." Dann erzählte sie ihm, ihr Name sei Rhiannon und daß ihr Vater, Hefydd der Alte, sie gegen ihren Willen mit einem reichen Herrn namens Gwawl verheiraten wollte. „Doch ich habe meinem Vater gesagt, daß ich mich für keinen anderen interessiere als für das Haupt von Annwn, und ich werde mich nur dann zu Gwawl begeben, wenn du mich zurückweist." Indem sie wieder aufblickte, sagte sie zu ihm: „Ich bin gekommen, um dich zu fragen, ob du mich haben willst oder nicht."

„Dann höre meine Antwort", sagte Pwyll. „Wenn ich zwischen allen schönen Frauen auf der ganzen Welt die Wahl hätte, würde ich nur dich wählen."

„Wenn das wahrlich so ist", antwortete Rhiannon, „versprichst du mir, mich zu einem Zeitpunkt, den ich bestimmen werde, zur Frau zu nehmen?"

Pwyll erwiderte, daß er, je früher dieser Zeitpunkt käme, desto glücklicher sein würde; aber Rhiannon bat ihn, sich zu gedulden, bis von jenem Tag an ein Jahr vergangen sein würde. Dann müsse er zu Hefydds Palast kommen, wo sie ein Fest für ihn bereitet haben würde. Pwyll gelobte, diese Verabredung einzuhalten, und ließ sie gehen. Als er zu seinen Freunden zurückgekehrt war, mochten sie noch so sehr mit Fragen in ihn dringen, er erzählte ihnen nichts von seiner Begegnung mit der Jungfrau.

Das Jahr verging, und Pwyll ritt in großem Zeremoniell als einer von hundert Reitern zu dem Palast von Hefydd dem Alten, wo alle erdenklichen Vorbereitungen getroffen worden waren, um ihn willkommen zu heißen. Hefydd konnte sein Glück, Pwyll zum Schwiegersohn zu erhalten, kaum glauben und hatte an nichts gespart, um seine Gäste zu unterhalten. Als sie am Abend zu Tische gingen, saß Hefydd auf der einen Seite des Hauptes von Annwn, während seine Tochter Rhiannon, die glücklich darüber war, daß sich ihre Hoffnungen erfüllt hatten, Pwyll auf der anderen Seite noch nähere Gesellschaft leistete.

Das Festessen hatte gerade angefangen, als die Tür aufging und ein großer junger Mann mit kastanienbraunem Haar eintrat.

Er trug ein glänzendes Gewand, dessen Goldbrokat alle anderen Anwesenden überstrahlte. Aus seiner außerordentlich guten Stimmung heraus verlangte Pwyll, daß dem strahlenden Neuankömmling ein Platz am Tisch frei gemacht werde. Doch der junge Mann lehnte dankend ab und sagte, er sei nur gekommen, um von dem Haupt von Annwn eine Gefälligkeit zu erbitten.

„In dieser glücklichen Nacht soll dir jeder Wunsch, sofern es in meiner Macht steht, erfüllt werden", sagte Pwyll, wobei er mit einer ausschweifenden Geste die Hände öffnete und sich Zustimmung suchend zu Rhiannon umdrehte. Doch in ihrem Gesicht sah er nichts als Entsetzen. „Warum hast du ihm eine solche Antwort gegeben?" sagte sie.

„Er hat sie gegeben", sagte der Fremde, „und alle haben sie deutlich gehört."

Pwyll, den Rhiannons Bestürzung beunruhigte, wandte sich wieder an den Fremden. „Mein Freund", verlangte er zu wissen, „sage mir, was dein Begehren ist."

„Sie, mit der du heute nacht schlafen wolltest", antwortete der junge Mann. „Mein Name ist Gwawl Sohn des Clud, und Rhiannon war mir zuerst versprochen. Die Gefälligkeit, die du gewährst, ist ihre Hand und daß dieses ganze Hochzeitsfest das meine sei."

Pwyll war vor Schreck wie vor den Kopf geschlagen und wandte sich hilflos an die Frau, die er liebte. Rhiannon war nicht weniger verzweifelt und bestürzt, und indem sie ihren schönen Kopf in ihren Händen begrub und von ihm wegschaute, sagte sie: „Hat ein Mensch jemals seinen Verstand weniger beisammen gehabt als in diesem Fall?"

Das Haupt von Annwn dachte in diesem Augenblick, daß es vielleicht besser gewesen wäre, auf dem Erdwall von Arberth die Schläge zu erleiden, als ein solches Glück zu finden und es so arglos wegzuwerfen, und es blieb ihm nichts anderes übrig, als zu beteuern, daß er nicht gewußt habe, wer der Bittsteller gewesen sei.

„Nichtsdestoweniger hast du dein Wort gegeben", antwortete Rhiannon. „Wenn du deinem großen Namen nicht Schande bereiten willst, mußt du mich ihm überlassen."

„Das werde ich niemals tun", schrie Pwyll auf.

„Dann wäre dein Wort ohne Wert. Überlasse mich ihm", flüsterte Rhiannon leidenschaftlich, „und vertraue mir, daß er mich niemals besitzen wird."

Das verdutzte Haupt von Annwn war sich über den Sinn ihrer Worte nicht im klaren und saß sprachlos am Tisch mit einer Zunge wie aus Stein.

„Es ist Zeit, daß ich meine Antwort erhalte", sagte Gwawl, „oder alle Menschen werden wissen, wie wenig dem Haupt von Annwn seine Ehre gilt."

„Das Wort, das ich gegeben habe, nehme ich nicht zurück", sagte Pwyll schließlich. „Rhiannon gehört dir."

„Wie auch dieses ganze große Fest, um unsere Hochzeit zu feiern?" setzte Gwawl frohlockend hinzu.

Aber dieses Mal war es Rhiannon, die antwortete. „Das zu gewähren, liegt nicht in Pwylls Gewalt. Alle Gäste sind hier auf mein Geheiß, es ist mein Fest, und ich habe es nicht für dich bereitet. Obwohl es ihm teuer zu stehen kommt, hat das Haupt von Annwn sein Wort gehalten, Gwawl Sohn des Clud. Mein Wort jedoch ist, daß du mich nicht zur Frau nehmen wirst, bis ein weiteres Jahr vergangen sein wird. Komme dann wieder, um deinen Anspruch auf mich zu erheben."

So mußte Gwawl in jener Nacht ohne die Braut, die er sich erhofft hatte, aber mit der Sicherheit ihres Versprechens Hefydds Palast verlassen und in sein eigenes reiches Land zurückkehren.

In der Zwischenzeit mußte das Haupt von Annwn, das furchtbar traurig über sein unbesonnenes Handeln war, mit dem es sein ganzes Glück verwirkt hatte, selbst von Rhiannon Abschied nehmen.

„Lieber hätte ich heute nacht das Bett mit dir geteilt, als mit anzusehen, wie du auf solche Weise gehst", sagte Rhiannon zu Pwyll, der wie geschlagen vor ihr stand. „Außerdem wünsche ich, daß du ebenfalls in einem Jahr wiederkommst", fügte sie hinzu, „und wenn du kommst, dann verstecke deine Gefährten draußen vor dem Palast, trage lediglich die Kleidung eines Bettlers und trage diesen Sack mit dir, der mit Speisen von Gwawls Hochzeitstisch gefüllt werden soll. Dann sollst du sehen, was sich begeben wird."

Damit vertraute sich Pwyll der Macht der Frau an, die er liebte, und er kehrte nach Arberth zurück und wartete ein ganzes langes Jahr, bis die Zeit gekommen war, zu Hefydds Palast zurückzukehren.

An jenem Tag kam Gwawl Sohn des Clud, dessen Herz ganz von Siegesgefühl erfüllt war, zu dem Palast, wo Rhiannon und ihr Vater auf ihn warteten. Erneut war ein großes Festessen vorbereitet worden, und dieses Mal war es Gwawl, der während des Festes auf dem Ehrenplatz saß.

Als das Fleisch aufgetragen war und alle Gäste dem Wein zusprachen, erschien am Tisch ein Bettler, der schäbige Kleider anhatte, an den Füßen Stiefel aus Lumpen trug und Gwawl um eine Gefälligkeit bat.

Gwawl lächelte Rhiannon an und wandte sich mit folgenden Worten an den Bettler: „Ich werde dir gewähren, was immer du verlangst, mein Freund, solange dein Ersuchen innerhalb der Grenzen der Vernunft bleibt."

„Ich bitte nur, diesen kleinen Sack mit Speisen von Eurem großen Festessen zu füllen, um mir die Not vom Leibe zu halten", sagte der Bettler.

„Das ist allerdings vernünftig", erwiderte Gwawl, befahl den Dienern, den Sack zu füllen, und wendete sich wieder Rhiannon zu. Nach einer Weile bemerkte er zu seiner Überraschung, daß die verblüfften Diener immer noch Speisen in die Öffnung des Sackes schütteten. Je länger er zuschaute, desto mehr taten sie hinein, doch das Fassungsvermögen des Sackes schien sich keineswegs zu verringern. „Wird dein Sack denn niemals gefüllt sein, mein Freund?" fragte er verärgert.

Da stand Rhiannon auf. „Ich glaube, du hast dich irreführen lassen, Gwawl", sagte sie. „Ich kenne diesen Sack. Er hat die Eigenschaft, daß er niemals gefüllt sein wird, bis ein reicher Mann seinen Inhalt mit seinen eigenen Füßen festtritt." Sie schaute ihm direkt in die Augen. „Hier gibt es keinen, der reicher ist als du. Willst du unser Festessen retten, dann mußt du das Essen festtreten."

Gwawl sah, wie schnell die Speisen vom Tisch verschwanden, und da er einen herausfordernden Ton in Rhiannons

Stimme ausgemacht hatte, stand er von seinem Platz auf, sagte dem Bettler, er möge den Sack weit aufhalten, und kletterte hinein. Sogleich zog Pwyll den Sack über Gwawls Kopf und verknotete die Öffnung. So kam es, daß Gwawl, dessen Name „Licht" bedeutete, sich durch das Haupt von Annwn fangen ließ und sich in der Dunkelheit wiederfand, während Pwyll seinen schmuddeligen Umhang von sich warf, sein Signalhorn hervorholte und seine Männer in den Festsaal rief.

„Was hast du dort in dem Sack?" fragten sie.

„Einen Dachs", antwortete Pwyll, „den es unbedingt nach einer Tracht Prügel verlangt."

Daraufhin gingen die Lords von Dyfed einer nach dem anderen zu dem sich krümmenden Sack vor und traten ihn oder schlugen ihn mit Stöcken, bis Gwawls Schreie laut durch die ganze Halle tönten. So also wurde das rohe Spiel „Dachs im Sack" zum ersten Mal gespielt, und zwar mit mehr Berechtigung als bei irgendeiner späteren Gelegenheit. Doch als Gwawls Schreie immer kläglicher wurden und er flehte, daß das kein rechter Tod für einen edlen Lord sei, schritt Hefydd der Alte für ihn ein und sagte, daß es eine große Schande wäre, würde ein Gast auf solche Weise in seinem Haus sterben. Da wandte sich Pwyll an Rhiannon und sagte, er würde die Entscheidung über Gwawls Schicksal ihrer größeren Weisheit überlassen.

„Dann soll er in dem Sack bleiben", sagte Rhiannon, „außer, er gibt alle Ansprüche auf mich auf und erkennt an, daß dieses rechtmäßig dein Hochzeitsfest ist."

„Er soll alles haben", heulte Gwawl aus dem Sack, „ich verzichte auf alle Ansprüche."

„Und weiterhin soll er alle Rechte auf Rache für das, was er heute abend hier erlitten hat, aufgeben und dafür eine hohe Bürgschaft in die Hände meines Vaters geben."

„Stelle deine Bedingungen", stöhnte Gwawl. „Ich werde sie annehmen."

Dann öffnete Pwyll den Sack, und Gwawl krabbelte aus dem Stroh heraus. Grün und blau geschlagen und blutig, bat er gehen zu dürfen, um seine Wunden zu versorgen und den Palast in Richtung seines eigenen Landes zu verlassen.

Als dann das Haupt von Annwn zum zweiten Mal den Ehrenplatz zwischen seiner Frau und ihrem Vater einnahm, wurde das Hochzeitsfest mit größter Lustigkeit und Freude wiederaufgenommen; und als das Gelage seinen Höhepunkt erreicht hatte, zogen sich Pwyll und Rhiannon in ihr Bett zurück, wo sie die Nacht in leidenschaftlicher Umarmung verbrachten.

Nach einem ganzen weiteren Tag des Feierns und der Lustbarkeiten bat Pwyll um Erlaubnis, Hefydd den Alten verlassen und mit seiner Frau nach Dyfed zurückkehren zu dürfen. In den nächsten beiden Jahren regierten sie zusammen die sieben Cantrefs, und es herrschten Frieden und Wohlstand. Als es aber im dritten Jahr noch immer kein Anzeichen gab, daß die Königin dem Königreich einen Erben schenken würde, fingen die Edlen des Landes an zu tuscheln, daß Rhiannon unter dem Fluch von Gwawls Blutsverwandten stehe. Schließlich brachten sie den Mut auf, dem Haupt von Annwn ihre Beschwerde vorzutragen. So sehr sie ihn auch liebten, sagten sie, würde Pwyll doch nicht für immer bei ihnen sein, und das Land müsse einen Erben haben, damit ein friedlicher Fortbestand der Herrschaft gesichert sei. Wenn Rhiannon ihm keinen Sohn schenke, dann solle er eine Frau wählen, die es könne.

Pwyll war über ihre Klage betrübt, und da er wußte, wie sehr Rhiannon an zwei späten Fehlgeburten gelitten hatte, erinnerte er sie an seine große Liebe für seine Frau und wie sehr Dyfed von ihrer Weisheit profitiert hätte. Die königliche Ehe sei erst einige Jahre alt, sagte er, und Rhiannon und er könnten durchaus noch die Freude eines gemeinsamen Kindes erleben. Die Edelmänner sollten aufhören zu murren, und wenn innerhalb eines Jahres kein Erbe da wäre, würde er wieder mit ihnen sprechen.

Zu Pwylls großer Freude und Erleichterung brachte Rhiannon vor Ablauf dieses Jahres einen Sohn zur Welt. Das Kind war dem Land und den Eltern so viel wert, daß in der Nacht nach der Geburt nicht weniger als sechs Frauen eingeteilt wurden, Wache über die erschöpfte Mutter und den neugeborenen Sohn zu halten. Und doch waren alle sechs vor Mitternacht eingeschlafen, und als sie von dem Hahnenschrei wach wurden, entdeckten sie, daß das Kind verschwunden war. Ohne Rhiannon zu wecken, suchten sie überall, konnten das Baby aber nirgendwo finden.

Aus Furcht, vom Haupt von Annwn zum Tode verurteilt zu werden, sobald es ihr schreckliches Versagen entdecken würde, zermarterten die Frauen ihre Köpfe, indem sie verzweifelt überlegten, was am besten zu tun wäre.

Dann sagte eine von ihnen: „Die Mutter hat auch geschlafen, während das Kind geraubt wurde. Schieben wir die Schuld auf sie. Ich weiß von einem Rehpinscher, dessen Hündin gerade geworfen hat. Wenn wir einige der Welpen töten und Rhiannons Mund und Hände mit dem Blut beschmieren und die Knochen um sie herum verstreuen, wird man sicher denken, daß sie ihr eigenes Kleines getötet und gegessen hat."

Und so führten die Frauen es aus.

Dann weckten sie Rhiannon mit großem Gekreische und schrien, daß sie mit ihr gekämpft hätten, bis sie blutig und voller blauer Flecken gewesen wären, daß sie es aber nicht hätten verhindern können, daß sie ihr eigenes unschuldiges Kind verschlungen hätte.

Rhiannon war noch benommen vor tiefer Müdigkeit, wachte aber von ihrem Lärm auf. Sie sah das Blut an ihren Händen und die kleinen Knochen, die neben ihr lagen. Dann führte sie in einem Zustand der Fassungslosigkeit ihre Hand zum Mund und fühlte, daß um ihre Lippen herum das Blut noch feucht war.

„Wo ist mein Baby?" fragte sie.

Erneut erzählten ihr die Frauen, wie sie vergeblich mit ihr gerungen hätten, um sie daran zu hindern, ihr eigenes Kind in Stücke zu reißen und es aufzuessen. Als Rhiannon erkannte, daß sie ihr Kind verloren hatte, war sie aufs äußerste bestürzt und konnte nicht verstehen, warum die Frauen sie eines so abscheulichen Verbrechens bezichtigten. Schließlich flehte sie die Frauen an, ihr die Wahrheit zu sagen.

Als diese sagten, daß es keine andere Wahrheit gäbe, die sie ihr erzählen könnten, fing Rhiannon an, um ihres verlorenen Kindes willen zu schreien. Dann bat sie die Frauen inständig, kein falsches Zeugnis gegen sie abzulegen, und versprach ihnen sogar ihren persönlichen Schutz, sollten sie schuldig sein und die Wahrheit gestehen. Doch die verängstigten Frauen gaben keine andere Antwort.

Die ungeheuerliche Nachricht, daß sein neugeborenes Kind durch die Hände der Mutter getötet worden sei und daß diese es in Stücke gerissen und aufgegessen habe, wurde dem Haupt von Annwn überbracht. Die Frauen zeigten ihm die kleinen Knochen, die sie gefunden hatten, und sie machten ihn auf die Blutflecken auf Rhiannons Händen und Lippen aufmerksam. Pwyll war wahnsinnig vor Kummer und hörte, wie seine nächsten Verwandten verlangten, daß seine Rhiannon für ihr unmenschliches Verbrechen verstoßen werden müsse.

Da forderte Pwyll seine Frau auf, sich zu verteidigen, und als er hörte, was sie zu sagen hatte – wie sie ihr Baby in seine Wiege eingewickelt habe, dann voller Erschöpfung eingeschlafen und dann aufgewacht sei und sich in jenem schrecklichen Zustand vorgefunden habe, ohne zu wissen, was mit ihrem Kind geschehen sei, und in ihrem Herzen habe sie nichts anderes gefühlt als untröstliche Trauer über ihren Verlust –, da wollte er ihr Glauben schenken.

„Ihr hattet einen Grund, mich aufzufordern, daß ich meine Frau verstoßen sollte, als sie keinen Nachkommen brachte", sagte er seinen Verwandten, „aber ich weiß, daß sie ein Kind hat, obwohl ich nicht sagen kann, was mit ihm geschehen ist. Ich werde sie nicht verstoßen."

Dennoch stritten sie mit ihm und meinten, daß seine unvernünftige Liebe für seine Frau seine Urteilsfähigkeit getrübt habe. Die Frauen mußten nacheinander die Wahrheit ihrer schrecklichen Geschichte erneut beschwören. Wieder sah sich Pwyll einer überwältigenden Beweislage gegenüber, und obwohl er darauf keine Entgegnung finden konnte, wollte er sich doch nicht ganz von Rhiannon lossagen.

„Wenn sie aber wirklich schuldig ist", sagte er traurigen Herzens, „dann soll sie dafür Buße tun."

Da Rhiannon nichts als ihre eigene unbeweisbare Gewißheit gegen die Lügen der Frauen vorbringen konnte, verurteilte sie das Gericht, und sie mußte für ein Verbrechen büßen, das sie nicht begangen hatte. Das Urteil gegen sie besagte, daß sie sieben Jahre lang am Schandstein vor dem Tor von Arberth wie ein Pferd warten und anbieten mußte, jeden Fremden auf ihrem Rücken von dem Tor zum Gericht zu tragen. Pwyll konnte dieses Urteil nur insoweit abändern, als er darauf bestand, daß es Rhiannon zuerst erlaubt sein müsse, jedem Fremden, der daherkäme, ihre Geschichte zu erzählen.

Rhiannon fand sich damit ab, ihr gramgebeugtes Leben genausogut auf diese Weise wie auf jede andere zu verbringen, und nahm ihren Platz am Tor ein. Aber obwohl viele Reisende des Weges kamen, heißt es, daß nur wenige, nachdem sie ihre bewegende Geschichte gehört hatten, kein Erbarmen kannten und noch ihr eigenes Gewicht auf ihre bereits schwere Last luden.

In jenen Tagen war der Lord von Gwent Is-Coed ein großherziger Mann namens Teyrnon. Obwohl seine Frau ihm keinen Erben hatte geben können, liebte er sie nichtsdestoweniger. Immer wenn seine Kinderlosigkeit ihn traurig stimmte, tröstete er sich durch die Befriedigung, die ihm sein Ruf als angesehener Pferdezüchter einbrachte. In seinem Stall hatte er eine Zuchtstute, die unbestritten die beste im ganzen Land war. Etwa zur Zeit, als Pwyll Rhiannon heiratete, brachte Teyrnon seine Stute zu seinem Zuchthengst und war ganz erpicht auf eine weitere vorzügliche Bereicherung für seinen Stall.

Die Stute sollte zum ersten Mai ihr Fohlen werfen, doch als Teyrnon mit dem ersten Tageslicht in ihren Stall ging, entdeckte er, daß die Stute geworfen hatte, aber von dem Fohlen fehlte jede Spur. Nachdem eine angestrengte Suche und auch argwöhnische Nachforschungen in der Nachbarschaft weder ein neugeborenes Fohlen noch eine Erklärung für sein Verschwinden hatten hervorbringen können, entschied sich der bitter enttäuschte Mann, es mit der Stute im nächsten Jahr erneut zu versuchen. Wieder sollte sie zum ersten Mai fohlen, und wieder wurde zu Teyrnons Entsetzen kein Fohlen gefunden.

Am ersten Mai des nächsten Jahres war Teyrnon fest entschlossen, entweder das neue Fohlen zu retten oder herauszufinden, welche Bewandtnis es mit dem geheimnisvollen Verschwinden hatte. Darum sagte er zu seiner Frau, daß er vorhätte, die ganze Nacht hindurch die Stute zu beobachten. Mit seinem Schwert in Reichweite saß er neben der Stute im Stroh und sorgte für sie in ihren Wehen, bis schließlich in den frühen Morgenstunden dieser mondlosen Nacht ein zartes und schönes Fohlen geboren wurde, das ungewöhnlich groß war. Sofort stellte es sich auf seine staksigen Beine und machte im Stroh erste unsichere Schritte.

Teyrnon sah auf den ersten Blick, daß er ein erstklassiges Fohlen vor sich hatte. Er stand auf und strahlte vor Freude, während er einen Schritt zurücktrat, um die kräftige Bewegung zu bewundern, mit der das Füllen sich an die Mutter zum Saugen schmiegte. Im selben Augenblick hörte er ein seltsames Getöse draußen im Hof, dann wurde der Fensterladen mit Gewalt aufgestoßen und ein riesiger, glänzender Arm schob sich in den Stall vor. Seine krallige Hand packte das hilflose Fohlen an der Mähne und schleifte es zur Tür. Teyrnon ergriff nach einer ersten Schrecksekunde das Schwert und hieb auf den Arm ein, bis er das Fohlen losließ und schließlich durchtrennt im blutigen Stroh lag. Die Nacht wurde von einem abscheulichen Schrei erfüllt. Teyrnon öffnete die Tür und rannte in den Hof, wo der Lärm herkam, aber in der stockfinsteren Nacht konnte er nichts sehen. Dann hörte er hinter sich ein Wimmern. Da erinnerte er sich, daß er die Tür offen gelassen hatte, und machte schleunigst auf dem Absatz kehrt. Er lief zurück in den Stall und fand dort neben dem Fohlen im Stroh ein neugeborenes Kind, das in einen Umhang aus Seide gewickelt war.

Erstaunt betrachtete Teyrnon das Baby und sah, daß es ein Junge war, der für sein zartes Alter ungewöhnlich stark und kräftig war. Sogleich nahm er es auf den Arm und eilte zu seiner Frau, die er mit seinem Rufen weckte, und erzählte ihr, daß er ihr den Sohn gebracht habe, den sie beide sich so lange gewünscht hatten. Seine Frau war durch sein Geschrei verwirrt, und als sie aus ihrem Schlaf aufwachte, fand sie das Kind in ihren Armen.

„Aber diese Kleider", sagte sie, nachdem der erste Anflug

von Verwunderung vergangen war, „sind vom teuersten Seidenbrokat. Gewiß ist das Kind von vornehmer Herkunft. Seine Eltern müssen Menschen mit adliger Abstammung sein." Innerlich mit ihren eigenen Bedürfnissen und Hoffnungen ringend, bat sie dann ihren Mann, noch einmal zu erzählen, wie er das Kind gefunden hatte.

„Ohne Zweifel ist das Baby für unsere Pflege bestimmt", schloß er.

„Ich kenne einige Frauen, die mich lieben", sagte seine Frau nach einer Weile. „Wenn ich sie darum bitte, würden sie schwören, daß ich mit dem Kind schwanger war."

„Dann könnte niemand unseren Anspruch auf den Jungen anfechten", sagte Teyrnon.

So kam es, daß Ehemann und Ehefrau aus Liebe und aus ihrem Herzenswunsch heraus sich verschworen, das Kind als ihr eigenes aufzuziehen. Als auf dem Kopf des Jungen ein glänzender Haarkranz erschien, nannten sie ihn Gwri Wallt Euryn, Gwri mit dem Goldenen Haar.

Es dauerte nicht lange, da erreichte sie die Nachricht von dem schrecklichen Schicksalsschlag, den Rhiannon erlitten hatte. Teyrnon war ängstlich besorgt, da ihm bewußt war, daß sein eigenes Glück, Gwri zu finden, sich etwa zur selben Zeit, zu der Rhiannons Kind verschwunden war, ereignet hatte, und so stellte er vorsichtig Nachforschungen über den Fall an. Als aber Rhiannon verurteilt wurde und ihre Strafe auf sich nehmen mußte, war die Angelegenheit für ihn erledigt, und er widmete sich der freudigen Aufgabe, seinen Sohn in Ruhe aufzuziehen.

Das Wunderkind war noch kein Jahr alt, da war es schon größer als ein Dreijähriger und konnte auch schon so sicher laufen.

Als er zwei wurde, hatte er schon die Größe eines Sechsjährigen, und er war noch keine fünf, da plagte er schon die Stallknechte, daß sie ihn die Pferde zum Wasser führen ließen.

Die Liebe des Kindes zu Pferden war so groß, daß Teyrnon schon bald entschied, daß das Füllen, das in der Stunde, in der er das Kind gefunden hatte, geboren worden war, vorsichtig als

Gwris eigenes Pferd zugeritten werden sollte. Damit schien das Glück von allen in Gwent Is-Coed vollkommen zu sein.

Doch je größer der Junge wurde, desto größer war auch die Verwunderung beider Eltern über seine Ähnlichkeit zu Pwyll, dem Haupt von Annwn. Lange Zeit konnte sich keiner von beiden überwinden, darüber zu sprechen. Als Pwyll aber auf einer Rundreise in ihre Gegend kam und sie sahen, wie abgezehrt er war, und als sie an Rhiannons tagtägliches Leiden vor dem Tor von Arberth dachten, da fühlten sich ihre ehrlichen Seelen durch ihr Wissen gepeinigt. Schließlich konnte Teyrnon seine Bedenken nicht mehr länger aushalten.

„Hast du gesehen, wie sehr Gwri dem Pwyll ähnelt?" fragte er seine Frau. Und als sie zugab, daß es ihr aufgefallen sei, sagte er: „Und erinnerst du dich, daß Gwri genau zu der Zeit zu uns kam, als Rhiannon ihr Kind verlor?" Wieder nickte seine Frau. „Dann kann es von uns nicht recht sein", sagte Teyrnon, „daß wir den Sohn des Hauptes von Annwn als unseren eigenen hierbehalten, während Pwyll den Verlust betrauert und eine so vortreffliche Frau wie Rhiannon so schmerzlich dafür leiden muß."

Seine Frau konnte ihre Traurigkeit kaum verhehlen, stimmte aber zu, daß sie den Jungen abgeben müßten. Sie konnten nur hoffen, daß man ihnen die Pflege, die sie ihm hatten angedeihen lassen, danken würde, ja daß das dankbare Haupt von Annwn es vielleicht sogar Teyrnon erlauben würde, weiterhin der Pflegevater des Jungen zu sein.

So nahmen sie Gwri mit sich nach Arberth und trafen auf Rhiannon, die am Schandstein vor dem Tor wartete. Als sie ihnen ihre traurige Geschichte erzählt hatte und ihnen anbot, sie auf ihrem Rücken zu tragen, war Gwri der erste, der das aus Mitleid für ihre Notlage ablehnte. Daraufhin sagte Teyrnon, daß seine Frau und er hofften, sie von ihrer Last zu befreien, daß sie nicht noch etwas hinzufügen wollten, und er forderte sie auf, sich mit ihnen zum Gericht zu begeben.

Pwyll, der gerade von seiner Rundreise durch ganz Dyfed zurückgekehrt war, war überrascht, daß seine Anwesenheit im Rat schon so schnell verlangt wurde. Als Pwyll den Saal betrat, sah er seinen Druiden, Pendaran Dyfed, inmitten der Edelmänner stehen, und daneben stand Rhiannon und ihr gegenüber der berühmte Pferdezüchter Teyrnon, der Lord von Gwent Is-Coed, zusammen mit seiner Frau und einem großen Kind mit goldenen Haaren, das ihm auf eigenartige Weise ähnlich sah.

Dann erzählte Teyrnon die ganze Geschichte, wie er den Jungen gefunden und als seinen eigenen aufgezogen hatte, dann aber mit wachsender Seelenqual zu der Überzeugung gekommen war, daß Gwri der verlorene Sohn von Pwyll und Rhiannon sein müsse.

„Glaube mir", brach es aus Rhiannon hervor, „von welch unsäglicher Pein wäre ich befreit, wenn das wahr wäre!"

„Die Wahrheit des Gesagten ist offenbar", rief Pwyll freudig aus. „Schaut Euch den Jungen an. Gibt es unter allen Anwesenden einen, der es zu bestreiten wagt, daß er mein Sohn ist?"

Dann ließ das Haupt von Annwn den Jungen zu sich kommen, und als sie Seite an Seite dastanden, war die Ähnlichkeit zwischen ihnen so groß, daß niemand ihre Verwandtschaft bezweifeln konnte.

„Welchen Namen hast du dem Jungen gegeben?" fragte der Druide Pendaran Dyfed Teyrnon.

„Gwri mit dem Goldenen Haar", lautete die Antwort.

„Ich denke jedoch, daß seine Mutter ihm seinen wahren Namen gegeben hat, als sie sagte, daß sie von ihrer Pein befreit worden sei", sagte der Druide. So wurde der Junge fortan Pryderi genannt, was in der Sprache von Dyfed „Pein" bedeutet.

Am Hof des Hauptes von Annwn war nun keine Pein mehr, vielmehr herrschte nichts als Freude. Teyrnon und seine Frau wurden für die Pflege, die sie dem verlorenen Sohn der Rhiannon hatten angedeihen lassen, reichlich belohnt, und obgleich der Junge von dem Druiden Pendaran Dyfed erzogen werden sollte, sollte das ehrliche Ehepaar ihm als Pflegeeltern für alle Fälle, in denen er etwas auf dem Herzen hätte, zur Seite stehen.

So schaute Pwyll, das Haupt von Annwn, seinem Sohn zu, wie er erwachsen wurde, und als er starb, tat er es mit der Gewißheit, daß sein Sohn der beste und verdienstvollste Anführer in allen sieben Cantrefs von Dyfed war.

Die Kinder des Llyr

Zu der Zeit, als Großbritannien als Insel der Gewaltigen bekannt war, verehrten die keltischen Stämme, die dort lebten, eine große Göttin namens Don. Diese Göttin war dieselbe Erdmutter, Danu, deren Kinder, die Tuatha de Danann, von den irischen Gälen verehrt wurden, und die „Kinder der Don" gehörten zu den großen Herrscherfamilien unter den britischen Göttern.

Diese Familie bewohnte die leuchtenden Orte in der Kuppel des Nachthimmels über der Insel der Gewaltigen. Das Sternbild, das uns als Kassiopeia bekannt ist, wurde von den Kelten Llys Don – Hof der Don – genannt. Die „Nördliche Krone" hieß bei ihnen Caer Arianrhod – das Schloß von Dons Tochter Arianrhod; und die Milchstraße war mit Caer Gwydion nach einem der Söhne Dons benannt. Der mächtigste ihrer Söhne aber war Nudd, den man Llaw Ereint nannte, den „Silberhändigen", ein Name, der ihn als britisches Gegenstück zu Nuada Argetlam aus den irischen Mythen ausweist, obwohl in den britischen Sagen kein Grund für diese Benennung überliefert ist.

Don hatte noch eine weitere Tochter namens Penardunn, von der wenig bekannt ist, außer, daß sie mit dem großen Meeresgott Llyr verheiratet war. In einigen Geschichten heißt dieser Gott Llyr Llediath, was die Bedeutung „Llyr mit der fremden Zunge" hat, und offenbar ist damit dieselbe Gestalt gemeint, die in Irland als Meeresgott Lir bekannt ist.

Nun befanden sich die Familie der Don und die Kinder des Llyr häufig in ähnlich grimmigen Auseinandersetzungen wie das Volk der Danu und die im Meer wohnenden Fomorischen Riesen in Irland. So wie Brigid, die Tochter des Dagda, mit Breas, dem Sohn des Fomoren Elathan, oder wie Diancechts

Sohn Cian mit Balors Tochter Eithne verheiratet war, so wurde auch Penardunn mit Llyr verlobt, was einen Versuch bedeutete, die uralten Wunden zwischen den Reichen des Himmels und des Meeres, zwischen den Mächten der Dunkelheit und des Lichts zu heilen.

Drei Kinder sollten aus dieser Ehe hervorgehen.

Ein Sohn namens Manawydan war ein gewaltiger Zauberer, der im Meer wohnte. Wie sein irisches Gegenstück, Manannan mac Lir, setzte er seine Zauberkünste bereitwillig für seine Freunde ein, seine Feinde aber fürchteten ihn sehr. Er war es auch, der die Knochenfestung von Oeth und Anoeth in Gower errichtete, ein massives labyrinthisches Gefangenenhaus, das aus Menschenknochen in der Form eines Bienenstocks bestand. Selbst Arthur wurde dort einmal gefangengehalten.

Mit seiner Frau Penardunn hatte Llyr einen weiteren Sohn, Bran, und eine Tochter, Branwen. Die Schönheit von Branwen mit dem Schönen Busen glitzerte wie Sonnenlicht über die Oberfläche des Meeres, wohingegen ihr edler Bruder Bran einen so riesenhaften Körper hatte, daß kein Haus ihn aufnehmen konnte und kein Schiff groß genug war, um ihn an Bord zu nehmen. Bran hatte einen Lebenshunger, der so unermeßlich war wie sein gewaltiger Körper. Er erfreute sich am Gemetzel des Krieges so sehr wie der Rabe, nach dem er wohl benannt worden war, aber nicht weniger liebte er Feste, Geselligkeit und Gesang. Da er selbst ein vielseitiger Dichter und Musiker war, hatte er in seinem großen Herzen immer einen besonderen Platz für Barden, die unter seiner freigebigen Förderung an seinem Hofe ihre Kunst ausübten.

Doch Penardunn hatte noch zwei weitere Kinder, Halbbrüder von Bran und Branwen, und zwar von einem Mann namens Euroswydd. Einer dieser beiden Söhne war liebenswürdig und friedliebend, wohingegen der andere immerzu auf Ärger aus war. Wann immer es in der Familie Streit gab, scheute Nissyen keine Mühe, um den Konflikt beizulegen, und sprach sogar dann begütigend mit beiden Streitenden, wenn diese noch wutschäumend waren. Im Gegensatz dazu hatte sein Bruder Evnissyen auf eine kalte und böse Art seine Freude daran, mit allen Mitteln gerade dann Streit zu entfachen, wenn alle friedlich miteinander auskamen.

Aus der Familie von Llyr wurde Bran zum Hohen König der Insel der Gewaltigen gekrönt, und auch wenn manche sagen, daß er die Krone in Caer Llundain erhielt, lebte er am liebsten an der wilden Küste von Wales, wo er von der Felsenburg Harddlech in Ardudwy aus regierte und von wo er eine freie Sicht über das Meer hatte.

Eines Tages sah man dreizehn Schiffe, die sich von Irland her einen Weg auf die Küste zu bahnten. Bran befahl seiner Wache, zu den Waffen zu greifen, bis die Fremden ihre Absichten kundgetan haben würden. Allerdings hatte man entlang dieser Küste noch nie so schöne und feine Schiffe gesehen, und als das Leitschiff näher ans Ufer kam, sah man, daß am Bug ein umgedrehter Schild als Zeichen des Friedens befestigt war. Das große Segel wurde eingeholt, und ein kleines Boot wurde zu Wasser gelassen, dessen Bug im ruhigen Seegang auf und ab tanzte. Als es unterhalb der Klippe, von der Bran zuschaute, in Rufweite war, legten die Ruderer die Riemen ein.

Der König hieß die Reisenden willkommen und verlangte zu wissen, wem die Schiffe gehörten und weshalb sie zu seinem Ufer gekommen wären.

„Dieses sind die Schiffe von Matholwch, dem König von Irland", wurde ihm geantwortet, „und er selbst ist auch an Bord."

„Möchte er nicht an Land kommen?" lud Bran ihn ein.

„Auf keinen Fall, außer wenn du ihm das gewährst, um was er dich bitten möchte."

„Und was könnte das sein?"

„Ein Bündnis zwischen Erin und der Insel der Gewaltigen, das beide stärker werden ließe."

„Ein rechtschaffenes Begehren", sagte Bran.

„Da ist noch etwas. Matholwch möchte den Vertrag besiegeln, indem er um die Hand von Branwen, der Tochter von Llyr, bittet."

„Dann laßt ihn an Land kommen", sagte Bran, „und wir werden zusammen über diese Angelegenheiten sprechen."

So kam denn Matholwch an Land, und die beiden Könige berieten sich und kamen recht schnell überein, daß sie das erwünschte Bündnis eingehen würden und daß Branwen dem irischen König zur Frau gegeben würde. Eine große Hochzeitsfeier sollte in Aberffraw auf Talebolion, dem heutigen Anglesey, stattfinden.

Matholwch segelte mit seinem Schiffsgeschwader nach Talebolion, während Bran und sein Gefolge über Land dorthin zogen und die Braut in ihrem bekränzten Zug mitbrachten. In Aberffraw wurden riesige, luftige Pavillons aufgestellt, denn kein Haus war groß genug, um Bran aufzunehmen. Bei einem Festessen von noch nie dagewesener Reichhaltigkeit wurde Branwen mit dem Schönen Busen die Frau des Königs von Irland, und seitdem war sie bekannt als eine der „Drei Matriarchen von der Insel der Gewaltigen".

Das Fest war äußerst fröhlich, und alle Dinge hätten so bleiben können, wäre da nicht der boshafte und unzufriedene Evnissyen gewesen. Bran hatte seinen Halbbruder nicht einmal über die Hochzeit unterrichtet, und noch weniger hatte er sich mit ihm darüber beraten, denn er kannte seine Verderbtheit nur zu gut, und das Bündnis mit Irland war ihm viel zu kostbar, als daß er riskieren wollte, daß irgend etwas dazwischenkommen könnte. Aus demselben nachvollziehbaren Grund wurde Evnissyen zur Hochzeit nicht eingeladen.

Als dieser Freudentag zu Ende ging, konnte sich Bran zu der Weisheit seiner Entscheidung gratulieren. Alles war so glücklich verlaufen, wie er es sich besser nicht hätte wünschen können. Nach einem großen Gelage und viel Fröhlichkeit hatte man Braut und Bräutigam unter allgemeinem Jubel in ihr Schlafgemach ziehen lassen. Die Gäste, sowohl Britannier als auch Iren, hatten zum Klang süßer Melodien gut gegessen und gut getrunken und nickten nun ein oder schlummerten betrunken vor sich hin.

Währenddessen suchten die Knechte in allen Ställen in der Umgegend Unterkünfte für die Pferde. Evnissyen wurde auf das ungewohnte nächtliche Trappeln der Hufe aufmerksam und stieß auf einen der Pferdezüge. Als er fragte, wem denn die prächtigen Tiere gehörten, wurde ihm stolz mitgeteilt, es wären die Pferde von Matholwch, dem König von Irland.

Da ihn diese Antwort überraschte, wollte er wissen, was sie dort mitten in der Nacht zu suchen hätten.

„Hast du nicht gehört, daß der irische König mit Branwen mit dem Schönen Busen in Aberffraw schläft", wurde ihm erwidert, „denn am heutigen Tage sind sie in einer Feier des großartigen Bündnisses, das zwischen Bran und ihm besteht, Mann und Frau geworden?"

Evnissyen war von dieser Nachricht wie betäubt, so daß er den Gedanken an die Beleidigung durch Bran in seinem Gehirn so lange nagen ließ, bis es eine Rache ersonnen hatte, die im Nu alles Gute, was an dem Tag getan worden war, zunichte machen könnte.

Im Schutz der Dunkelheit betrat er den Stall und machte sich daran, die Pferde des Königs von Irland mit einem scharfen Messer zu verstümmeln. Unter schrecklichen Schreien schnitt er ihnen die Lefzen bis zu den Zähnen ab, trennte ihre Ohren von ihren Köpfen und schnitt ihnen ihre Schweife ab. Wo seine freie Hand sie zu fassen bekamen, schnitt er sogar ihre weichen Lider von den Augen ab. Dann ließ er die armen Tiere verstümmelt und nutzlos im blutigen Stroh zurück, so daß die Stallknechte sie finden und dem König von England zutragen sollten, auf welche Art Bran sie versorgt hätte.

Bei dieser Nachricht empfand Matholwch gleichermaßen Zorn und Entsetzen. Seine Berater sagten, daß eine solch schreckliche Sache niemals ohne Brans Zustimmung hätte geschehen können und daß ein irischer König niemals eine schlimmere Beleidigung erfahren hätte. Matholwch, der nicht begreifen konnte, wie Bran ihm einen solchen Schaden habe zufügen können, nachdem er ihm seine schöne Schwester zur Frau gegeben hatte, wollte sich um eine Klärung bemühen, doch die Widerwärtigkeit der Tat und das Drängen seiner Verwandten ließen in ihm immer wieder den Gedanken an Vergeltung aufsteigen.

Als Bran am nächsten Morgen aufwachte, hörte er zu seiner Verblüffung, daß die Iren ihr Lager abbauten und ihre Schiffe beluden. Sofort schickte er Kundschafter aus, um den Grund dafür zu erfahren, aber als sie mit der Nachricht von Matholwchs Kränkung und Zorn zurückkehrten, hatte Bran schon von Evnissyens eigenen unbarmherzigen Lippen erfahren, welch fürchterlicher Schaden angerichtet worden war.

Matholwch wurde benachrichtigt, daß der Übeltäter gefunden worden sei, und der irische König verlangte umgehend seinen Tod. Daraufhin war Bran zu der Erklärung gezwungen, daß es ihm schwerfallen würde, Evnissyen zu töten, weil er sein eigener Halbbruder mütterlicherseits sei, ein Mann, der von Geburt an von seiner dunklen Seele getrieben sei. Da er nicht die Blutschuld auf sich laden wollte, einen Verwandten töten zu lassen, bot Bran statt dessen an, jedes Pferd, das verloren worden sei, zu ersetzen. Als weitere Sühne würde er Matholwch zusätzliche kostbare Geschenke machen: eine Goldplatte, so rund wie sein Gesicht, und einen Silberstab, so groß wie der irische König in voller Körperlänge.

Matholwch beriet sich mit seinen Männern, deren Meinungen gespalten waren. Da sich jedoch seine erste Wut abgekühlt hatte und er die augenblickliche Stärke seiner eigenen Leute mit der der Recken von der Insel der Gewaltigen verglich, konnte er sich ausrechnen, daß es weiser wäre, Brans Angebot anzunehmen, als es abzulehnen. Zu Branwens großer Erleichterung wurde die Entzweiung verhindert.

So wurden nun die luftigen Pavillons wieder aufgeschlagen, und ein Versöhnungsbankett wurde vereinbart. Doch die Stimmung auf dem Hochzeitsfest hatte sich verdüstert, und Matholwch fiel es schwer, freundlich mit seinem Schwager zu sprechen, da der Gedanke, was seinen Pferden angetan worden war, noch in seinem Herzen schwärte.

Bran machte sich wegen Matholwchs Schweigsamkeit und seines finsteren Blickes Sorgen und entschied, daß eine weitere Entschädigung geleistet werden müßte. Mit einer Großzügigkeit, die selbst diejenigen erstaunte, die ihn am besten kannten, bot Bran dem Mann seiner Schwester nichts Geringeres an als den Zauberkessel der Wiederbelebung. Er war vor langer, langer Zeit aus den Tiefen eines irischen Sees zu der Insel der Gewaltigen gebracht worden und hatte die Eigenschaft, jedem Toten, den man hineinlegte, alle Lebenszeichen wiederzugeben, mit der einen Ausnahme, daß es ihm an der Fähigkeit zu sprechen fehlte. Damit ein für allemal jeder heimliche Groll zwischen Matholwch und ihm verschwinden möge, gab Bran das Gefäß zurück an den König, aus dessen Land es einst gekommen war.

Frohen Herzens nahm Matholwch das wunderbare Geschenk an und vergab alle Verletzungen, die ihm durch Evnissyens Hände zugefügt worden waren. Am Ende der wiederaufgenommenen Feierlichkeiten bestieg er mit Branwen das Schiff, und glücklich setzte er die Segel nach Irland.

Alle großen irischen Prinzen und ihre Frauen waren zusammengekommen, um ihre neue Königin willkommen zu heißen. Und darunter war niemand, dem sie kein wertvolles Geschenk mitgebracht hätte – ein Ring, eine Brosche, eine Spange oder ein kostbarer Edelstein aus ihrer eigenen Schatzkammer. Ihr großzügiges Wesen fand großen Beifall, und als sie binnen eines Jahres einen prächtigen Sohn, den man Gwern nannte, zur Welt gebracht hatte, sah es so aus, als sei durch seine freudige Geburt die Verbindung zwischen den zwei großen Königreichen gekrönt und gesegnet worden. Aber es dauerte nicht lange, da schlug das Böse am Hohen Hof von Irland Wurzeln.

Bei seiner Rückkehr von der Insel der Gewaltigen hatte Matholwch die schreckliche Verstümmelung seiner Pferde nicht erwähnt. Der Schaden war von einem Ränkeschmied verursacht und von einem Freund wiedergutgemacht worden, und so dachte er, daß es ihm nur Ärger einbringen könnte, wenn er die Geschichte in der Gegenwart von hitzköpfigen Männern, von denen einige die ausländische Heirat übelgenommen hatten, aufwärmen würde.

Doch die Wahrheit läßt sich nicht auf Dauer verbergen, und als Matholwchs Pflegebrüder hörten, wie bereitwillig ihr König die Entschädigung angenommen hatte, verachteten sie ihn deswegen. Ihrer Ansicht nach war die Beleidigung so abscheulich, daß Matholwch sich zuerst am Übeltäter hätte rächen und dann eine Entschädigung hätte verlangen müssen. Sie fanden es schwächlich und verächtlich, daß er nicht so gehandelt hatte, und hielten sich nicht zurück, ihre Meinung lautstark auszusprechen.

Nun ist es für einen stolzen König nicht leicht, in dem Wissen zu leben, daß die eigenen Blutsverwandten gegen ihn murren. Noch schwerer ist es, wenn in seinem Kopf der Gedanke herumgeistert, daß sie vielleicht recht haben könnten. Was einstmals wie eine Unternehmung, die mit großer Geschicklichkeit und Hoffnung verbunden war, erschienen war – seine vernünftige Diplomatie, die glückliche Heirat, durch die sie besiegelt worden war, das Vergeben der Beleidigung und die reiche Belohnung, die diese zur Folge hatte –, alles das verwandelte sich nun in Matholwchs trübem Gemüt zu einer Geschichte voller Schmach und Schande. Die Freude, die ihm zuvor die Nähe seiner Frau bereitet hatte, verwelkte in der dumpfen Hitze seines unterdrückten Zorns. Schließlich ließ er diesen Zorn aus sich heraus, und es war Branwen, an der er seine Wut ausließ.

Die Verwandten des Königs sahen, wie seine Stimmung ihr gegenüber umschlug, und so überhäuften sie die unschuldige und verblüffte Königin mit immer gröberen Beleidigungen. Als Branwen hilfesuchend Matholwch anschaute, sah sie dort nur seinen finsteren Zorn. Da er sich über ihre Vorwürfe noch mehr ärgerte, verjagte er sie aus seiner Kammer. Das Elend der Unglücklichen vermehrte sich noch, als sie mit ansehen mußte, wie ihr kleiner Sohn zur Erziehung an einen gestrengen Lord aus dem Clan gegeben wurde. Als schließlich Branwen alleine und gedemütigt war und nicht einen einzigen Freund um sich hatte, noch jemanden, bei dem sie ihren Fall vorbringen konnte, wurde sie zusammen mit den Küchenjungen zur Küchenarbeit gezwungen, wobei es sich der Fleischer herausnahm, ihr jeden Morgen mit seinen blutigen Händen Kopfnüsse zu geben.

Matholwch wußte, welche Rache Bran vermutlich nehmen würde, wenn er von ihrer Entehrung erführe, und kappte jede Verbindung zwischen Irland und der Insel der Gewaltigen. So erlitt Branwen drei Jahre lang in der Küche des irischen Hofes Kummer und Schmerz und erfuhr dort nicht den geringsten Trost, mit der einen Ausnahme, daß sie einen verletzten Staren pflegte, den sie eines Tages beim Backtrog gefunden hatte. Sie erkannte ein anderes Opfer mutwilliger Grausamkeit und fütterte den Vogel aus ihrer Hand mit Leckerbissen und gab ihm zu trinken, bis er stark genug war, um wieder zu fliegen. Danach kam der gezähmte Star auf ihren Ruf hin angeflogen, und bei jedem zärtlichen Besuch brachte er einen winzigen Hoffnungsschimmer.

In den ruhigen Stunden, die ihr blieben, saß Branwen mit dem Vogel auf ihrer Schulter oder ihrem Finger und brachte ihm bei, Brans Namen zu sprechen, und erzählte ihm, was für ein Mann ihr Bruder sei und wo er gefunden werden könnte. Als sie sicher war, daß der Star verstand, was sie von ihm erwartete, trieb sie einen Fetzen Papier auf, auf den sie einen Brief schrieb, in dem sie Bran von ihrer mißlichen Lage berichtete. Sie befestigte das gefaltete Papier mit einem Ring am Bein des Staren, nahm den Vogel in ihre beiden Hände und warf ihn hoch in die Lüfte, wobei sie betete, daß sein Flug über das stürmische Meer ihre Botschaft sicher zu ihrem Bruder bringen würde.

Eines Tages saß Bran der Glückliche in Arfon gerade im Rat, als ein Vogel in den Saal geflogen kam, über seinem Kopf flatterte und sich dann auf seiner Schulter niederließ. Die anderen Ratsmitglieder lachten, als sie den Vogel Brans Namen sprechen hörten, und sahen darin ein gutes Vorzeichen. Als der Star sich aufplusterte und seine Federn putzte, fiel jemandem der Glanz auf, der vom Ring an seinem Bein strahlte. „Dieser Vogel ist von Menschen aufgezogen worden", sagte er und nahm ihn vorsichtig in seine Hand. Da sah er das Papier, das hinter dem Ring steckte. Sobald das Blatt aufgefaltet und die Botschaft verlesen worden war, war Brans großes Herz zerrissen vor Zorn über das, was Matholwch seiner Schwester angetan hatte, und vor Schmerz über ihr Elend.

Sofort wurden Boten über die ganze Insel der Gewaltigen ausgesandt, die alle großen Prinzen zu einem Kriegsrat zusammenriefen. Bran selbst sprach zu der Versammlung, und seine leidenschaftliche Schilderung der Leiden, die Branwen durch Matholwch zugefügt wurden, beeindruckte die Herzen der Prinzen nachhaltig. Schnell wurde entschieden, daß alle bis auf sieben Bran nach Irland folgen würden. Die anderen wurden bestimmt, unter der Regentschaft von Brans Sohn Cradawg über das Königreich zu wachen.

In jenen Tagen war das tiefe Wasser zwischen Erin und der Insel der Gewaltigen nicht breit, und Bran, der ja, wie man sich erinnern möge, zu groß war, als daß ein Schiff ihn jemals hätte befördern können, watete über die Wiesen des Manawydan, umgeben von den Masten seiner großen Flotte, die sich um ihn drängte.

Niemand in ganz Irland hatte von ihrem Kommen Wind bekommen. Als dann zwei von Matholwchs Schweinehirten, die an diesem Tag ihre Schweine am Ufer herumlaufen ließen, aufs Meer hinausschauten, bot sich ihnen ein so sonderbares Bild, daß ihre Augen es nicht fassen konnten. Sie stürmten zurück zu Matholwchs Hof und brachten einen verworrenen Bericht vor, wie sie gesehen hätten, daß ein dichter Wald auf dem Meeresspiegel gewachsen sei, und in der Nähe sei ein hoher Berg gewesen mit einem steilen Grat gerade unterhalb des Gipfels, und auf beiden Seiten des Grats sei ein See gewesen. So etwas sei an dem Ort noch nie zu sehen gewesen, sagten sie, und das Erschreckendste daran sei gewesen, daß der Wald, der Berg, der Grat und die Seen alle in Bewegung gewesen seien.

Matholwch wandte sich bestürzt an seine Berater, aber keiner von ihnen konnte dafür eine Erklärung finden. Dann schlug einer vor, daß vielleicht Branwen, wenn diese Dinge über das Wasser von der Insel der Gewaltigen kämen, das Geheimnis lösen könne. Sofort wurde Branwen aus der Küche geholt, und als man ihr erzählt hatte, was die Schweinehirten gesehen hatten, lachte sie laut auf.

„Was ist das für ein Wald, der auf dem Meer gesichtet wurde?" fragte Matholwch.

„Es sind die Maste und Segel der Schiffe, die das Heer von der Insel der Gewaltigen herübertragen", antwortete sie triumphierend.

„Was ist dann aber der Berg mit den beiden Seen rechts und links vom Grat?"

„Nichts anderes als der Kopf meines Bruders Bran des Glücklichen, der durch das Meer watet", antwortete Branwen.

„Der Grat ist seine Nase, und die beiden Seen auf beiden Seiten sind seine zwei Augen. Und er kommt hierher im Zorn, da er von meinen Leiden und meiner Erniedrigung gehört hat."

Sofort wurde in Panik ein Kriegsrat einberufen, aber den Anführern fiel nichts Besseres ein, als alle Truppen hinter dem Fluß Llinon zusammenzuziehen und die Brücke niederzureißen. So räumten sie das Feld, und sobald der Fluß überquert war, befahl Matholwch, daß die Brücke abgerissen werden sollte, und schaute zu, wie ihre Steine in die Tiefen des Flusses geworfen wurden.

Als Brans Vorhut an Land ging, konnten sie keinen Weg finden, um an ihre Feinde heranzukommen. Die verblüfften Krieger baten Bran um Rat, und der sagte: „Ist es nicht die Aufgabe eines Anführers, eine Brücke zu sein? Ich werde mich mit meinem eigenen Körper als Brücke über den Fluß legen. Ihr sollt auf mir hinübergehen."

Die Iren sahen zu, wie Bran seinen kolossalen Leib über den Llinon ausstreckte und seine Männer aus Reisigbündeln Zäune aufbauten, damit die ganze Armee sicher über ihn hinweg marschieren konnte, und sie wußten, daß es gegen eine solche Streitmacht keine Hoffnung gab. So kam es, daß Matholwchs Herolde, als Bran wieder auf seinen Beinen war, bereits auf ihn warteten. Ihre Botschaft war einfach und bedingungslos. Um eines sofortigen Friedens willen und als Wiedergutmachung für das große Unrecht, das Branwen angetan worden war, lieferte Matholwch sich selbst Bran auf Gnade und Ungnade aus und verzichtete zugunsten seines Sohnes Gwern, der Branwens Kind und damit auch mit Bran nahe verwandt war, auf den irischen Thron.

Doch Bran ließ sich nicht so leicht zufriedenstellen.

„Und was wäre, wenn ich das Königreich selbst haben wollte?" sagte er. „Wie könntet ihr mich daran hindern, es mir zu nehmen? Geht zurück zu eurem treulosen König. Sagt ihm, daß er kein weiteres Wort von mir hören wird, wenn er kein besseres Angebot macht."

Matholwch war von dieser unerbittlichen Haltung erschrokken und rief die Ratsmitglieder ein weiteres Mal zu sich. Einer von ihnen schlug vor, daß nichts Bran eine größere Freude machen könnte, als für ihn einen gewaltigen Palast zu bauen, denn bislang hatte es noch nie ein Haus gegeben, das so groß war, daß er es hätte betreten können. Als dieser Vorschlag angenommen worden war, hatte ein anderer die listige Idee, daß es klug sein könnte, den Palast so zu errichten, daß eine Armee darin versteckt werden könnte. So kehrten denn die Herolde zu Bran zurück und boten ihm die Königswürde von Irland sowie einen neu gebauten königlichen Palast an, der geräumig genug sein sollte, um ihn und seine Heere – das eine, das er mitgebracht hatte, und das andere, das darauf wartete, ihm als neuem König zu dienen – zu beherbergen.

Als Bran seine Schwester fragte, wie sie dieses Angebot fände, sagte Branwen, daß sie trotz aller ihrer Leiden keinen Wunsch hege, das Land verwüstet zu sehen. Daraufhin nahm Bran zu den angebotenen Bedingungen die Königswürde von Irland an.

Es kam der Tag, an dem der riesige Krönungssaal fertiggestellt war, doch bevor Bran zum erstenmal in seinem Leben unter einem Dach zu stehen kam, betrat sein Halbbruder Evnissyen, dessen boshaftes Herz die Wurzel all dieser Schwierigkeiten gewesen war, alleine den Saal, um ihn zu mustern.

Es dauerte nicht lange, da fiel sein gerissener Blick auf die Fellsäcke, die auf beiden Seiten einer jeden der hundert Säulen, die das Dach stützten, eigenartig sperrig von festen Haken herabhingen.

Er trat näher an einen heran und fragte, was in dem Sack sei.

„Mehl“, sagte man ihm.

Evnissyen nickte und führte seine Hand zur Öffnung des Sackes, als wolle er das Mehl durch seine Finger rieseln lassen; dann aber quetschte er zwischen seinem Daumen und Finger den Kopf des dort versteckten Kriegers, bis diesem der Schädel barst. Er ging weiter zum nächsten Sack und fragte, was dieser enthalte. „Mehl, mein Freund“, hieß es erneut. Wieder führte er seine Hand an den Sack und knetete den Kopf des darin versteckten Kriegers, bis er ihn zerdrückt hatte. Lächelnd ging Evnissyen auf diese Weise durch den ganzen Saal von Säule zu Säule, und nicht einer der dort versteckten Krieger kam lebend aus seinem Sack heraus. Dann dichtete dieses Geschöpf des

Schattens ein Lied über das weiche, klumpige Mehl von Irland und ließ seinen Halbbruder Bran in den Saal rufen.

Bran und das Heer von der Insel der Gewaltigen betrat den Saal von der einen Seite des Feuers, das in der großen Feuerstelle unterhalb des mittleren Kamins brannte, und das irische Heer trat zusammen mit ihrem besiegten König von der anderen Seite ein. Matholwch übergab alle königlichen Insignien seines Königtums an Bran, und ein Friedensvertrag zwischen den beiden Königreichen wurde abgeschlossen. Dann verlieh Bran, statt die Krone von Irland selbst zu nehmen, zur großen Freude aller die Krone seinem halbirischen Neffen Gwern, dem sie nun rechtmäßig gehörte.

Als die Feierlichkeiten von Gwerns Krönung vorüber waren, rannte Branwens entzückendes Kind fröhlich von Brans zärtlicher Umarmung zu seinem es sehr liebenden Onkel Manawydan. Von dort lief es glücklich weiter zur Liebkosung durch Brans gutmütigen Halbbruder Nissyen; alle drei spielten mit dem Jungen und fühlten, wie ihre Herzen vor Liebe für den kleinen König hüpften.

Nach einer Zeit ergriff Evnissyen von dem Platz, von dem er diesen liebevollen Umarmungen zugeschaut hatte, das Wort. „Warum kommt der Sohn meiner Halbschwester nicht zu mir? Selbst wenn er nicht der König von ganz Irland wäre, würde ich ihm doch die Stärke meiner Liebe zeigen wollen."

Nach einem Augenblick des Zögerns, in dem er Branwens ängstlichen Blick wahrnahm, sagte Bran lächelnd: „Lasse den Jungen zu ihm gehen."

Auch Evnissyen lächelte, als Gwern freudig auf ihn zu lief, aber der geheime Grund seines Lächelns war das plötzliche Wissen, daß er im Begriff war, etwas so Schreckliches zu tun, das keiner der Anwesenden sich auch nur annähernd hätte vorstellen können. Als Gwern bei ihm angekommen war, hob er den Jungen hoch, lachte laut über das unschuldige Glucksen des Jungen, und dann, bevor irgend jemand begriff, was gerade geschah, schleuderte er das Kind kopfüber in das lodernde Feuer.

Gwerns glänzendes Haar brannte sofort wie eine Fackel. Das Feuer hüllte ihn im Nu in einen Mantel aus Flammen ein, und die Hitze war in der großen Feuerstelle so heftig, daß weder das brennende Kind hinausklettern noch ein Mann hineingreifen konnte, um es zu retten.

In dem Saal herrschte bestürztes Schweigen, und Evnissyen starrte auf den kleinen brennenden Körper, als sei er selbst von der Außerordentlichkeit seiner ungeheuerlichen Tat überrascht. Als Branwens Augen aufgenommen hatten, was mit ihrem Kind geschehen war, wurde sie zu einem einzigen, nicht enden wollenden Schrei. Die Gewalt dieses Schreis hätte sie angetrieben, in die Flammen zu ihrem Sohn zu springen, doch Bran hielt sie geistesgegenwärtig zurück. Dann schien es, als finge das Schweigen rund um Branwens rasende Schreie selbst Feuer, von allen Seiten schrie es „Verrat!", und jeder Mann griff nach seinem Schwert.

Bran schleppte seine verstörte Schwester weg vom Anblick ihres Sohnes und außerhalb der Reichweite der blitzenden Klingen, indem er Branwen zwischen seine Schulter und seinen Schild nahm und sie vom Ort des Unheils wegtrug. Dann war alles voller Blut. Es waren so viele Krieger in dem Raum zusammengepfercht, daß es niemals zuvor in einem Haus ein solches Abschlachten gegeben hatte. Es wurde zu einem Palast der Ausrottung.

Tag für Tag ging das Töten weiter. Die Iren zündeten ein Feuer unter dem Kessel der Wiederbelebung an, den Bran ihnen zurückgegeben hatte. In jeder Nacht tauchten sie die Körper ihrer gefallenen Krieger hinein. In der Morgendämmerung stiegen dann die irischen Toten wieder lebendig aus dem Bottich und nahmen den Kampf grimmig schweigend wieder auf. Die Krieger von der Insel der Gewaltigen hingegen hatten keine magischen Mittel, um ihre Verluste auszugleichen. Unaufhörlich schrumpfte ihre Zahl zusammen, und als Evnissyen die Körper seiner Stammesangehörigen an dem Ort des Grauens um sich aufgehäuft sah, regte sich zum erstenmal in der entsetzlichen Geschichte seines verdrehten Herzens ein Gefühl. Er empfand peinigende Gewissensbisse.

„Mein Leben wird jetzt für alle Zeiten ein Fluch sein", dachte er, „wenn ich keinen Weg finden kann, die Schuld zu tilgen."

So kämpfte er sich seinen Weg durch das Getümmel, bis er zum Platz in der Nähe des Kessels kam, wo die toten Iren aufgestapelt wurden. Dort bedeckte er seinen Körper mit einem irischen Mantel und legte sich wie tot dazu.

Als am Abend die schwitzenden Arbeiter zum Kessel kamen und ihn hochhoben, lag Evnissyen mit geschlossenen Augen und angehaltenem Atem da und ließ sich über den verzauberten Rand hinunterpurzeln. Sobald er unten im Kessel inmitten des dunklen Gebräus von Gliedern war, spannte er alle seine Muskeln an, und mit außerordentlicher Anstrengung und der Konzentration all seiner Kräfte vergrößerte er seinen Körperumfang so weit, bis die eisernen Seiten des Kessels zusammen mit seinem eigenen Herzen zerplatzten.

Nachdem der Kessel zertrümmert war, wendete sich die Schlacht gegen die Iren, bis der letzte von ihnen in seinem eigenen Blut tot dalag. Es heißt, daß nach jenem Blutvergießen niemand vom Volk der Iren am Leben geblieben war – bis auf fünf schwangere Frauen, die sich in einer entlegenen Höhle versteckt hatten, und durch die Söhne, die sie zur Welt brachten, wurden die fünf Provinzen Irlands gegründet. Doch auch für die Insel der Gewaltigen war der Preis schrecklicher, als irgend jemand es sich hätte träumen lassen, als sie in diesen grausamen Krieg gezogen waren. Von dem gesamten stolzen Heer, das mit Bran den Saal betreten hatte, konnten nur sieben ihr Leben retten. Das waren Pryderi, Manawydan, Gluneu, Ynawc, Grudyen Sohn Muryels, Heilyn Sohn von Gwynn dem Uralten und Taliesin der Barde.

Bran war am Fuß von einem vergifteten Speer verwundet worden, der ihm höllische Schmerzen bereitete. Auch war sein riesiges Herz nicht groß genug, um das Leiden, das über sein Volk gekommen war, aufzunehmen. Sein einziger Wunsch war es nun zu sterben, und so rief er die noch lebenden Lords zusammen und befahl ihnen, seinen Kopf abzuschneiden und ihn zum Begräbnis zum Weißen Berg in Caer Llundain zu bringen.

Doch bevor der Kopf von dem Körper abgeschlagen wurde, prophezeite er noch, daß ihre Reise sie nach Harddlech führen würde, wo sie den Gesang der Vögel von Rhiannon hören würden, der die Toten zum Leben erwecken und die Lebenden in den Schlaf des Todes fallen lassen konnte. Nachdem sie dort sieben Jahre lang in Saus und Braus gelebt haben würden, kämen sie zur Insel von Gwales, wo sie vier mal zwanzig Jahre in allen Wonnen schwelgen und von den unterhaltenden Gesprächen mit seinem unversehrten Kopf so bezaubert sein würden, daß sie das Verfliegen der Zeit vergessen würden. Die Sieben würden an diesem Ort so lange bleiben, bis einer von ihnen die Tür, die nach Cornwall zeigte, öffnen würde, dann würde die Zeit sie wieder gefangennehmen, und sie würden nach Caer Llundain eilen, wo sie schließlich seinen Kopf am Fuße des Weißen Berges mit dem Blick nach Frankreich begraben würden.

Mit größter Verwunderung und Kummer im Herzen taten die Sieben, wie Bran ihnen befohlen hatte, und trennten seinen edlen Kopf von seinem riesengroßen Körper.

Dann betteten sie den Kopf sanft in ein Schiff, und zusammen mit Branwen setzten sie die Segel für die Insel der Gewaltigen.

Das Schiff steuerte zunächst Aber Alaw auf der Insel Talebolion an. Von jenem glänzenden Meeresarm blickte Branwen ein letztes Mal nach Irland zurück. Dann drehte sie ihren Kopf und blickte dorthin, wo die Insel der Gewaltigen im Dunst jenseits der Meerenge aufschien. „O weh, daß ich jemals geboren wurde", klagte sie, „denn zwei große Inseln sind wegen mir verwüstet worden."

Selbst die Seevögel im Umkreis von drei Meilen verstummten vor dieser Klage, und in dieser Stille konnte man hören, wie Branwens Herz zerbrach. Dort am Ufer des Alaw begruben sie den Körper der schönsten Königin, die jemals in Erin oder auf der Insel der Gewaltigen gesehen worden war, und der viereckige Grabhügel, den sie über ihr errichteten, war fortan bekannt als Ynys Branwen.

Dann machten sich die Überreste von Brans Heer zusammen mit dem edlen Kopf auf den beschwerlichen Weg nach Harddlech. Von einer Gruppe Reisender hörten sie, daß in der Zeit ihrer Abwesenheit auf der Insel der Gewaltigen Verrat begangen worden war. Caswallawn, einer der sieben Lords, die die Insel bewachen sollten, hatte mit Hilfe eines Zaubermantels, der unsichtbar macht, die sechs anderen Statthalter ermordet und sich dann in Caer Llundain zum König krönen lassen. Als Manawydan zu wissen verlangte, was aus seinem Neffen Cradawg geworden sei, wurde ihm erzählt, daß Caswallawn das Leben von Brans Sohn als eines Blutsverwandten geschont habe, daß Cradawg aber den Kummer, seines Vaters Königreich verloren zu haben, nicht ausgehalten habe und daran gestorben sei.

Die sieben waren von dieser neuen Schreckensnachricht bedrückt, als sie nach Harddlech kamen und sich dort an dem großen Tisch niederließen, um sich zu erfrischen. Während sie aßen und tranken, erhob sich in den Lüften über ihren Köpfen der Klang einer Musik, die süßer und ergreifender war als alles, was jeder von ihnen jemals gehört hatte. Sie schauten sich nach dem Ursprung dieser hinreißenden Zaubermusik um und sahen drei Vögel, die weit draußen über dem Meer dahinglitten, doch ihr Gesang wurde so klar über die Meeresluft getragen, daß die Vögel genausogut zu ihren Schultern in dem Saal hätten singen können. Es waren die Vögel der Rhiannon, die ihre Seelen ergriffen, so wie Bran es vorhergesagt hatte, und die Musik war so köstlich, daß alle Lieder, die die sieben früher geliebt hatten, ihren Ohren nun wie Katzenmusik vorkamen.

Aus Tagen wurden Wochen und aus Wochen Jahre, während sie es sich im süßen Bann dieser Musik in Harddlech gutgehen ließen. Am Ende des siebten Jahres flogen die Vögel dann endlich davon. So gelangten die sieben Lords, die Brans noch immer unversehrten Kopf mit sich führten, nach Gwales, und als sie die Insel erreicht hatten, kamen sie zu einem königlichen Haus, das auf einer Landzunge oberhalb des Meeres lag und in dem sie erwartet wurden. In dem prächtigen Saal gab es drei Türen, von denen zwei für sie offenstanden und die sie nach Belieben durchschreiten konnten, die dritte aber war fest verschlossen.

„Seht", sagte Manawydan, „das ist die Tür, die wir nicht öffnen dürfen, wenn wir uns die Zeit vom Leibe halten wollen."

Vorsichtig entblößten sie Brans edlen Kopf und setzten ihn ab, wo ein Festessen für sie bereitet worden war. Als sie gerade angefangen hatten zu essen, öffneten sich Brans Augen und lächelten sie an, und die Stimme, die sie so gut kannten und liebten, hieß sie herzlich willkommen. Und auf der Stelle war es, als ob die Zeit zum Stillstand gekommen wäre, und alle Verluste, aller Gram und alles Leid, das über sie hereingebrochen war, wich aus ihren Herzen. Zurück blieb nur ein glückliches Gefühl des Friedens, der Zufriedenheit und zunehmender Freude, da sie sich erinnerten, daß Bran ihnen viele Jahre der angenehmsten Unterhaltung an diesem Ort versprochen hatte.

Und so geschah es. Denn auch wenn Bran vor der Abreise nach Irland weise und wortgewaltig und voller bewegender Poesie gewesen war, so waren solche Fähigkeiten doch nichts gegen die Worte, die aus der zauberhaften Vorstellungskraft seines abgetrennten Kopfes flossen. Denn jeder Gedanke, den er zum besten gab, war voller Herzensklugheit, und auf jede Frage, die sie ihm stellten, hatte er eine Antwort aus dem Reich jenseits der Erfahrung derer, die den Tod noch nicht geschmeckt haben, und er sprach zu ihnen mit einer Ruhe und Gewißheit, die ihre Herzen und Gemüter entzückten. Und gerade so, wie die Zeit durch die lustvolle Unterhaltung des edlen Kopfes vertrieben wurde, so verjagten seine ruhig fließenden Worte jede Erinnerung an jene Welt, die sie hinter sich gelassen hatten, und an alle Sorgen, die dort auf sie warteten.

Obwohl vier mal zwanzig Jahre außerhalb des Palastes jenseits der Zeit vergingen, war an den Gesichtern und Gliedern der begeisterten sieben kein Zeichen des Alterns zu sehen. Sie schwelgten rund um Brans ehrwürdigen Kopf und sprachen mit ihm lange und von Herzen, ohne während der ganzen Zeitspanne auch nur einen Augenblick der Langeweile zu erleben.

Doch dann kam ein Tag – vielleicht auf das stille, wissende

Geheiß des Kopfes –, als Heilyn, der Sohn von Gwynn dem Uralten, von dem großen Tisch aufstand und gelobte, daß er ein für allemal herausfinden würde, ob es wahr sei, was über die geschlossene Tür gesagt worden war. Er legte seine Hand auf den Riegel, warf die Tür auf, und es eröffnete sich ihm ein Anblick auf die zerklüftete Küste von Cornwall, das im hellsten Sonnenlicht erstrahlte. Genau in demselben Augenblick wich die Verzauberung. Wie ein plötzlicher schroffer Windstoß stürmte die Erinnerung an all das Leid, das ihnen widerfahren war, auf sie ein: die Verbrennung von Gwern, die Tötung ihrer Verwandten und Freunde, wie Branwens verwundetes Herz gebrochen war, die Ermordung der sechs Lords durch Caswallawn und wie der junge König Cradawg gestorben war, weil er das Land seines Vaters verloren hatte. Jeder von ihnen war vor Schmerz überwältigt und weinte, bis er keine Tränen mehr zu vergießen hatte, vor Trauer über den Tod ihres Herrn, als ob sie diesen Verlust erst vor kaum einer Stunde erlitten hätten.

Danach kannten ihre Herzen keinen Frieden, bis sie Brans schweigenden und verwesenden Kopf nach Caer Llundain getragen hatten, wo sie ihn, wie er ihnen vor langer Zeit in Irland aufgetragen hatte, am Fuße des Weißen Berges mit dem Blick nach Frankreich begruben. Weil er dort für viele Jahrhunderte ungestört liegen und die Insel der Gewaltigen gegen Angriffe schützen sollte, wurde dieses Begräbnis als eines der Drei Glücklichen Verbergungen bekannt. Doch dann sollte eine Zeit kommen, in der der ehrbare Kopf ausgegraben wurde, und das war eine der Drei Unheilvollen Freilegungen von Britannien. Denn es war Arthur, der auf der stolzen Suche nach seinem Schicksal und im Glauben, daß es unedel und verächtlich sei, die Insel durch andere Mittel als Heldenmut zu verteidigen, den Kopf des Bran wieder ausgraben ließ. Es dauerte nicht lange, bis dann die Insel der Gewaltigen in die Knechtschaft der Angeln und der Sachsen geriet.

Der Krieg der Verzauberungen

Nach dem Ableben des Bran war Manawydan das letzte noch lebende Kind des Llyr. Brans Erbe Cradawg war gestorben, als der Verräter Caswallawn ihn als Regenten abgesetzt und selbst den Thron an sich gerissen hatte. So hätte die Königswürde auf der Insel der Gewaltigen nun rechtmäßig von Bran auf Manawydan übergehen müssen. Doch Manawydan war nach all den Jahren, die er unterwegs gewesen war, nun ohne Heimat und ohne Land, und somit erlaubten es seine Umstände nicht, den Thron zu beanspruchen. So kam es, daß Caswallawn, da es nach den schrecklichen Verlusten, die das treue Heer in Irland erlitten hatte, keinen Widerstand gab, seine Herrschaft befestigen konnte.

Nach dem Begräbnis von Brans Kopf taten Manawydans Freunde ihr Bestes, um ihn über das Unglück seiner Lage zu trösten. Sein Fall sei nicht hoffnungslos, sagten sie. War Manawydan nicht als einer der Drei Selbstlosen Häuptlinge des Landes bekannt? Sie waren sich sicher, daß sein Vetter Caswallawn ihm, wenn er einen Platz am Hof anstrebte, dieses gewiß gewähren würde. Aber Manawydan war zu stolz, um eine solche Protektion zu erbitten, und außerdem konnte er nicht unbeschwert in einem Haus leben, in dem ein Verräter auf Brans Platz saß. So schien es, als sei er zu einem unsicheren Leben in der Verbannung verurteilt, doch dann bekam er aus einer anderen Richtung Unterstützung.

Nach dem Tod von Pwyll Haupt von Annwn wurde sein Sohn Pryderi König von Dyfed und erwarb noch mehr Gebiete durch seine Heirat mit Cigva, Tochter von Gwyn Gloyw. Obwohl sein gesamter Besitz unter der Lehnsherrschaft von Caswallawn, dem Hohen König der Insel der Gewaltigen, stand, hegte

Pryderi nicht gerade viel Zuneigung für den Thronräuber, und so bot er nun Manawydan Zuflucht in Dyfed an. Seit sie sich das erste Mal getroffen hatten, waren herzliche Bande der Zuneigung zwischen dem älteren und dem jüngeren Mann entstanden. Um diese noch zu stärken, schlug Pryderi eine Heirat von Manawydan und seiner verwitweten Mutter Rhiannon vor.

„Auf all Euren Wanderungen könnt Ihr keine weisere Frau getroffen haben, und auch keine, die gefälliger reden kann", sagte Pryderi, „und auch wenn die Jahre nicht spurlos an ihr vorübergegangen sind, so ist sie doch noch schön anzusehen. Es würde mein Herz erfreuen, wenn ihr beide heiraten und die sieben Cantrefs für mich verwalten würdet."

Manawydan war von der Großzügigkeit seines jungen Freundes gerührt und ermutigt, und er stimmte freudig zu, mit ihm nach Dyfed zu reisen. Zu ihrer Ankunft wurde in Arberth ein großes Festessen gegeben, und bei der ersten Gelegenheit nahm Pryderi seine Frau Cigva beiseite, so daß Manawydan und Rhiannon alleine miteinander reden konnten. Viele Stunden erzählten sich die beiden Älteren Geschichten von Freude und Leid aus ihren abenteuerlichen Leben und zu welchen Weisheiten sie dadurch gelangt waren. Schon bald fühlte Manawydan, daß sich in seinem Herzen Liebe regte für eine Frau, die so großmütig so viel ertragen hatte, und Rhiannon war erstaunt, als sie bemerkte, daß sie sich doch noch einmal durch die feinfühlige Aufmerksamkeit eines weisen und tapferen Mannes beseelt fühlte.

Als Pryderi und Cigva endlich das lange Gespräch mit einer heiteren Bemerkung unterbrachen, lächelte Manawydan und sagte: „Pryderi, es würde mir wirklich sehr gefallen, dich beim Wort zu nehmen!"

„Welches Wort denn?" fragte Rhiannon.

Da erzählte Pryderi seiner Mutter, daß er schon lange ihre Einsamkeit, in der sie seit dem Tod seines Vaters gelebt hatte, habe lindern wollen. Wenn sie Manawydan so liebgewinnen könne, wie er selbst den Mann schon liebe, sagte er, wäre es sein Wunsch, daß eine Hochzeit zwischen seiner Mutter und seinem Freund stattfinden möge.

Mit angehaltenem Atem wartete Manawydan auf ihre Antwort. Einen Moment lang herrschte nachdenkliches Schweigen; dann, als habe keine mögliche Schicksalsfügung besser mit ihren eigenen Sehnsüchten zusammentreffen können, willigte sie mit größter Freude in den Wunsch ihres Sohnes ein.

Sie nahm Manawydan in jener Nacht mit in ihr Bett, und beide trafen dort auf eine solche Zärtlichkeit, von der beide nicht mehr erwartet hatten, sie noch einmal zu erleben.

Am nächsten Tag entschied Pryderi, seine Reise, auf der er Caswallawn seine Huldigung erweisen sollte, zu verschieben, damit das Fest ohne Unterbrechung weitergehen konnte. Die beiden Paare verbrachten eine glückliche Zeit, indem sie durch die schönen Jagdgründe von Dyfed ritten, und die Bande der Liebe zwischen ihnen vertieften sich noch weiter. Bei seiner Rückkehr nach Arberth konnte Pryderi seine Reise aber nicht länger aufschieben. Er überließ seine Frau der Obhut seiner Mutter und seines Freundes und machte sich auf den Weg, um am Hof des Hohen Königs den Huldigungsakt zu vollziehen.

Caswallawn war darauf bedacht, möglichem Ärger aus Dyfed zuvorzukommen, und empfing seinen Lehnsmann sehr herzlich, er fragte sogar nach Manawydans Wohlbefinden und wünschte ihm alles Gute. Dann zwang er Pryderi auf eine Weise, der man sich nicht leicht verweigern kann, eine Weile bei ihm zu bleiben. Aber der junge Prinz von Dyfed fühlte sich am Hof nicht wohl, wo das Leben spannungsgeladen und extravagant war, wo nur über Veränderungen von Einfluß und Gunst geredet wurde, und zwar von Hofleuten, deren Scharfsinn größer war als die Wärme ihres Herzens. Obwohl er dort hofiert wurde und sich über die Aufmerksamkeit freute, vermißte Pryderi die einfachen Freuden seines Lebens in Dyfed – das erhabene Gefühl, auf einem feurigen Pferd durch die reizvolle, rauhe Landschaft zu reiten, oder die wilde Musik der Winde und des Meeres. Vor allem aber sehnte er sich nach der natürlichen Liebe seiner Frau und seiner Freunde, nach der Freude, die sie aneinander hatten, dem Gelächter, der Poesie sowie den tiefen, ehrlichen Gesprächen, die sich in Arberth zwischen ihnen entspannen.

Sobald es ihm möglich war, nahm er, ohne unhöflich zu sein, Abschied vom König und seinem fruchtlosen, reizbaren Hof und eilte zurück zu dem Leben und den Menschen, die er liebte. Boten ritten voran, und als er ankam, erwartete ihn ein riesiges Fest mit allen seinen Freunden. Als dieses vorbei war, begab er sich mit dem Selbstbewußtsein eines Mannes, der weiß, daß in seinem Leben alles, so wie es ist, richtig ist, zum Bett seiner Frau, die ihn mit zärtlicher Liebe erwartete.

Nach Pryderis Rückkehr nahm das Leben in Arberth wieder den alten Rhythmus an, ja es schien sogar neue Kraft gewonnen zu haben, denn die Pferde schienen feuriger, das Essen noch bekömmlicher, die Musik noch ergreifender, und seine unvergleichlichen Freunde boten ihm die beste Gesellschaft der Welt. Nicht das Geringste fehlte ihnen zu ihrem Glück.

Als sie eines Abends im Festsaal speisten, kam die Unterhaltung auf den magischen Erdwall außerhalb von Arberth zu sprechen, wo Pwyll zum ersten Mal Rhiannon gesehen hatte. Pryderi, der vom Wein berauscht und von der alten wieder und wieder erzählten Geschichte angezogen war, bestand darauf, daß nun aber fürwahr die Zeit gekommen sei, daß auch er das Geheimnis des Erdwalls erfahren müsse. So verließen er und Cigva die festliche Gesellschaft und gingen, lediglich von Manawydan und Rhiannon begleitet, hinaus in die frische Nachtluft.

Der abnehmende Mond warf in dieser sternenklaren Nacht ein schwaches, milchiges Licht über die Weiden, auf denen das Vieh graste. Sie konnten von weitem noch den Lärm des Festes rund um die Feuerstellen von Arberth hören, während sie alle vier auf den Erdwall kletterten, sich hinsetzten und gespannt waren, ob sie Schläge oder Wunder zu erwarten hätten.

Kaum hatten sie sich versehen, da zuckte ein heftiger Blitzschlag durch die Nacht, gefolgt von einem rollenden Donner ganz in ihrer Nähe. Dann kam eine dichte Nebelwolke auf sie zu geflogen, die die Luft so undurchsichtig machte, daß sie einander in den Nebelschleiern nicht mehr sehen konnten. Voller Angst sprangen sie auf und wollten einander gerade durch die plötzlich zwischen ihnen herrschende Dunkelheit rufen, doch noch während ihre Münder sich öffneten, um die Rufe auszustoßen, zerstreute sich der Nebel so schnell, wie er gekommen war, und sie wurden plötzlich von einem grellen, alles durchdringenden Licht geblendet.

Als sie wieder in der Lage waren, ihre Augen zu öffnen, blickten sie nicht auf die fruchtbaren, mondbeschienenen Weiden von Arberth, sondern auf eine öde Wüste. Die Herden, die noch einen Augenblick zuvor um sie herum gegrast hatten, waren alle verschwunden, die Luft war düster und reglos, und von den Feuern, die in den Feuerstellen von Arberth gebrannt hatten, als sie aufgebrochen waren, war nichts zu sehen. Die Gebäude erschienen verfallen und verlassen. Nirgendwo gab es irgendein Anzeichen von Leben.

Manawydan war der erste, der die Bestürzung, die sie alle über die plötzliche verheerende Veränderung empfanden, in Worte faßte: „Was ist geschehen?" fragte er. „Wo ist die große Festgesellschaft, die in dem Saal war?" Und als ihm niemand antwortete: „Wir sollten zurückgehen und nach ihnen suchen."

Doch als sie in Arberth mit bangen Herzen den Saal betraten, fanden sie ihn so leer und still, wie er aus der Entfernung vom Erdwall aus gewirkt hatte. Keine Hunde bellten zu ihrer Begrüßung, keiner der vertrauten Bediensteten war dort, um ihre Wünsche zu erfüllen, keine Freunde standen lachend auf, um sie nach ihren Abenteuern zu fragen. Nicht einmal ein Zaunkönig rührte sich zwischen den Dachbalken. Zunächst zusammen und dann jeder für sich streiften sie von einer verlassenen Kammer zur nächsten. Im Gehen riefen sie in alle Richtungen, doch hörten sie aus der Dunkelheit keine vertrautere Antwort als die Echos ihrer eigenen Rufe. Offensichtlich hatte eine große Festgesellschaft hier einmal gefeiert, aber wohin sie gegangen war, und warum, waren Fragen, die nicht zu beantworten waren; auch hätte das Fest schon vor einem Jahrhundert oder länger gewesen sein können.

Als die vier sich erneut in dem Saal an der kalten Feuerstelle trafen, konnten sie sich einander eine Zeitlang nur anstarren, als ob sie von der Grabesstille des Ortes angesteckt worden wären.

Die Nacht verging, dann ein Tag und eine weitere Nacht, und noch immer hatten sie niemanden gesehen. Inzwischen hatten sie jede Menge Herz und Verstand darauf verwendet, das schlimme Geheimnis, das dahinter steckte, zu erklären, aber ohne Ergebnis. Allein Manawydan schien mit seiner Ansicht recht zu haben, daß aus Gründen, die sie nicht verstehen konnten, der Zauber des Erdwalls auf irgendeine Weise gegen sie gerichtet worden war. Auch gab es nun eine weitere Schwierigkeit, denn sie hatten alle Speisen aufgegessen, die sie in dem Saal vorgefunden hatten, und jetzt knurrten ihre Mägen.

„In den Wäldern ringsherum wird es Wild und Geflügel geben und in den Bächen Fische und Honig von den wilden Bienen", sagte Pryderi. „Auch wenn wir keine Freunde haben, mit denen wir unsere Gefühle teilen können, so können wir uns doch noch immer untereinander aufmuntern, und jetzt erwarten uns die Freuden der Jagd."

So lebten sie eine Weile als Jäger in der Wildnis und schliefen lieber unter dem freien Himmel von Dyfed als in der unwirtlichen Halle, wo sie an alles, was sie verloren hatten, erinnert wurden. Und doch war es schwer, den Mangel an guter Gesellschaft, mit der sie in Arberth zuvor immer umgeben gewesen waren, zu ertragen. Obgleich sie sich herzlich umeinander kümmerten, empfanden sie doch immer stärker das Fehlen einer menschlichen Welt um sie herum. Schließlich war es Manawydan, der dieses vor den anderen offen aussprach.

„Liebe Freunde", sagte er, „in diesem eigenartig verwandelten Zustand, in dem die Welt, die wir kannten, uns abhanden gekommen ist, habt ihr mich getröstet, meine Lebensgeister aufgemuntert und mein Herz höher schlagen lassen, so daß ich mich manchmal fast so gefühlt habe wie damals, als ich in Gwales mit meinen sechs Gefährten der wunderbaren Unterhaltung durch Brans Kopf zuhörte. Doch kam dort der Zeitpunkt, daß die Tür geöffnet wurde, die Unterhaltung zu einem Ende kam und alle unsere vergessenen Kümmernisse wieder in uns auftauchten. Ich glaube, daß auch wir jetzt zu einem solchen Punkt gekommen sind. Wir können nicht mehr viel länger auf diese Weise zu viert zusammenleben und uns immer gut verstehen. Ich glaube, daß wir in unserem Leben eine Veränderung brauchen."

Als Pryderi fragte, was sein Freund denn im Sinne habe, führte Manawydan aus, daß sie, solange sie wie Tiere in der Wildnis lebten und gerade das Nötigste zum Überleben erjagten, alle Macht demjenigen überließen, der diesen Zauber gegen sie gerichtet hatte. Die Zeit sei gekommen, um sich zurück in die Welt zu wagen und abzuwarten, welches Schicksal sich ihnen dort eröffnen würde.

„Aber wir haben keine Einnahmen", gab Pryderi zu bedenken, „keinen Weg, Essen in unseren Mund oder Kleider auf unsere Knochen zu bekommen."

„Dann müssen wir neue Fertigkeiten erlernen", sagte Manawydan, „ich kenne den einen oder anderen Kniff, mit dem wir uns durchschlagen können."

So kamen die vier Freunde unter seiner Führung zu der Stadt Hereford, die in Caswallawns Gebieten in Lloegyr lag, und dort machte Manawydan sogleich eine erfolgreiche Sattlerei auf, in der er Sättel von der höchsten Qualität anfertigte und das Leder mit einer Technik färbte, die er vor langer Zeit von einem Handwerksmeister gelernt hatte, der wie kein anderer Himmelblau zu benutzen wußte. Ihre Kunstfertigkeit war so groß, daß die angestammten Sattler ihre Kunden zu verlieren begannen, und es dauerte nicht lange, bis ihre Konkurrenten sich heimlich gegen die Neuankömmlinge zusammentaten.

Als die verstimmten Handwerker ihnen mit Gewalt drohten, war Pryderi dafür, sich zur Wehr zu setzen, aber Manawydan bestand darauf, daß daraus nichts Gutes werden könne, solange sie so wenige seien. Es bliebe ihnen nichts anderes übrig, sagte er, als in eine andere Stadt zu ziehen.

„Wie sollen wir dort unseren Lebensunterhalt verdienen?" fragte Pryderi.

„Wir werden Schilde machen", sagte Manawydan.

„Wissen wir denn, wie das geht?"

„Wir können es lernen", antwortete Manawydan. Und indem er an die Schilde dachte, die ihm in den Tagen des Kampfes am besten gedient hatten, machte er sich an die Arbeit, und schon bald stellten sie die stärksten und schönsten Schilde in der ganzen Stadt her. Das Geschäft lief gut, und wieder bekamen sie Schwierigkeiten mit eifersüchtigen Konkurrenten. Wieder wollte Pryderi kämpfen, und wieder riet Manawydan umsichtig zur Flucht. So zogen sie zu einer anderen Stadt, wo sie sich als Schuhmacher niederließen. Manawydan formte die Schuhe, Pryderi nähte sie, und da ein befreundeter Goldschmied sie mit glänzenden Schnallen versah, fanden sie noch mehr Käufer für ihre Erzeugnisse, und wieder dauerte es nicht lange, bis der Erfolg ihres Unternehmens den Zorn ihrer Rivalen erregte.

Inzwischen war Pryderi der Lebensweise von Handwerkern überdrüssig geworden. Seine stolze Seele war die eines Prinzen und eines Pferdeliebhabers. In den engen Werkstätten fühlte er sich inmitten der lauten, habgierigen Menge, die nur den eigenen Vorteil im Auge hatte, beengt und erniedrigt. Sein Herz sehnte sich nach den wilden Pferden in seinen eigenen Ländereien, wie verlassen sie auch sein mochten.

So rief er seine Freunde zu sich und beteuerte, daß ihre Zeit in der Ödnis von Dyfed vielleicht weniger erfolgreich, aber daß sie viel glücklicher gewesen sei als die Jahre, die sie inmitten der lästigen Menschenmengen in den Städten von Lloegyr verschwendet hätten. Nach seinem Dafürhalten sollten sie, wenn sie nicht stark genug wären, sich gegen diejenigen, die ihnen übelwollten, zu wehren, zu dem Ort zurückkehren, den sie so sehr liebten und dort so gut leben, wie es ihnen möglich wäre.

Manawydan zweifelte an der Klugheit dieses Plans, aber als er sah, daß Cigva und Rhiannon Pryderis Gefühle teilten, ließ er sich überzeugen, das Geschäft zu verkaufen, von dem Gewinn eine Meute Hunde zu kaufen und mit ihnen zurück in die Wildnis zu ziehen.

Sie hatten schon einige Monate in Dyfed gelebt, als eines Morgens Pryderi und Manawydan zur Jagd gingen und sahen, wie ihre Hunde, nachdem sie im dichten Unterholz auf etwas gestoßen waren, zurückscheuten und vor Furcht kläfften und sich sträubten. Sie rannten hin, um den Grund für diese Aufregung herauszufinden, und sahen einen gewaltigen, mit Hauern bewaffneten Keiler aus dem Dickicht hervorkommen. Der Eber blickte sie von der Seite an und schnaubte und keuchte seinen heißen Atem in die Morgenluft. Das Fell des Tieres glänzte seltsam weiß in dem dunstigen Sonnenlicht, das durch die Bäume fiel.

Sofort rief Pryderi die Hunde wieder herbei. Von seinen Schreien angetrieben, stellte die Meute den Eber, der grunzend und dampfend im Farn stand. Er sträubte sich und gab mit gesenkten Hauern nur ein oder zwei Meter nach. Da spornte Pryderi die Meute weiter an. Als die beiden Männer und Hunde noch näher heranrückten, zog sich der Eber noch weiter in den Wald zurück, drehte sich noch einmal um und verteidigte seinen Stand mit schnellen und kräftigen Stößen seines massigen weißen Körpers, woraufhin die scheuen Hunde sich winselnd abwendeten. Dann drehte er sich erneut um und zog sich noch weiter in den Wald zurück, wo er sich wieder in Position stellte. Auf diese Weise wurden Pryderi und Manawydan schließlich bis in die äußersten Tiefen des Dickichts hineingezogen. Als sie aufblickten, sahen sie auf einmal eine hohe Festung, die im Dunst der Morgensonne emporragte. In demselben Augenblick machte der Keiler einen letzten Ausfall gegen die Hunde und raste dann mit schwindelerregender Geschwindigkeit über den äußeren Befestigungswall, durch den Wassergraben und hoch durch das Tor, mit den Hunden fest auf seinen Fersen.

Manawydan runzelte über dieses merkwürdige Verhalten die Stirn und fragte seinen Freund, wem die Burg gehöre.

„Ich dachte, daß ich diese Gegend besser kennen würde als meine eigene Hand", sagte Pryderi. „Ich habe zu Pferde und zu Fuß hier überall häufiger gejagt, als ich mich erinnern kann, und ich würde schwören, daß ich niemals zuvor auf diesen Ort gestoßen bin."

„Und hast du jemals einen Eber gesehen, der sich so sonderbar verhalten hat?"

„Niemals."

„Dann ist dies alles ein sonderbares Treiben", sagte Manawydan. Inzwischen waren sie auf den äußeren Befestigungswall der Burg geklettert, und Pryderi wäre weitergegangen, wenn nicht Manawydan seinem Freund Einhalt geboten hätte.

Er meinte, daß das seltsame Benehmen des weißen Ebers an einem Ort, den sie noch nie zuvor gesehen hatten, nach Zauber rieche und daß sie all dem nicht leichtfertig trauen dürften. So blieben sie eine Weile stehen und warteten auf die Rückkehr der Hunde und horchten auf irgendeinen Laut, aber eine unheimliche Stille lag auf allem, als ob die ganze Welt den Atem anhielte.

Schließlich verlor Pryderi die Geduld.

„Wenn die Hunde nicht freiwillig herauskommen", sagte er, „dann müssen wir hineingehen und sie holen."

„Das wäre unklug", sagte Manawydan. „Mir kommt der Gedanke, daß uns dieser Ort hier von demjenigen vorgespiegelt sein könnte, der auch den ersten Zauber gegen uns gewirkt hat."

„Warum sollten sie noch mehr gegen uns unternehmen, als sie schon so getan haben?" erwiderte Pryderi. „Was haben wir uns denn gegen irgend jemanden zuschulden kommen lassen?"

Manawydan schüttelte erstaunt seinen Kopf. „Die Macht, die bisher gegen uns gerichtet war, hat uns schon in eine bedenkliche Lage gebracht. Es wäre närrisch, uns einer weiteren Gefahr auszusetzen."

„Und feige, die Flucht zu ergreifen!"

„Deine Frau und auch die meine warten auf uns", erinnerte ihn Manawydan.

„Dann sollte nur einer von uns gehen, während der andere wartet, um die Nachricht zu überbringen, falls ..." – Pryderi zögerte einen Augenblick, bevor er den Satz beendete – „falls ich nicht zurückkehre. Da ich der Stärkere bin", fügte er schnell hinzu, „bin ich es, der gehen wird."

„Die körperliche Stärke alleine könnte nicht ausreichen", sagte Manawydan. „Wer weiß, was dich dort drinnen erwartet oder wer diesen Zauber gegen uns wirkt?"

„Wer es auch sei", entgegnete Pryderi, „meine Hunde werden sie nicht behalten." Trotz aller weiteren Einwände seines Freundes sagte er: „Alter Freund, falls ich nicht zurückkomme, so bitte ich dich, dich um meine Frau und meine Mutter zu kümmern", und schon war er auf dem Weg durch den Graben und dann oben durch das geöffnete Tor.

Als er im leeren Hof weder auf eine Spur des Ebers noch der Hunde stieß, drang Pryderi bis in den Hauptsaal vor. Auch dieser war völlig leer, bis auf einen Trinkbrunnen, der mitten im Raum auf einer Marmorplattform dort stand, wo er vielmehr eine Feuerstelle vermutet hätte. Ein goldener Becher war durch eine Kette mit dem Becken des Brunnens verbunden. Der Klang des Wassers, das in dem kühlen Marmor plätscherte, ließ Pryderi seinen Durst nach der langen Verfolgungsjagd noch stärker empfinden. Darum durchquerte er den Saal, stieg auf die Plattform und nahm den Becher in seine Hände. Auf der Stelle war er dort erstarrt, seine Hände waren an den goldenen Becher geleimt, und seine Füße wurden ohne jede Bewegungsmöglichkeit von der Marmorplatte festgehalten. Als er seinen Mund öffnete, um zu schreien, kam kein Laut daraus hervor.

Mit zunehmender Besorgnis wartete Manawydan den ganzen langen Tag. Am späten Nachmittag, als es bereits dämmerte, wußte er, daß sein Freund nicht zurückkehren würde, und er bahnte sich mit der schrecklichen Nachricht den Weg zurück durch den Wald. Als Cigva von Pryderis Verschwinden hörte, brach sie zusammen. Rhiannon hielt die zitternde Frau in ihren Armen und machte ihrem Mann die heftigsten Vorwürfe, daß er ihren Sohn im Stich gelassen hätte.

Manawydan konnte lediglich einwenden, daß er Pryderi von seiner unbesonnenen Handlungsweise abgeraten hatte, daß dieser aber nicht zu bremsen gewesen war. Er war selbst ganz durcheinander und fragte seine Frau, ob sie es vorgezogen hätte, wenn keiner von beiden zurückgekommen wäre.

„Ihr könntet jetzt beide hier sein", sagte sie, „wenn du dich mit all deinen Kräften auf das Wagnis eingelassen hättest. Ein mutigerer Kamerad hätte so gehandelt."

In ihrer Not zankten sie sich eine Weile, bis Rhiannon schließlich erklärte, daß sie persönlich zu dem verhexten Ort gehen und versuchen würde, Pryderi zu retten. Manawydan konnte sagen, was er wollte, nichts konnte die leidenschaftliche Frau davon abhalten, und sie wollte auch nichts davon wissen, daß er an ihrer Stelle zu der Burg zurückginge. Schließlich erklärte er Rhiannon, wie sie den Weg dorthin finden könne, und bot Cigva seinen Schutz an, da er sehr fürchtete, daß sie ihren Mann genausowenig wiedersehen würde wie er seine Frau.

Rhiannon lief schnurstracks durch den Wald zu der Festung, ging durch das immer noch offene Tor und erblickte ihren Sohn, der mitten im Saal allein und bewegungslos am Brunnen stand.

Sie stieß einen Schrei der Erleichterung aus und lief zu ihm, dann fragte sie ihn, warum er dort stehengeblieben sei und ihnen allen so viel Angst eingejagt habe. Dann erst sah sie, daß ihr Sohn sich weder bewegen noch antworten konnte. Ohne weiter zu überlegen, stieg sie auf die Plattform, um ihn loszuziehen, doch sobald ihre Hände den goldenen Becher berührten, war auch sie dort festgeklebt.

Im selben Augenblick zuckten Blitze draußen durch die Nacht, es donnerte, und als sei die Burg kaum mehr als Staub, der plötzlich von einer elementaren Gewalt fortgeblasen wird, verschwand sie mitsamt Pryderi und Rhiannon, die weiterhin darin gefangen waren.

Als es dämmerte, ging Manawydan, der eine schlaflose Nacht hinter sich hatte, zu der Burg zurück, sah, daß sie sich in Luft aufgelöst hatte, und wußte, daß seine Befürchtungen, das alles sei nichts anderes gewesen als fauler Zauber, berechtigt gewesen waren.

Cigva fühlte sich durch das Unglück, das sie befallen hatte, ganz und gar niedergeschlagen, und als sie sah, daß Manawydan allein zurückkam, sagte sie ihm, daß sie lieber sterben wolle, als ohne ihren Mann und Rhiannon zu leben. In ihrem Elend wollte sie sich nicht trösten lassen, und so konnte Manawydan lange Zeit nichts anderes tun, als sie zu halten und dabei seinen eigenen Schmerz und seine eigene Verzweiflung zu bekämpfen, bis er schließlich fühlte, daß die Stärke ihres Heulens als Folge der Erschöpfung ein wenig nachließ. Dann sprach er ruhig auf sie ein und ermutigte sie, seine Hoffnung zu teilen, daß Pryderi und Rhiannon nicht tot, sondern einem mächtigen Zauber anheimgefallen wären. Wenn dieser aufgehoben werden könnte, dann wäre das nur durch ihre eigenen Anstrengungen möglich, sagte er, und deshalb müsse Cigva – genau wie er – ihre gesamte Kraft darauf verwenden, einen Weg zu finden, durch den sie mit denen, die sie liebten, wieder zusammenkommen könnten.

Da Cigva sonst keine Hoffnung hatte, faßte sie auf seine Worte hin Mut und fragte, was sie tun müßten. Die Burg sei verschwunden, sagte Manawydan, auch die Hunde seien verloren und sie könnten nunmehr in Dyfed nicht mehr das Nötigste zum Leben finden. Sie müßten zurück in die weite Welt gehen und dort abwarten, welches Geschick ihnen bestimmt sei.

So kehrten sie also zu dem Ort zurück, an dem Manawydan als Schuhmacher gearbeitet hatte, und nahmen ihre Freundschaft mit dem Goldschmied, der die Schnallen für sie gemacht hatte, wieder auf. Allmählich stellte sich auch der Erfolg wieder ein, bis die anderen Schuster ihnen erneut Gewalt androhten. Doch inzwischen hatte Manawydan ein Zaubermittel ersonnen, um ihren Feinden auf die Schliche zu kommen.

Mit dem Geld, das er verdient hatte, kaufte er genug Saatkorn, um auf drei Höfen Weizen anzubauen, und säte es, sobald Cigva und er nach Arberth zurückgekehrt waren. Das Getreide wuchs in allen drei Höfen schnell und üppig, und eines Nachmittags, als Manawydan es groß und golden in den Feldern stehen sah, war die Zeit der Ernte gekommen.

Am nächsten Tag brach er im Morgengrauen auf, um das erste Feld abzumähen, und entdeckte, daß alle reifen Ähren verschwunden waren und nichts übrig war als die bloßen, abgeknickten Halme. Cigva fühlte sich durch diesen weiteren Schlag entmutigt, und noch tiefer entmutigt war sie, als Manawydan am nächsten Tag früh morgens aufbrach, um das zweite Feld abzuernten, und auch dieses leergeplündert vorfand. „Nachdem er zweimal gekommen ist", sagte Manawydan geduldig, „wird der Dieb gewiß ein drittes Mal kommen. Ich werde mich bei dem dritten Hof heute nacht auf die Lauer legen."

Gut bewaffnet verbarg er sich im Dunkeln zwischen dem reifen Weizen, und gegen Mitternacht hörte er ein Rascheln wie das eines leichten Windes, der durch das Getreide weht. Als er aufsprang, sah er einen Mäuseschwarm, der wie ein grauer Nebel durch das Feld schwirrte. Zu Tausenden kletterten sie die Stämme hoch, die sich unter ihrem Gewicht bogen, und knabberten mit ihren winzigen, gefräßigen Mäulern die Ähren ab. Sofort stürmte Manawydan vor und versuchte zunächst vergeblich, eine Maus zu erwischen. Schließlich entdeckte er eine, die dicker und nicht so behend war wie die übrigen und nicht schnell genug seinem Zugriff entkommen konnte. Er ließ die Maus am Schwanz baumeln, ließ sie in seinen Handschuh gleiten, steckte den Handschuh in seine Hosentasche und kehrte zum Haus zurück, wo Cigva auf ihn wartete. Als er den Handschuh an einem Haken aufhing, fragte ihn Cigva, was darin sei.

„Ein Dieb", sagte er, „ein Dieb, den ich morgen aufknüpfen werde."

„Was für ein Dieb könnte in einen Handschuh passen?" fragte sie. Da erzählte ihr Manawydan von dem Mäuseschwarm und wie es ihm lediglich gelungen war, eine Maus zu fangen. „Aber eine könnte ausreichend sein", sagte er, „und die Maus wird morgen hängen."

„Ist es für einen Mann nicht unanständig", antwortete Cigva, „ein so kleines Geschöpf wie eine Maus zu quälen?"

„Das kannst du sehen, wie du willst", sagte Manawydan, „aber die Maus wird auf jeden Fall von mir eigenhändig gehängt werden."

„Dann muß ich mich wohl auf dein gutes Urteilsvermögen verlassen", sagte Cigva. Und am nächsten Tag ging Manawydan im Morgengrauen zu dem magischen Erdwall, wo ihr ganzes Unglück seinen Anfang genommen hatte, und steckte dort ganz oben zwei gegabelte Holzstücke nebeneinander in die Erde.

Er hatte gerade die zweite Astgabel befestigt, da blickte er auf und sah einen Mann, der das Gewand eines Novizen anhatte, auf ihn zukommen. Manawydan grüßte den Fremden und fragte ihn, von wo er gekommen sei.

Der Novize sagte, daß er auf dem Weg nach Hause sei und aus Lloegyr komme, wo er in den Städten Lieder gesungen habe.

„Das ist äußerst seltsam", sagte Manawydan.

„Warum das, mein Freund?"

„Weil deines das erste Gesicht ist, das ich seit sieben Jahren in dieser Gegend gesehen habe", sagte Manawydan, „abgesehen von denen meiner geliebten Freunde."

„Was errichtest du denn dort?" fragte der Novize.

„Einen Galgen", antwortete Manawydan.

„Wen willst du hängen, mein Freund?"

„Einen Dieb."

„Was für einen Dieb?"

Als Manawydan die Maus am Schwanz hochhielt, sagte der Novize: „Ist es für jemanden von Eurem Rang nicht entwürdigend, bei einer solchen Arbeit angetroffen zu werden. Laßt die Maus laufen, ich bitte Euch sehr."

„Diese Maus hat mich bestohlen und soll dafür hängen", sagte Manawydan.

„Eine grausame Weise, ein Lebewesen zu töten", sagte der Novize. „Ich habe eine Goldmünze dabei. Die bekommt Ihr als Gegenleistung, wenn Ihr die Maus freilaßt."

Aber Manawydan wollte die Maus nicht entkommen lassen, und so zuckte der Novize die Achseln, sagte, daß die Maus seinetwegen sterben möge, und ging seines Weges.

Dann, gerade als Manawydan den Querbalken auf den Galgen legte, sah er einen Druiden sich nähern. Erneut wurde er in ein Gespräch über den Galgen verwickelt, und wieder löste es Widerspruch aus, als er sagte, daß er vorhabe, eine Maus zu hängen. Ein größerer Geldbetrag wurde ihm für eine dauerhafte Aussetzung der Hinrichtung angeboten, doch Manawydan lehnte erneut ab.

„Dann lasse das Geschöpf hängen", sagte der Druide und setzte seinen Weg fort.

Manawydan legte gerade die Schlinge um den Hals der Maus und wollte sie am Galgen hochziehen, als er eine große Gruppe von Menschen auf sich zukommen sah, die von einem Mann angeführt wurde, der alle festlichen Gewänder und Insignien eines Erzdruiden trug.

„Was hast du denn mit dem armen Lebewesen vor?" wollte der Erzdruide wissen.

„Wie Ihr sehen könnt", sagte Manawydan, „bin ich im Begriff, es an diesem Galgen, den ich errichtet habe, aufzuknüpfen. Die Maus ist ein Dieb, der mich bestohlen hat. Sie hat den Tod verdient, und wenn Ihr mich meine Arbeit tun laßt, wird sie gleich sterben."

„Bitte warte einen Augenblick", sagte der Erzdruide. „Der Anblick des Leidens schmerzt meine Augen. Ich habe sehr viel Geld dabei. Laß mich das Leben der Maus aufwiegen."

„Nicht um das ganze Gold in Eurer Geldtasche", sagte Manawydan.

„Und wenn ich dir darüber hinaus noch alle Pferde und das gesamte Gepäck meines Gefolges anbiete?"

„Das wäre immer noch nicht genug, um diese Maus vor meiner gerechten Rache zu bewahren", erklärte Manawydan mit aller Entschlossenheit und drehte sich wieder zu dem Galgen um.

„Dann bestimm du den Preis", sagte der Erzdruide.

Manawydan hielt einen Augenblick in seinem Tun inne und schaute den blassen Mann erstaunt an.

„Mein Preis", sagte er schließlich, „ist, daß Rhiannon und Pryderi freigelassen werden."

„So sei es", sagte der Erzdruide.

Manawydan nickte und sagte lächelnd: „Aber das ist noch nicht der volle Preis."

„Was verlangst du noch?"

„Daß die Verzauberung, die über allen sieben Cantrefs von Dyfed liegt, aufgehoben wird."

„Auch das soll geschehen", willigte der Erzdruide ein. „Aber jetzt binde erst einmal die Maus los."

„Noch nicht", sagte Manawydan. „Nicht bis ich weiß, wer sich hinter der Gestalt dieser Maus verbirgt."

„Es ist meine Frau", sagte der Erzdruide.

„Eure Frau?" sagte Manawydan. „Und wer mögt Ihr wohl sein?"

„Mein Name ist Llwyd Sohn des Cil Coed."

„Und wenn Ihr die Verwünschung von Dyfed rückgängig machen könnt, dann habt Ihr sie uns auch auferlegt", sagte

Manawydan. „Ich frage mich, warum Ihr wohl eine solch üble Sache getan habt."

„Um meiner eigenen gerechten Rache willen", sagte Llwyd. „Ich bin ein Verwandter von Gwawl Sohn des Clud, dem durch Pwyll das ärgste Unrecht widerfuhr, als das Haupt von Annwn mit ihm ‚Dachs im Sack' spielte."

„Hat nicht Gwawl feierlich auf jede Form von Rache verzichtet?" Manawydan runzelte die Stirn.

„Das hat er, aber seine Verwandten nicht. Ich habe geschworen, an seiner Stelle Rache zu üben, und ich habe lange gewartet, bis es soweit war. Dann habe ich den Zauberbann über Dyfed gelegt und Pryderi und Rhiannon in meine Gewalt gebracht. Meine Leute waren es, die als Mäuse kamen, um deine Ernte zu holen, Manawydan, doch war es mein Unglück, daß du dabei meine Frau gefangengenommen hast. Und das wäre dir auch niemals gelungen, wenn sie nicht durch ihren schwangeren Bauch behindert gewesen wäre. Und da du sie nun in deiner Gewalt hast, werde ich ihr zuliebe alles tun, was du verlangst. Läßt du sie nun laufen?"

Manawydan schüttelte erneut den Kopf. „Erst, wenn Ihr schwört, daß Ihr und Eure Verwandten jeder Form von Rache für dieses alles entsagt", sagte er. „Und nicht nur ich soll von Eurer Rache ausgenommen sein, Llwyd Sohn des Cil Coed, sondern ebenfalls meine Frau Rhiannon sowie Cigva und auch mein Freund Pryderi."

Mit verzerrtem Gesicht nickte Llwyd dazu. „Du hast meinen Eid darauf, und es war klug, daß du daran gedacht hast, denn du kannst sicher sein, daß du andernfalls keineswegs von schweren Unglücksfällen verschont geblieben wärest. Nun soll es damit aber ein Ende haben. Gib mir meine Frau zurück."

„Dann hättest du deine Frau an deiner Seite, ich aber wäre meiner keinen Schritt näher", sagte Manawydan. „Zuerst möchte ich Pryderi und Rhiannon sehen."

„So schaue denn, wie sie kommen", sagte Llwyd. Er machte mit seinem Arm eine schwungvolle Bewegung, das Licht verwandelte sich plötzlich, als ob sich der Äther im Handumdrehen zu einer Gestalt verdichtete, und im selben Augenblick sah Manawydan Pryderi und Rhiannon neben sich auf dem Erdwall stehen.

Rhiannon sagte lächelnd: „Mein lieber Mann, in meinem Kummer habe ich dir sehr unrecht getan."

„Und indem ich deinen Rat in den Wind geschlagen habe, habe ich uns in große Schwierigkeiten gebracht, mein Freund", sagte Pryderi.

„Die Wege dieser Welt sind allerdings geheimnisvoll", sagte Manawydan lächelnd, „und die Dinge fügen sich am Ende so gut, wie es nur sein kann."

„Und was ist nun mit meiner Frau, du alter Zauberer?" forderte Llwyd. „Die Verzauberung von Dyfed wird nicht eher aufgehoben, als bis ich sie zurückhabe."

„Dann sollst du sie wiederhaben", sagte Manawydan und entfernte die Schlinge vom Hals der Maus.

In dem Moment verwandelte sich die Maus in eine junge, schwangere Frau von großer Schönheit, die den Erdwall hinuntereilte, um zu Llwyd zu kommen. Sobald sie bei ihm angekommen war, verschwand die ganze Gesellschaft, und Rhiannon, Pryderi und Manawydan blieben allein auf dem Erdwall zurück.

Als sie sich umblickten, sahen sie Cigva von dem Palast in Arberth auf sie zulaufen, der Palast selbst war in seiner alten Pracht wiederhergestellt und wieder voller Leben. Rauch stieg von den Feuerstellen auf, die Klänge der Feier wurden aus der Ferne leise durch die Lüfte getragen, und ruhig und friedlich grasten auf den fruchtbaren Weiden von Dyfed die Herden.

Die Rückkehr des Lleu

In jenen Tagen, als Pryderi König von Dyfed war, herrschte ein mächtiger Zauberer mit Namen Math Sohn des Mathonwy über das im Norden angrenzende Reich von Gwynedd. Math hatte seinem Thron eine feierliche Verpflichtung auferlegt. Diese verlangte von ihm, daß er zu allen Zeiten so sitzen mußte, daß sein Fuß im Schoß einer Jungfrau ruhte. Ausgenommen waren nur die Zeiten, in denen er seinen Heereszug in die Schlacht führte. Seine Fußbewahrerin zur Zeit dieser Geschichte war Goewin Tochter des Pebin, deren reine Schönheit im ganzen Königreich berühmt war. Die Zeiten waren friedlich, und so befand sich Goewin kraft ihres rituellen Amtes stets an Maths Seite. Aus einer solchen ständigen Vertrautheit erwuchs zwischen der Priesterin und ihrem König eine tiefe gegenseitige Zuneigung.

Math regierte Gwynedd von seinem Sitz in Caer Dathyl. Weil aber seine Bewegungen eingeschränkt waren, mußten andere für ihn die regelmäßige Rundreise durch das Königreich übernehmen. Mit dieser Pflicht betraute er die Söhne seiner Schwester Don, zwei kräftige junge Männer mit Namen Gilfaethwy und Gwydion. Die Brüder vertraten Math stets mit größter Treue und Rechtschaffenheit, doch jedesmal, wenn sie zurück zum Hofe kamen, wurden Gilfaethwys Augen unwiderstehlich von Goewins Schönheit angezogen. Seine Träume waren mit Bildern ihres Gesichtes erfüllt, und er hörte sich, wenn er aufwachte, ihren Namen flüstern. Bald konnte er an nichts anderes mehr denken, und schließlich hatten ihn die Wunschträume, sie zu besitzen, so sehr verzehrt, daß das zügellose Verlangen anfing, seine Gesundheit und sein Aussehen anzugreifen. Er wurde immer reizbarer und lustloser, und um seine Augen legten sich Schatten der Begierde.

Es dauerte nicht lange, bis Gwydion die Veränderung im Wesen seines Bruders bemerkt hatte. Eines Tages fragte er ihn, was ihm auf der Seele liege.

„Warum fragst du?" antwortete Gilfaethwy zurückhaltend.

„Weil dein Gesicht so fahl geworden ist und deinem Leben das Herz abhanden gekommen ist", sagte Gwydion. „Ich bin dein Bruder, der dich liebt und mit dir deine Sorgen teilen möchte, wie ich deine Freuden mit dir teile. So sage mir denn, was dir fehlt!"

„Nichts, worüber zu reden helfen könnte", sagte Gilfaethwy.

„Und wie kann das sein?" fragte Gwydion.

Gilfaethwy schüttelte seinen gesenkten Kopf. „Du weißt so gut wie ich, daß wenn zwischen zwei Männern etwas auch nur geflüstert wird, es nicht lange dauert, bis Maths Ohren davon Wind bekommen."

„Es ist also so, wie ich dachte", sagte Gwydion.

„Was meinst du?"

„Deine Seufzer werden immer dann tiefer, wenn wir den König verlassen. So sehr wir ihn auch lieben, so kann es doch nicht Math sein, nach dem dein Herz sich sehnt. Es muß also Goewin sein. Habe ich recht? Du bist krank vor Sehnsucht nach Maths schöner Fußbewahrerin?"

„Ist das so offensichtlich?" fragte Gilfaethwy entgeistert.

„Ich bin der Sohn deiner Mutter", sagte Gwydion. „Ich stehe dir näher, als Goewin Math nahesteht. Ich kenne dein Herz und fühle mit dir."

„Dann weißt du, daß dieser Schmerz mein Herz töten wird."

„Menschen sterben an Hunger und können durch Haß getötet werden, aber daß einer aus Liebe stirbt, geschieht eher selten. Ich glaube, es ist besser, für die Liebe zu leben."

„Das tue ich. Ich denke an nichts anderes."

„Ja, Bruder", sagte Gwydion, „aber was willst du dagegen tun?"

„Was könnte ich denn tun? Es ist unmöglich."

„Dann schlag sie dir aus dem Kopf."

„Glaubst du, ich würde das nicht tun, wenn ich es könnte? Ich habe es versucht. Ich schwöre, ich hab's versucht. Aber sie ist immer da, der Gedanke an sie, Tag und Nacht. Sie ist ein

Teil von mir, sie ist in mir, sie ist überall, wohin ich mich wende." Gilfaethwy blickte seinen Bruder so verzweifelt und begierig an, als ob Gwydion die einzige Quelle des Trostes in einer ansonsten bösen und sinnlosen Welt wäre. „Ich muß sie haben!"

„Dann nimm sie", sagte Gwydion.

„Wenn das nur so einfach wäre!"

„Wenn ein Mann etwas wirklich will", Gwydion verzog sein Gesicht zu einem verschwörerischen Lächeln, „kann ihn niemand davon abhalten, es zu bekommen. Und erst recht nicht, wenn er einen Bruder hat, der ihn liebt."

Gilfaethwy schaute kurz auf, in seinen Augen blitzte plötzlich ein Hoffnungsschimmer auf. Dann schüttelte er den Kopf und schnaubte. „Abgesehen von allem anderen", sagte er, „läßt Math sie doch niemals aus den Augen."

„Außer in Kriegszeiten", erinnerte ihn Gwydion.

„Unglücklicherweise", seufzte sein Bruder, „befinden wir uns nicht im Krieg."

„Noch nicht", sagte Gwydion, „doch wenigstens daran läßt sich etwas ändern."

In derselben Nacht wurde Gwydion bei Math vorstellig und meldete, daß er während seiner jüngsten Rundreise gehört habe, daß man im Süden ein interessantes neues Zuchttier habe.

„Welche Art von Tier mag das sein?" fragte Math.

„Die Tiere sind klein", sagte Gwydion, „kleiner als Kühe, aber ihr Fleisch ist viel süßer, und ich höre ihre Namen sich ändern. Manchmal werden sie Säue genannt, manchmal Schweine."

„Wem gehören diese Tiere?" fragte der König.

„Pryderi, dem Sohn des Pwyll Haupt von Annwn. Soviel ich weiß, stammen die Säue aus Annwn und sind ein Geschenk von Arawn, der dort König und ein Freund von Pwyll gewesen ist."

„Es gibt also Säue in Annwn und Schweine in Dyfed", sagte Math, „aber in Gwynedd weder Säue noch Schweine?"

„Ein Zustand, den es zu ändern gilt", stimmte Gwydion zu.

„Und wie würde ein Mann da vorgehen?"

„Er könnte als Barde verkleidet mit einer Gruppe von Barden nach Arberth gehen und Pryderi so königlich mit seinen Geschichten unterhalten, daß er sich im Gegenzug wohl einige Schweine würde erbitten dürfen."

„Und es ist wohlbekannt, daß es keinen besseren Geschichtenerzähler gibt als Gwydion Sohn der Don", sagte Math.

Lächelnd nickte Gwydion.

„Und wenn Pwyll dir die Säue nicht geben will?" fragte Math.

Wieder lächelte Gwydion. „Dann habe ich etwas anderes vor", sagte er.

Gwydion und Gilfaethwy suchten sich also zehn Männer aus, brachen nach Süden auf und kamen nach Ceredigiawn, wo Pryderi seinen Hof hielt. Bei dem festlichen Essen am Abend fesselte Gwydion die ganze Gesellschaft mit seinen Geschichten. Er ließ sie abwechselnd lachen und weinen und nach Luft schnappen und führte sie in ihren Phantasien an so zauberhafte Orte, daß niemand zu Bett gehen wollte. Es war schon tief in der Nacht, als Pryderi sagte, man müsse dem Barden jetzt endlich etwas Ruhe gönnen. Dann rief er Gwydion zu sich und beglückwünschte ihn zu seiner goldenen Zunge.

„Darf ich sie für meine eigenen Angelegenheiten einsetzen?" fragte Gwydion.

„Du hast dir eine schöne Belohnung verdient, mein Freund", lächelte Pryderi. „An was für ein Geschenk denkst du?"

„Es würde meinem König eine überaus große Freude machen", sagte Gwydion, „wenn ich einige Tiere aus den prächtigen Schweineherden, die aus Annwn nach Dyfed gelangt sind, mit mir zurückbringen könnte." Während er fragte, schaute er Pryderi in die Augen und sah seinen Gesichtsausdruck sich schlagartig verändern.

„Nach dem Vergnügen, das du uns heute abend bereitet hast, würde ich sie dir gerne geben", antwortete Pryderi, „doch habe ich mich verpflichtet, weder welche zu verkaufen noch welche zu verschenken, bis sie sich um das Doppelte ihrer jetzigen Zahl vermehrt haben, und das wird noch einige Zeit dauern."

Über Gwydions Gesicht huschte ein Ausdruck von Zweifel und Enttäuschung. Pryderi bemerkte das und war sichtlich verlegen. „Es schmerzt mich, dir etwas abzuschlagen, mein Freund", sagte er.

Gwydion nickte verständnisvoll. „Wenn Ihr mir die Säue nicht geben könnt, mir sie aber heute abend auch nicht ausschlagen wollt, dann", schlug er vor, „können wir vielleicht morgen eine andere Lösung finden."

„Wenn du das kannst", sagte Pryderi, „dann werde ich gewiß noch einmal darüber nachdenken."

Nachdem sich Gwydion mit seinen Männern zurückgezogen hatte, sagte er ihnen, daß es nicht gelungen sei, die Schweine auf ehrliche Weise zu erlangen, und daß sie nun auf Mittel der Zauberei zurückgreifen müßten. Mit seinen magischen Kräften schuf er zwölf trügerische Hengste, die mit dem feinsten Gold gesattelt und gezäumt zu sein schienen. Dann zauberte er zwölf Windhunde hervor, die genau dazu paßten. Das schimmernde Fell eines jeden Tieres strahlte mitternachtschwarz über den leuchtend weißen Brüsten hervor, und sie alle strotzten so offensichtlich vor Kraft und Gesundheit, daß in Dyfed für einige Zeit nichts von vergleichbarer Eleganz zu sehen war. Doch Gwydion war immer noch nicht zufrieden. Mit seinen Künsten verwandelte er zwölf große Giftpilze in ebenso viele Schilde, und am nächsten Morgen führte er das ganze herrliche Schauspiel am Hof vor, um Pryderis Bewunderung und Begehren zu wecken.

„Ich habe die Sache, über die wir gestern nacht sprachen, noch einmal hin und her überlegt", sagte Gwydion, „und es fiel mir ein, daß Ihr, auch wenn Ihr zugesagt habt, keine Säue zu verkaufen oder zu verschenken, nicht versprochen habt, sie nicht zu tauschen, was sicherlich die aufrichtigste Art des Handels zwischen Freunden ist."

„Das ist wahr", sagte Pryderi.

„Wie ich sehe, finden diese Hengste, Windhunde und Schilde Euer Gefallen", setzte Gwydion fort, „und ich wäre gerne bereit, mich im Tausch mit den Schweinen von ihnen zu trennen."

Pryderi fand dieses Geschäft zu gut, um es auszulassen, und

sagte, er würde sich in der Angelegenheit beraten. Seine Berater sahen die Sache so wie er, und so wurde der Tausch unverzüglich durchgeführt. Nachdem man sich gegenseitig herzlich gedankt hatte, blickte Pryderi Gwydion und seinen Freunden nach, wie sie ihre Schweine forttrieben, und wandte sich dann bestens gelaunt seinen wunderbaren Neuerwerbungen zu, um sich an ihnen zu erfreuen.

Währenddessen wies Gwydion seine Leute an, so schnell wie möglich voranzukommen, denn die Kraft seines Zaubers würde nur bis zum nächsten Tag reichen, und dann würden Pryderi und seine Krieger hinter ihnen her sein.

So trieben sie die Schweine geschwind durch das Land und machten erst im Hochland von Gwynedd halt, wo sie für die Herde einen Schweinestall bauten, bevor sie nach Caer Dathyl zurückkehrten.

Als sie am Hof ankamen, herrschte dort ein reges Treiben, da die Truppen gemustert wurden.

„Pryderi hat alle seine einundzwanzig Cantrefs gegen uns zum Kampf aufgerufen", sagte Math, „und ich sehe nicht einmal eines der Schweine, die du mir versprochen hast."

Gwydion sagte ihm, er könne beruhigt sein, da die Herde an einem sicheren Ort versteckt sei. „Ich hoffe, sie sind es wert, daß wir für sie kämpfen", antwortete er. Dann entband er seine Fußbewahrerin aus ihrer heiligen Pflicht und ritt an die Spitze seines Heeres, um sich gegen die eindringenden Streitkräfte von Dyfed in Stellung zu bringen.

In derselben Nacht schlichen sich Gwydion und Gilfaethwy im Schutz der Dunkelheit aus dem Lager und gingen zurück nach Caer Dathyl.

Sie nahmen den schnellsten Weg zu Maths Schlafgemach, wo Goewin schlief, und während Gwydion alle Bediensteten von dort vertrieb und sie in Schach hielt, kletterte sein Bruder in Goewins Bett. Dort angekommen, mußte er zu seiner schmerzlichen Enttäuschung entdecken, daß seine heimliche Liebe nicht erwidert wurde. Er brachte die ängstlich schreiende und sich wehrende Jungfrau zum Schweigen, legte seine Kleidung ab und besaß Goewin gegen ihren Willen.

Am nächsten Tag traf das Heer von Gwynedd in einer mörderischen Schlacht auf die Männer aus Dyfed. Maths Truppen hatten den Vorteil eines höhergelegenen Geländes auf ihrer Seite, und nach einer Zeit war Pryderi gezwungen, seine Männer aus dem Gemetzel zurückzuziehen. Math war durch den Rückzug ermutigt und ließ sein Heer nachsetzen. Doch dann formierten sich Pryderis Truppen wieder auf vorteilhafterem Gelände, und das Gemetzel wurde noch schlimmer. Der Kampf setzte sich über den ganzen Tag fort, bis beide Seiten so hohe Verluste erlitten hatten, daß Math sich entschloß, Pryderis Vorschlag eines Waffenstillstands anzunehmen.

„Dieses ist ein Streit zwischen mir und Gwydion", schrie Pryderi von der einen Seite der Kampflinie zur anderen. „Es ist nicht nötig, daß noch weitere Männer aus Gwynedd oder Dyfed sterben, wenn er es wagt, im Einzelkampf die Folgen für das Unrecht, das er mir getan hat, zu tragen."

Als Math sich zu seinem Neffen umdrehte, sagte Gwydion, er sei jederzeit bereit zu kämpfen. So traten der Betrüger und der Betrogene aus ihren Reihen hervor und fielen übereinander her. Aber da zu Gwydions Waffen auch der Zauber zählte, verlor Pryderi in diesem ungleichen Kampf sein Leben.

Der edle Prinz von Dyfed wurde oberhalb des Schlachtfelds in Maen Tyriawg begraben. Die Männer aus seinem Heer beweinten ihn bitterlich und traten dann ihren Weg zurück nach Süden an. Währenddessen schickte der siegreiche Math Gwydion und Gilfaethwy auf ihre Rundreise durch das Königreich und führte das, was von seinem Heer übriggeblieben war, zurück nach Caer Dathyl.

Bei seiner Ankunft in jener Nacht ließ Math seine Fußbewahrerin zu seiner Kammer rufen. Mit gesenktem Kopf fand sich Goewin vor ihm ein und sagte: „Du mußt eine Jungfrau finden, die deinen Fuß in ihrem Schoß hält, mein Lord."

„Was soll das heißen?" erwiderte Math. „Ich möchte keine andere Fußbewahrerin haben als dich."

„Ich bin nicht mehr geeignet, es zu sein", sagte Goewin. „Ich bin jetzt eine Frau."

Math war höchst verblüfft und wollte dann wissen, wie das denn möglich sein könne. Da erzählte ihm Goewin, wie die Söhne seiner Schwester in sein Schlafgemach eingebrochen waren, während Math bei seiner Armee war, und wie Gwydion Wache gestanden hatte, während Gilfaethwy sie vergewaltigt hatte.

Math war voll zärtlichen Mitgefühls für Goewins Leid und voll bitteren Zorns über den Verrat durch seine Neffen und schwor, daß er für Vergeltung sorgen würde. Er nahm die weinende Frau in seine Arme und erklärte, daß er sie, da sie nicht länger seine Fußbewahrerin sein könne, zu seiner Frau machen und ihr die Gewalt über sein Reich geben würde. Und die Söhne der Don wurden in ganz Gwynedd in Acht und Bann getan, daß niemand ihnen Essen, Trinken oder Unterkunft geben durfte.

Wochen vergingen, in denen Gwydion und Gilfaethwy das Leben von gejagten Geächteten führten und sich von einem behelfsmäßigen Waldversteck zum nächsten flüchteten. Schließlich waren sie, da sie hungrig und mutlos waren und es keine Zuflucht mehr gab, gezwungen, sich der Gnade des Königs auszuliefern.

„Der Tod Pryderis und vieler mutiger Männer, die Schändung meiner Priesterin und die Schande, die du meinem Namen gemacht hast – für alles dies würde ich euch gerne zum Tode verurteilen", sagte Math, „wäret ihr nicht die Söhne meiner Schwester. Da ihr durch Zauberei Böses getan habt, sollt ihr auch durch Zauberei dafür büßen, und da ihr euch wie Tiere benommen habt, sollt ihr auch wie sie leben." Dann berührte er Gilfaethwy mit seinem Zauberstab und verwandelte ihn umgehend in eine Hirschkuh. Und bevor Gwydion fliehen konnte, wurde auch er von dem Zauberstab berührt und in einen Rothirsch verwandelt. „Kommt in einem Jahr wieder hierher", sagte Math, „und bringt eure Brut mit."

Genau ein Jahr später war an der Mauer ein großes Hundegebell zu hören, und man sah einen Hirsch und eine Hirschkuh und zwischen ihnen ein kräftiges Rehkitz. Math nahm das Kitz und verwandelte es in einen Jungen namens Hidden, der fortan an seiner Seite lebte; als er aber die Hirschkuh mit dem Zauberstab berührte, verwandelte sie sich in einen Eber, und aus dem Hirsch wurde eine Wildsau. Auch sie wurden weggejagt und sollten ein Jahr in der Wildnis verbringen. Das junge Wildschwein, das sie nach Ablauf der Frist mitbrachten, wurde zu einem Jungen namens Hychdwn. Dann wurde Gwydion und Gilfaethwy die Gestalt von Wolf und Wölfin gegeben, und das Junge, das aus ihrer letzten Paarung hervorging, wurde Bleiddwn genannt.

„Die drei Söhne des treulosen Gilfaethwy werden wahre Recken werden", sagte Math am Ende des dritten Jahres voraus; dann verkündete er, daß diese dreifache Erniedrigung eine ausreichende Strafe gewesen sei, gab den Brüdern ihre wahre Gestalt zurück und bot ihnen seine erneute Freundschaft an.

Es dauerte nicht lange, da machte sich Gwydion daran, das Vertrauen des Königs wiederzugewinnen, und als die Frage anstand, eine neue Fußbewahrerin zu bestimmen, wartete er mit einem Vorschlag auf.

„Wer könnte geeigneter sein als eure Nichte Arianrod, Tochter der Don?" sagte er.

„Meine Nichte und deine Schwester", sagte Math argwöhnisch.

„Es gibt keine schönere Jungfrau in Gwynedd als sie", sagte Gwydion.

„So höre ich", sagte Math, „vorausgesetzt, man darf Worten Glauben schenken. Bringe deine Schwester an den Hof, und wir werden uns ein eigenes Urteil bilden."

So wurde Arianrod nach Caer Dathyl gebracht und vor den König geführt, nachdem Gwydion alles Erdenkliche getan hatte, um sicherzugehen, daß seine Schwester einen vorteilhaften Eindruck machen würde.

„Du bist so schön, daß du unserem Hof eine Zier sein wirst, und du scheinst eine redegewandte Gefährtin zu sein", sagte Math, „aber bist du noch eine Jungfrau?"

„Mir ist nichts anderes bekannt, als daß ich es bin", sagte Arianrod.

„Das ist eine verwickelte Antwort", sagte Math, „doch habe ich Mittel, dir Gewißheit zu verschaffen."

Daraufhin nahm er seinen Zauberstab, beugte sich ein wenig vor und hielt ihn in Kniehöhe vor Arianrod. „Steige darüber", lächelte er, „und wir werden die Wahrheit erfahren."

Da sie keine Wahl hatte, machte Arianrod einen großen Schritt über den Zauberstab und auf der Stelle gebar sie einen kräftigen Jungen mit wallendem blondem Haar. Arianrod schrie vor Schreck laut auf und floh aus dem Zimmer. Gwydion, der ihr eilig folgte, sah etwas anderes von der Laufenden zu Boden fallen. Er hob es auf, wickelte es in einen Schal und versteckte diesen in einer Truhe, bevor er wieder vor den König trat.

Math war von dem reizenden Kind mit dem wallenden Haar entzückt und nannte ihn sogleich Dylan; doch kaum war der Name ausgesprochen, da machte sich das kleine Kind auch schon zu dem Meer auf, nach dem es benannt worden war, und tauchte so natürlich in das Element ein wie ein Fisch. In seinem ganzen Leben brach unter ihm nicht eine Welle, und aus diesem Grund wurde er Dylan Eil Ton, der Sohn der Welle, genannt. Selbst das Meer weinte, als er schließlich durch einen Speer getötet wurde, und seitdem sprach man von diesem Ereignis als von einem der Drei Unglücklichen Streiche.

Einige Zeit nach der Demütigung seiner Schwester wurde Gwydion durch ein Geräusch geweckt, das aus der Truhe in seiner Kammer kam. Er öffnete den Deckel und sah einen weiteren kleinen Jungen, der sich aus dem Schal freistrampelte. Gwydion nahm das Kind auf den Arm, schaute es eine Zeitlang lächelnd an und brachte es dann zu einem Ort, wo eine Amme lebte, die er darum bat, das Kind für ihn aufzuziehen.

Der Junge wuchs so schnell, daß er, als er zwei Jahre alt war, so groß wie ein Vierjähriger war und ohne Begleitung zum Hof laufen konnte. Als Gwydion sah, wie stark und schön der Junge war und daß eine Art von Licht um ihn leuchtete, wurde seine Liebe zu ihm noch größer. Sorgfältig beobachtete er den Jungen, bis er ein Vierjähriger war, der so groß war wie ein doppelt so alter Junge. Dann fand Gwydion, daß es an der Zeit wäre, daß der Junge seine Mutter treffen sollte.

Sobald sie in Caer Arianrod angekommen waren, fragte Gwydions Schwester, wer der schöne Junge sei.

„Es ist unser Sohn, liebe Schwester", sagte Gwydion lächelnd.

Arianrod starrte das Kind voller Abscheu an. Sie war entsetzt, daß ihr Bruder diesen lebenden Beweis ihrer Schande aufgezogen hatte, und als sie die volle Kraft ihres ungestümen Zorns auf ihn losließ, beteuerte Gwydion in aller Ruhe, daß es keine Schande sei, ein solch prächtiges Kind sein eigen zu nennen.

„Wie ist sein Name?" wollte Arianrod wissen.

„Er hat noch keinen Namen", sagte Gwydion.

„Dann erlege ich ihm den Schicksalsfluch auf, daß er keinen Namen haben wird, außer wenn ich es gewähre", sagte Arianrod, „was ich aber freiwillig niemals tun werde."

„Daß du keine Jungfrau mehr bist", antwortete Gwydion verärgert, „ist doch nicht die Schuld des Jungen. Auf die eine oder andere Weise werde ich dafür sorgen, daß du ihm einen Namen gibst, ob du es willst oder nicht."

Dann nahm Gwydion den Jungen und brachte ihn ans Meeresufer, wo er alle Sorten von Seetang sammelte. Mit seinen Zauberkräften verwandelte er einen Teil des Unkrauts in das feinste Leder, und aus dem Rest zauberte er ein vollgetakeltes Boot mit einem Segel. Er nahm den Jungen auf das Boot und segelte mit der Strömung an der Küste entlang zu der kleinen Bucht unterhalb von Caer Arianrod. Dort zog er das Boot an den Strand und fing an, mit dem Jungen zusammen aus dem Leder Schuhe zu nähen.

Sobald er sah, daß man sie von dem hochgelegenen Caer aus erspäht hatte, setzte Gwydion seinen Zauber ein, um ihre Erscheinung zu verändern, doch die hellscheinende Aura, die von dem Jungen ausging, blieb weiterhin bestehen. Dann ging er pfeifend an die Arbeit zurück und wartete darauf, daß man ihn fragen werde, was er dort wolle.

Als Arianrod hörte, daß ein Schuhmacher am Strand feinstes Leder bearbeite, schickte sie die Maße ihres Fußes hinunter und bestellte ein Paar. Gwydion machte die Schuhe absichtlich zu groß, doch war Arianrod von ihrer Ausführung so angetan, daß sie bereitwillig dafür bezahlte und ihren Boten befahl, ihr ein Paar mit der richtigen Größe zu beschaffen. Dieses Mal machte Gwydion die Schuhe zu klein, und so begab sich Arianrod, da sie sich wunderte, daß ein solch begabter Schuhmacher kein Paar fertigen konnte, das ihr passen wollte, selbst zu der kleinen Bucht.

„Ich mußte Euren zarten Fuß selbst sehen", sagte Gwydion, während er ein neues Muster in sein Leder zeichnete.

Während er arbeitete, flatterte ein Zaunkönig über ihre Köpfe hinweg und ließ sich auf dem Mast des Bootes nieder. Der Junge spannte heimlich seinen kleinen Bogen, zielte kurz auf den Vogel und durchbohrte ihn mit einem Pfeil am Bein zwischen Sehne und Knochen.

„Der Blonde hat wahrlich eine sichere Hand!" rief Arianrod, der der Schuß gefallen hatte. „Wie ist sein Name?"

„Er hatte keinen, bis du gesprochen hast", sagte Gwydion frohlockend, während das Boot zusammenschrumpfte und wieder zu Seetang wurde, „aber du hast ihm gegen deinen Willen einen gegeben. Er ist Lleu Llaw Gyffes, der Blonde mit der Sicheren Hand, und das ist kein übler Name."

Arianrod erkannte, daß sie hereingelegt worden war, und verfluchte Gwydion für seinen Betrug. „Für das Kind soll aber nichts Gutes daraus werden", sagte sie, „denn ich erlege ihm das Schicksal auf, daß er niemals Waffen tragen kann, wenn nicht ich sie ihm gebe."

„Auch wenn es mich viele Jahre kosten wird, so werde ich doch dafür sorgen, daß du ihm diese Waffen gibst, ob du es willst oder nicht", schrie Gwydion ihr nach.

Daraufhin ließ er sich mit dem Jungen in Dinas Dinlleu nieder, wo er ihm alle Feinheiten der Reitkunst beibrachte und zusah, wie er zu einem schönen und charaktervollen Jüngling heranwuchs, um den das Licht des Lebens glänzte und der es kaum erwarten konnte, seinen Platz in der Männerwelt einzunehmen.

Eines Tages fragte Lleu Gwydion, ob nicht die Zeit gekommen sei, daß auch er so wie die Krieger, die er in seiner Umgebung sah, Waffen tragen dürfe.

„Es ist allerdings an der Zeit", antwortete Gwydion, „und morgen werden wir zu dem Ort gehen, wo du sie dir gewinnen wirst."

Als sie sich zusammen Caer Arianrod näherten, setzte Gwydion ein weiteres Mal seine Zauberkraft ein, um ihre Gestalt zu verändern, und trug dem Torwächter auf, zu melden, daß Barden eingetroffen seien, die den Hof mit ihrer Unterhaltung ergötzen wollten. Sogleich wurden sie in den Palast gerufen, um dem festlichen Essen beizuwohnen, und Gwydion fesselte Arianrod mit seiner geistreichen Unterhaltung und der Sprachgewalt seiner Geschichten.

Obwohl es spät war, als sich die Festgesellschaft schließlich zur Ruhe begab, stand Gwydion schon vor dem ersten Hahnenschrei auf, um seinen Zauber zu wirken. Als nun der Tag graute, wurde die gesamte Burg durch laute Warnrufe in Aufruhr versetzt.

Arianrod eilte zu der Kammer, in der Gwydion mit Lleu untergebracht war, und bat sie dringend um Hilfe. „Es sind so viele Schiffe vor der Küste, daß wir zwischen ihnen kaum mehr das Wasser sehen können", schrie sie. „Von ihnen kommen bewaffnete Männer an Land, und wir sind nicht zahlreich genug, um eine solche Übermacht ohne Hilfe abzuwehren. Würdest du mit deinem jungen Freund für mich zu den Waffen greifen?"

„Wir sind Barden, edle Frau", sagte Gwydion, „und tragen keine eigenen Waffen. Wenn es aber hier Waffen gibt, werden wir sie gerne für Euch anlegen." So holte Arianrod zwei Mägde, die beiden Gästen Waffen und Rüstung überreichten.

„Ich höre den Feind schon an Land kommen", sagte Gwydion. „Macht schnell, edle Frau! Diese Mägde werden mir helfen, die Waffen anzulegen, während Ihr den Jüngling bewaffnet."

„So schnell ich kann", sagte Arianrod außer Atem und machte sich daran, dem Jüngling die Waffen anzulegen. Als sie fertig war, fragte sie Gwydion, ob sie alles richtig gemacht habe.

„Vollkommen", sagte Gwydion, „und nun können wir diese Waffen wieder abnehmen, da wir keine unmittelbare Verwendung für sie haben."

„Was soll das heißen?" schrie Arianrod. „Habt Ihr nicht die Truppen gesehen, die gegen uns aufziehen?"

„Es gibt keine Truppen, edle Frau", sagte Gwydion lächelnd, „außer denen, die ich mit meinem Zauber aufgeboten habe, um dich so zu erschrecken, daß du deinem Sohn die Waffen gibst. Und schau, wie bereitwillig du sie ihm gegeben hast, obgleich ich einst hörte, wie du geschworen hast, sie ihm für immer vorzuenthalten."

Als Arianrod voller Verblüffung feststellte, daß ihr Bruder sie erneut an der Nase herumgeführt hatte, wurde ihr Gesicht weiß vor Zorn. „Du magst durch deine List einen Namen für den Jungen von mir bekommen haben und mich verleitet haben, ihm Waffen zu geben, aber für deinen Sohn soll nichts Gutes daraus werden, Gwydion. Und du wirst mich nicht hintergehen, um ihm ein weiteres Mal zu helfen, denn ich werde ihm einen Bann auferlegen, den ich nicht lösen kann." Aus zusammengekniffenen Augen starrte sie Lleu an, dann wieder Gwydion. „Solange er lebt", sagte sie, „wird er niemals eine Frau finden, die von Menschen abstammt, die jetzt auf der Welt sind."

Gwydion war entgeistert von der Stärke dieser Verwünschung und schrie seiner Schwester nach: „Nichtsdestotrotz wird eine Frau für ihn gefunden werden." Dann verließ er den Ort und nahm den Jüngling zurück nach Caer Dathyl, wo er sich mit Math beriet, was trotz des Fluches seiner Mutter für den Jüngling getan werden könnte.

Obwohl Math im Laufe der Jahre gelernt hatte, Gwydion zu mißtrauen, hegte er doch eine heimliche Bewunderung für den verschlagenen Mann. Überdies fühlte er, daß Lleu einer der edelsten jungen Männer war, die er jemals gesehen hatte, und er stimmte zu, daß er das Opfer eines großen Unrechts sei. So wirkte der alte Zauberer für Lleus Leben einen Schutzzauber, der so vielfältig gewoben war, daß er den jungen Mann praktisch unverwundbar machte.

Dann verband Math die Macht seines Königtums mit der von Gwydion, und zusammen machten sie sich daran, das Problem, eine Frau für Lleu zu finden, zu lösen. Da es keine Frau sein konnte, die von der Art der Menschen war, entschieden sie sich, ihm eine Frau aus Blumen zu machen. Sie sammelten die Blüten der Eiche, des Besenginsters und des Spierstrauchs und sprachen einen Erschaffungszauber, durch den sie die Blüten in eine reizende und zierliche junge Frau verzauberten, die sie Blodeuedd nannten.

An Maths Hof wurde aus Anlaß der Hochzeit von Blodeuedd und Lleu ein großes Fest gefeiert. Am Ende der Feierlichkeiten hatte Gwydion den König überredet, eines seiner wohlhabendsten Cantrefs im Hochland von Ardudwy dem jungen Paar als Hochzeitsgeschenk zu geben.

Als das Fest zu Ende war, trug Lleu seine Braut von dannen und richtete seinen Hof in Mur Castell ein. Von dort regierte er so weise über sein Gebiet, daß es so schien, als sei Arianrods Fluch abgewendet worden und als könne er dort sein Leben in Ruhe und Zufriedenheit verbringen.

Es kam jedoch ein Tag heran, an dem Lleu nach Caer Dathyl reisen und Blodeuedd allein in Mur Castell zurücklassen mußte.

Vor Langeweile und Einsamkeit wurde sie unruhig und lief ziellos am Hof herum. Da hörte sie den Klang eines Jagdhorns durch das Tal hallen. Ihr Herz schlug plötzlich wild vor Aufregung, als sie eine Hundemeute in voller Lautstärke bellen hörte. Sie raffte ihre Röcke zusammen und eilte zu der Mauer, von wo sie einen abgehetzten Hirsch sah, der Schaum vor dem Mund hatte und im rötlichen Nachmittagslicht seitlich über den Hügel lief. Er war schon erschöpft und strengte sich an, den Vorsprung vor den Hunden zu halten, während die Jäger, die in ihre Hörner bliesen, schnell hinter ihnen herritten und eine kleinere Gruppe ihnen zu Fuß folgte. Sie waren schneidig angezogen, wirkten in der gehobenen Stimmung der Jagd quicklebendig und schienen den ganzen Glanz der weiten Welt in Blodeuedds leeren Nachmittag hineinzutragen.

Sofort befahl Blodeuedd einem der Burschen, die von der Mauer aus zuschauten, hinauszugehen und herauszufinden, was das für eine Jagdgesellschaft sei. Kurze Zeit später meldete er, daß die Jagd von Gronw Pebyr, dem Lord von Penllyn, angeführt werde. Blodeuedd hatte den Mann niemals getroffen, aber viel von ihm gehört, und so spürte sie in sich Ärger aufblitzen, daß gerade jetzt ihr Mann nicht da war, um ihn einzuladen, in Mur Castell zu bleiben und ihr eintöniges Leben für eine Weile zu beleben.

In der Zwischenzeit verfolgte sie, wie der Hirsch noch genug Kraft hatte, um das Ufer des Flusses Cynfael zu erreichen, dann aber, bevor er ihn überqueren konnte, von den wütenden Hunden zu Boden gerissen wurde. Von ihrem entfernten Beobachtungspunkt verfolgte sie mit leidenschaftlichem Interesse, wie das Tier getötet wurde, und die wilde Aufregung der Hunde und der unbändige Stolz der Jäger ließen sie erschauern. Während dem Hirsch das Fell abgezogen und er zerstückelt wurde und während die Hunde von ihrem Teil fraßen, fing es schon an zu dämmern. Die Dunkelheit senkte sich über sie wie das nicht gewollte Ende einer Geschichte, die ihr Herz entzückt hatte.

Blodeuedd schaute den müden und jubelnden Jägern zu, wie sie den Hügel wieder hinaufkamen, und fühlte ein Verlangen, bei ihnen zu sein. Je länger sie schaute, desto mehr wuchs ihre Sehnsucht, bis sie es schließlich nicht mehr ertragen konnte, die Jäger in der Dunkelheit verschwinden zu sehen. Deshalb sagte sie zu ihren Dienern, daß man es als unfreundlich ansehen würde, wenn sie die Jäger den Weg nach Penllyn durch die dunkle Nacht nehmen ließe, und so wurde Gronw Pebyr eine Einladung überbracht, in der ihm für die Nacht die Gastfreundschaft von Mur Castell angeboten wurde.

Die Einladung wurde umgehend und dankbar angenommen. Blodeuedd selbst hieß die Jäger am Tor willkommen und zeigte ihnen, wo sie sich frisch machen konnten, bevor sie mit ihr im Festsaal speisen würden.

Als sie vor dem Essen wieder allein war, fühlte sie eine Unruhe des Herzens, wie sie sie noch nie erlebt hatte, ganz so, als würde sie von einer schnellen, dunklen Strömung zu einem Zielort hingezogen, den sie schon kannte, aber nicht auszusprechen wagte.

Erst als sie im Gespräch mit Gronw Pebyr am Tisch saß und ihre Blicke tiefer ineinanderdrangen, wurde ihr klar, daß das Leben, das sie bis zu diesem Augenblick geführt hatte, ihren wahren Wünschen gar nicht entsprach. So glücklich sie auch mit Lleu gewesen war, so erschien ihr ihre Heirat auf einmal mehr wie eine bloße Einwilligung in etwas, was andere für sie entschieden hatten, und überhaupt nicht als ein gegenseitiges Zelebrieren ihres Begehrens. Es war ihr, als hätte ihre Seele geschlafen. Nun aber war sie erwacht, und sie fühlte das Leben in jeder Pore ihres Daseins; und dieses Leben verlangte noch eine Beschleunigung der Leidenschaft, die durch ihre Adern jagte. „Mein Freund" sagte sie zu Gronw Pebyr, und „meine Freundin" erwiderte er. Doch fanden beide nicht die bedeutungsvollen Worte, die bedeutungsvoll genug gewesen wären, um die Verwicklungen ihres verräterischen Traums auszusprechen.

Lange bevor das Mahl zu Ende war, wußte Blodeuedd, daß sie diese Nacht nicht allein in ihr Bett gehen würde.

Als Gronw im Morgengrauen aufstand, um zu gehen, zog sie ihn zurück in ihr Bett an ihre Seite und sagte, daß Lleu erst in vielen Stunden zurück sein würde und daß es keinen Grund gäbe, warum sie nicht diese Zeit damit zubringen sollten, die Freuden, die sie zusammen erlebt hatten, noch weiter zu vertiefen. Gronw hatte keine Lust, ihre Umarmung zu verlassen, und Blodeuedd hätte es auch nicht zugelassen, wenn er es versucht hätte, und so vergingen der Morgen und der Nachmittag damit, daß sie einander in wilder und zärtlicher Erkundung ihrer Leidenschaft bis zu den Grenzen ihrer Sinnlichkeit trieben. Da keine Nachricht von Lleus Rückkehr eintraf, kam für sie eine weitere Nacht, in der sie, ganz und gar voneinander berauscht, sich schworen, daß sie beide den Gedanken einer Trennung nicht aushalten konnten. Als am nächsten Morgen die Kunde eintraf, daß Lleu noch eine weitere Nacht in Caer Dathyl bleiben würde, schien es, als habe sich das Schicksal mit ihnen verschworen.

In jener Nacht lagen sie lange im Dunkeln wach, hielten einander umschlungen und teilten ihren Kummer über die Trennung, die bald kommen mußte, die sie aber nicht hinnehmen wollten.

„Nach allem, was zwischen uns geschehen ist", sagte Blodeuedd, „werde ich niemals zu meinem früheren Leben zurückkehren können."

„Ich auch nicht", antwortete Gronw, „aber dein Mann wird zurückkommen. Er wird morgen hier mit dir sein. Er wird dich in dieses Bett bringen wollen. Und daran zu denken, macht mich verrückt."

„Mich ebenso", flüsterte Blodeuedd. „Ich will nur dich."

„Dann muß er der Wahrheit ins Auge sehen. Du mußt ihm sagen, daß du nun mir gehörst und daß seine Ehe gescheitert ist. Laß ihn eine andere Frau finden."

„Für Lleu kann es keine andere Frau geben", sagte Blodeuedd niedergeschlagen. „Der Fluch seiner Mutter verbietet es. Er glaubt, daß ich für ihn geschaffen wurde. Er würde mich lieber töten als mich verlieren."

Die Liebenden lagen eine Zeitlang regungslos da, als ob sie innerhalb ihres Schweigens aneinandergekettet wären, dann hörte sie das Kreischen einer Eule draußen durch die Nacht dringen. Sie spürten, wie ihre Gedanken genauso rasten wie ihr Herzschlag. Obwohl nicht ein Wort zwischen ihnen fiel, fühlten sie doch, daß ihre Gedanken zusammenliefen.

„Es gibt nur eine Lösung", sagte Gronw schließlich.

„Seinen Tod?" flüsterte sie.

„Ja."

„Hast du dazu den Mut?"

„Den habe ich. Ich werde nach Mur Castell kommen und ihn zu einem Zweikampf herausfordern."

„Dann würdest du sowohl mich als auch dein Leben verlieren", erwiderte Blodeuedd, die ihren feinen und schönen Kopf schüttelte. „Math schützt das Leben von Lleu höchstpersönlich mit einem mächtigen Zauber. Es gibt nur eine einzige Weise, wie er getötet werden kann."

„Kennst du das Geheimnis?" fragte Gronw.

„Niemand kennt das Geheimnis, außer Lleu selbst."

Wieder gab es ein langes Schweigen, bis Gronw seinen Atem mit einem tiefen Seufzer ausströmen ließ. Blodeuedd legte ihren schlanken Arm auf seine Brust, doch er schob ihn beiseite, als wäre er zu schwer für ihn.

„Dann sieht es so aus, als hätten wir die Wahl, entweder getrennt zu leben oder zusammen zu sterben", murmelte er schmerzbewegt.

„Außer ..."

„Ja?"

„Außer es gelingt mir, Lleus Geheimnis von ihm zu erfahren."

Wieder Schweigen.

„Glaubst du, daß du das kannst?" flüsterte Gronw.

„Ich bin seine Frau", sagte Blodeuedd. „Zwischen uns sollte es doch keine Geheimnisse geben!"

Da lachten die beiden, zwar mit Unbehagen, aber doch mit einer grimmigen und atemlosen Heiterkeit angesichts des schrecklichen Geschickes, das nun mit ihnen seinen Lauf nehmen sollte.

So machte sich Gronw Pebyr auf den Weg nach Penllyn, und am selben Tag ritt Lleu Llaw Gyffes in glücklicher Unwissenheit, wie sich die Welt verändert hatte, heim nach Mur Castell. Ein Begrüßungsfest wurde anläßlich seiner Rückkehr gefeiert, bei dem Lleu gut aß und trank und seine Frau mit Geschichten von der fröhlichen Zeit, die er in der guten Gesellschaft von Gwydion und Math verbracht hatte, unterhielt. Dann streckte er sich und gähnte, da er von der Reise auf angenehme Weise müde war, und sagte Blodeuedd, daß er bereit sei für die Freuden ihres Bettes.

Aber die Frau, die in jener Nacht neben ihm lag, war ungewohnterweise schweigsam und ging auf seine Berührungen nicht ein. Lleu war verwundert, daß seine zärtlichen Annäherungen ganz anders als sonst zurückgewiesen wurden, und so fragte er Blodeuedd, was los sei. Ob er sie geärgert hätte? Ob sie krank sei?

„Nichts von alledem", antwortete sie.

„Was ist es dann?" fragte Lleu. „Irgend etwas macht dir Sorgen. Wie kann ich wissen, was es ist, wenn du es mir nicht erzählst."

„Es gibt einen Gedanken, der mir keine Ruhe läßt", sagte Blodeuedd.

„Welcher Gedanke ist das?"

„Es ist der Gedanke an deinen Tod."

Lleu lachte auf. „Ich habe keine Absicht zu sterben", beruhigte er sie.

„Lach nicht über mich", sagte sie traurig, dann wandte sie sich mit großer Dringlichkeit an ihn. „Es war in deiner Abwesenheit", sagte sie. „Ich war so allein ohne dich, und nur der Gedanke an deine Rückkehr konnte mich trösten. Da begriff ich, wie schrecklich es wäre, wenn du nicht zurückkämst, wenn du vor mir sterben würdest und ich allein am Leben bliebe mit nichts anderem als vielen öden Jahren vor mir."

Lächelnd schloß Lleu sie in seine Arme. „Hat jemals eine Frau ihren Mann so geliebt?" sagte er. „Aber ich bin jung und gesund. Viele Jahre liegen vor uns, und wir werden diese Jahre gemeinsam verbringen und uns so wie jetzt glücklich in den Armen liegen. Warum solltest du also deine liebe Seele mit Gedanken an den Tod belasten?"

„Ich bin kein Kind, Lleu", wies sie ihn zurecht, „und ich weiß, daß die Welt ein gewalttätiger und gefährlicher Ort ist. Selbst auf der Höhe deiner Kraft könnte dich jemand töten."

Lächelnd schüttelte Lleu seinen Kopf. „Da kannst du dich beruhigen", sagte er. „Es ist nicht leicht, mich zu töten, wenn nicht die Götter es wollen."

„Wie kannst du so sicher sein?"

„Wegen des Schutzes, der mir gewährt wird. Ich kann nur unter solch verwickelten und widersprüchlichen Umständen getötet werden, daß sich die Welt verändern müßte, bevor es passieren könnte. Ich werde als alter Mann in meinem Bett sterben. Bis dahin brauchst du deinen Kopf nicht mit Gedanken an den Tod zu plagen."

„Bist du dir dessen gewiß?" fragte Blodeuedd.

„Sehr gewiß."

Da atmete sie auf, als sei sie zufrieden, und schmiegte sich näher an ihn. Nach einer Weile streckte Lleu seinen Arm aus und wollte sie wieder in die Arme schließen. Zärtlich erwiderte sie seinen Kuß, doch als er mit ihr schlafen wollte, drehte sie sich abrupt weg.

„Was hast du?" fragte er.

„Meine Seele ist noch nicht beruhigt", sagte sie.

„Aber warum? Habe ich dir nicht gesagt, daß es keinen Grund für solche Sorgen gibt."

„Du hast mir gesagt, daß die Umstände, unter denen du getötet werden kannst, verwickelt und widersprüchlich sind."

„Ja?"

„Wenn das so ist, wie kannst du dir merken, welche es sind?"

„Indem ich sie fest in meinem Gedächtnis habe."

„Das tust du jetzt; was aber, wenn du sie vergißt?"

„Ich werde sie nicht vergessen."

„Die Zeit vergeht, und das Gedächtnis läßt nach", sagte Blodeuedd, „besonders wenn es sehr beansprucht wird. Die Angelegenheiten des Cantrefs geben deinem Kopf jeden Tag neue Dinge zu denken, und an viele von ihnen mußt du dich von Jahr zu Jahr erinnern. Wenn du älter und beschäftigter und vergeßlicher wirst, könnten dann nicht solche Sachen wichtigere Erinnerungen aus deinem Gedächtnis verdrängen?"

Lleu seufzte ungeduldig. „Das wird nicht geschehen."

„Aber sollten wir nicht ganz sichergehen?"

„Es gibt keinen Grund dafür, sage ich dir."

„Warum bist du wütend?" sagte sie. „Ich habe doch nur aus Sorge gesprochen."

Lleu blickte hinab in ihre gekränkten Augen und erkannte, daß er den Zeitpunkt für Zärtlichkeiten irgendwie versäumt hatte. Er bedauerte seine Ungeduld und zog sich seufzend auf seine Seite des Bettes zurück. „Ich glaube, wir werden keinen Frieden haben, bis deine Seele beruhigt ist", sagte er. „Was kann ich noch sagen, das sie besänftigen wird?"

„Ich dachte, meine Sorge würde dir gefallen", sagte sie, indem sie sich abwendete, „aber da du mich nur für eine dumme Frau hältst, gibt es nichts Weiteres zu sagen."

Angesichts der Aussicht auf ein langes, unglückliches Schweigen beeilte sich Lleu, seiner Frau zu versichern, daß er nichts Derartiges denke, daß er sie von Herzen liebe und ihre Weisheit in allen Dingen stets voller Ehrfurcht bewundert habe.

„Warum willst du dann jetzt nicht auf mich hören?"

„Ich will", sagte er. „Ich bin – was verlangst du von mir, das ich tun soll?"

Zunächst blieb Blodeuedd stumm, dann sagte sie: „Es würde

mein Herz sehr beruhigen, wenn du mir das Geheimnis deines Schutzes anvertrauen könntest." Und bevor er etwas sagen konnte, fügte sie hinzu: „Dein Leben ist das einzige, was mich kümmert; ich kenne keine anderen Sorgen, und deshalb bin ich sicher, daß ich es niemals vergessen werde, wie kompliziert es auch sein mag. Solange ich das Geheimnis weiß, können wir dein Leben vor allem Schaden bewahren."

Lleu schaute ihr wieder in die Augen und sah dort Tränen glitzern. „Wenn ich es dir verrate", sagte er, „wirst du dann deinen Frieden haben?"

„Das werde ich", flüsterte sie.

„Dann wisse", sagte er, „daß ich nur durch einen vergifteten Pfeil getötet werden kann, der über ein ganzes Jahr angefertigt und an dem nur in den Zeiten der feierlichen Opfer an den hohen, heiligen Tagen dieses Jahres gearbeitet wurde."

„Es wäre schwer, eine solche Sache zu vollbringen", sagte Blodeuedd.

„Und selbst wenn ein solcher heiliger Speer angefertigt würde", fuhr Lleu fort, „kann ich weder in einem Haus noch außerhalb getötet werden, weder auf dem Rücken eines Pferdes noch zu Fuß, und das ist noch nicht einmal alles, was zu meinem Schutz gehört."

„Auch schon so", sagte Blodeuedd, „kann ich mir nicht vorstellen, wie irgend etwas von diesem eintreten könnte. Doch um meine Seele zu beruhigen, mußt du mir alles erzählen. Wie kann dein Tod herbeigeführt werden?"

„Nur auf eine Weise", sagte Lleu. „An einem Flußufer muß für mich ein Bad bereitet werden, und ein Baldachin aus Stroh muß über der Wanne hochgehalten werden. Wenn ich dann mit einem Fuß auf dem Rand der Wanne und mit dem anderen auf dem Rücken eines Ziegenbocks, der dort angebunden worden ist, stehe, dann könnte ich durch einen Stoß mit dem heiligen Speer getötet werden." Er lächelte sie an. „Kannst du jetzt endlich verstehen, warum du dir keine Sorgen machen mußt."

„Das kann ich", antwortete Blodeuedd, indem sie näher an ihn heranrückte, „und ich danke jenen, die mich geschaffen haben, daß sie meinen Mann unter einen solch guten Schutz gestellt haben."

Am nächsten Tag ließ sie ihren Liebhaber, Gronw Pebyr, Lord von Penllyn, alles wissen, was sie herausgefunden hatte.

Ein Jahr später erhielt sie von ihm die Nachricht, daß der Speer fertig sei.

In der darauffolgenden Nacht drehte und wälzte sich Blodeuedd im Bett unruhig hin und her, bis Lleu sie fragte, was ihr auf der Seele liege.

„Du wirst keine Geduld mit mir haben", sagte sie; und als Lleu versprach, daß er nicht ungeduldig sein würde, gestand sie, daß sie sich wieder Sorgen machte über die Möglichkeit, daß er getötet werden könnte. „Ich spüre in mir das Bedürfnis, diese ungewöhnlichen Umstände fester in mein Gedächtnis einzuprägen, als Worte es vermögen", sagte sie.

„Wie könnte das erreicht werden?" fragte er schlaftrunken.

„Wenn du morgen dein Bad nimmst", sagte sie, „könnten wir dann die Wanne nicht beim Fluß aufstellen, den Baldachin darüber aufspannen und einen Ziegenbock dorthin bringen, damit du mir genau zeigen kannst, wie die Umstände sind, die wir vermeiden müssen?" Und bevor er etwas einwenden konnte, fügte sie hinzu: „Ohne Zweifel kann ein solch unwahrscheinliches Zusammentreffen von Ereignissen nur einmal in der ganzen Geschichte der Welt stattfinden. Indem wir es selbst unter sicheren Bedingungen herbeiführen, würden wir verhindern, daß es sich jemals wieder ereignet."

„Kümmerst du dich wirklich so besorgt um mein Leben?" sagte Lleu voller Liebe und Erstaunen.

„Das tue ich", sagte Blodeuedd, „und aus dauernder Sorge darum kann ich kaum schlafen."

„Wenn es also dein Herz erleichtert", sagte er, „dann werde ich es tun."

Am nächsten Tag befahl Blodeuedd den Dienern, einen großen silbernen Kessel zum Ufer des Cynfael zu tragen und darüber einen Baldachin aus Stroh zu errichten. Als das Schutzdach zu ihrer Zufriedenheit ausgefallen war, rief sie Lleu herbei, um sich ihre Arbeit anzusehen.

„Nun müßt Ihr Euer Bad nehmen, Lord", sagte sie lächelnd.

„Gerne", sagte er, legte seine Robe ab und kletterte in das dampfende Wasser. Im Schatten des Strohdachs plauderte sie eine Zeitlang mit ihm, rieb seinen Rücken und seine Arme mit Seife ein und bemerkte, wie sie im Morgenlicht glitzerten. Der Ziegenbock graste unschuldig an ihrer Seite, kaute mit seinen gelben Zähnen das Gras und warf dann und wann aus seinen schwarzen Augenschlitzen einen Blick auf den lachenden Mann und die lachende Frau. Dann, als Lleu schön sauber und rein war, sagte Blodeuedd: „Der Ziegenbock steht bereit, mein Lord. Zeigt mir die Stellung, die ihr nie wieder einnehmen werdet."

Der nackte Mann schüttelte seinen nassen Kopf, lächelte sie an und hob einen Fuß hoch auf den Rand des Kessels. Dort balancierte er einen Moment, während das Wasser von seiner Haut hinabtropfte, und ließ seinen anderen nackten Fuß auf dem Rücken des Ziegenbocks ruhen. Sein Körper strahlte vor Kraft. Niemals hatte er sich so lebendig gefühlt.

In dem Augenblick erhob sich Gronw Pebyr von dem Ort, wo er sich verborgen hatte, wiegte den Speer in seiner Hand und ließ ihn wie einen Blitz durch die Luft sausen.

Der Speer traf Lleu in der Seite und blieb dort zitternd stecken. Er blickte mit erstaunten Augen auf ihn hinab, dann nahm er den Schaft mit beiden Händen und versuchte, den Speer herauszuziehen. Selbst die Luft war grell vor Schmerz. Mit einem sanften Blutstrom zog er den Schaft heraus, doch die Speerspitze blieb in der Wunde. Einen Augenblick lang starrte Lleu in größter Bestürzung dahin, wo seine Frau mit weißem Gesicht vor ihm stand, die eine Hand über ihren Mund gelegt hatte und ihren Blick von ihm nicht abwenden konnte. Dann, in der endlosen Sekunde, in der sie darauf wartete, daß ihr Mann vor ihren Füßen niederstürzen würde, verschwand die Gestalt des Lleu im grell blendenden Morgenlicht. An seiner Stelle sah sie ein plötzliches wütendes Schlagen von schwarzen Flügeln und ein scharfes Aufblitzen von Krallen und Schnabel. Indem er einen Schrei ausstieß, der die dunstige Luft zwischen Badekessel und Baldachin entzweiriß, breitete ein schwarzer Adler seine Flügel über Blodeuedds geduckten Kopf aus und verschwand im Himmel.

Einige Zeit später erreichte Caer Dathyl die Nachricht, daß Lleu Llaw Gyffes verschwunden war und man ihn für tot hielt. Später erfuhr man, daß Blodeuedd nun mit dem Lord von Penllyn verheiratet war, der sich in Mur Castell angesiedelt hatte und alle Cantrefs rings um Ardudwy unterworfen hatte.

Während die Nachricht Maths Herz betrübte, so machte sie Gwydion aufs äußerste bestürzt. Er schwor Math, daß er nicht ruhen würde, bis er Einzelheiten über Lleus Schicksal erfahren haben würde, und dann machte sich der Zauberer auf die Suche nach seinem verlorenen Sohn.

Nach einer Weile brachte Gwydions Suche ihn nach Maenar Penardd, wo er die Nacht in einem Bauernhaus verbrachte. Dort erfuhr er von dem seltsamen Verhalten der Sau des Bauern – ein großes mondbäuchiges Tier mit einem Grinsen so breit wie das eines Frosches, das jeden Morgen aus dem Schweinestall ausbrach, den ganzen Tag über fortblieb und erst in der Nacht zurückkehrte, allerdings mit Blutflecken an den Borsten um die Schnauze.

„Wohin geht sie?“ fragte Gwydion, und als man ihm sagte, daß die Sau zu schnell verschwunden war, als daß irgendein Mann ihr hätte folgen können, entschied er sich, am nächsten Tag ihr selbst auf der Spur zu bleiben.

Gwydion verfolgte die Sau stromaufwärts zu einem Tal, das zwischen Snowdon und dem Meer lag und das heute noch Nantlleu genannt wird. Dort fand er das Tier unter einer Eiche, wo es gierig von einem Haufen verwesenden Fleisches fraß, auf dem unzählige Maden saßen. Als er in den Baum hinaufblickte, sah er einen schwarzen Adler in der Krone sitzen, und jedesmal, wenn er sein Gefieder putzte oder sich aufplusterte, fiel aus der Wunde in seiner Seite mehr fauliges Fleisch auf den Boden hinunter.

Gwydion näherte sich der Eiche mit leisen Schritten, um den großen Vogel nicht aufzuschrecken, und erhob seine Stimme zu einem Lied:

Eine Eiche zwischen zwei Seen wächst,
Verdunkelt den Himmel, verdunkelt die Schlucht.
Sagt mir denn diese üble Wunde nicht,
Daß Lleu hier verweilt?

Als der Adler diese gesungenen Verse hörte, breitete er seine Flügel aus und flog hinunter zu einem niedrigeren Ast, als wolle er besser hören können. Dadurch ermutigt, sang Gwydion weiter:

Eine Eiche, die im Hochland wächst,
Im Regen steht von hundertachtzig Stürmen.
Und doch sollten ihre Äste nicht
Die Schmerzen von Lleu Llaw Gyffes tragen?

Erneut breitete der Adler seine Fittiche aus und glitt durch die Lüfte, bis er auf dem untersten Hauptast der Eiche landete. Wieder sang Gwydion:

Eine Eiche an einem Abhang wächst,
Gibt Zuflucht noch dem dunklen Licht.
Wenn ich die Wahrheit sage, wird dann nicht
Lleu es sein, der fliegt hinab in meinen Schoß?

Dann kniete sich Gwydion mit einem Knie auf den Boden, und der große, traurige Vogel stieß herab aus dem Baum und setzte sich auf seinen Oberschenkel. Sogleich berührte Gwydion den Adler mit seinem Zauberstab, und Lleu erhielt seine frühere Gestalt zurück. Aber er war dünn und abgezehrt, da seine ganze Kraft von dem Gift des Speers seinem dahinsiechenden Körper entzogen wurde, und der Anblick war so mitleiderregend, daß Gwydion weinte.

Gwydion trug Lleu zurück nach Caer Dathyl, wo Math und er alles für seine Genesung taten und die höchsten Künste aller ihrer Ärzte einsetzten. Noch bevor ein Jahr vergangen war, hatte Lleu seine ganze Stärke und Lebenskraft wiedererlangt. Eines Tages sprach er bei Math vor und sagte, daß die Zeit gekommen sei, Vergeltung für die schwere Verletzung, die ihm zugefügt worden sei, zu fordern.

Math nickte zustimmend. „Der Lord von Penllyn hält seinen Hof noch immer mit Blodeuedd in Mur Castell", sagte er, „und solange das so ist, kann es in der Welt keine Gerechtigkeit geben."

So versammelten Gwydion und Lleu ihre Krieger und machten sich auf den Weg nach Ardudwy. Als Blodeuedd hörte, daß ihr Mann lebe und Vergeltung heischend nach ihr suche, verließ sie aller Mut. Sie ließ Gronw Pebyr im Stich und floh in die Berge auf der anderen Seite des Flusses Cynfael, wo sie sich mit ihren Frauen versteckte. Voller Verachtung für ihren Treubruch floh auch er von Mur Castell, um sich in seiner eigenen Burg in Penllyn zu verschanzen.

Als er hörte, daß Lleu unterwegs zu ihm war, ließ Gronw ihm mitteilen, daß er bereit sei, ihm jeden Betrag, den Lleu in Gold und Land verlange, als Buße für den Schaden, den er erlitten hatte, zu zahlen. Aber Lleu war unerbittlich. Die Antwort auf das Angebot war, daß nur ein Opfer den zurückverwandelten Lord befriedigen würde: Gronw sollte so stehen, wie er einstmals gestanden war, auf dem Badekessel unter dem Baldachin, wo alle unmöglichen Widersprüche zusammenkamen, und Lleu würde einen Speer auf ihn werfen.

Als ihm diese Botschaft überbracht wurde, erzitterte Gronw. Er wandte sich an seine Gefolgsleute und fragte, ob es unter ihnen einen gäbe, der ihn so sehr liebe, daß er an seiner Stelle dort stehen und die Speerwunde für ihn empfangen wolle. Aber keiner seiner Männer war bereit, auf diese Weise für seinen Lord zu sterben, und aus diesem Grund ist Gronws Kriegerschar seitdem und für alle Zeiten als eines der Drei Untreuen Heere bekannt.

Also ging Gronw alleine nach Mur Castell zurück, und dort am Fluß sah er den Strohbaldachin und darunter den silbernen Kessel mit dem daran angebundenen Ziegenbock.

Lleu wartete dort auf ihn. Sein mit Öl bestrichener Körper glänzte hell im Sonnenlicht, und in seiner Hand balancierte er einen Speer.

„Was mich angeht, mein Lord", flehte Gronw ihn an, „so wollte ich dir keinen Schaden zufügen. Es waren die Ränke der Frau, die mich zum Bösen verleiteten." Und als Lleu ihm keine Antwort gab, sagte er: „Aus diesem Grund bitte ich Euch, daß ich einen Stein zwischen dem Ort, wo ich stehen werde, und dem Ort, von dem Ihr Euren Speer schleudern werdet, stellen darf."

Mit ruhigen Augen hielt Lleu seinem Blick stand, dann nickte er.

„Suche dir einen Stein aus", sagte er.

So setzte Gronw seine ganze Kraft ein, um einen Felsbrocken vor den Strohbaldachin zu stellen, und als er sich sicher fühlte, daß das ihn vor dem Speer schützen würde, nahm er seine Stellung mit einem Fuß auf dem Rand des Kessels und dem anderen auf dem Rücken des Ziegenbocks ein.

Lleu hob seinen Speer und schleuderte ihn mit einer solchen Kraft, daß er den Stein durchschlug und weiterflog, Gronw das Zwerchfell aufspießte und ihm das Rückgrat zerbrach. Der Stein steht noch am Ufer des Cynfael in Ardudwy und ist bis heute als Gronws Stein bekannt.

So kam Lleu Llaw Gyffes wieder in den Besitz seines Landes, das er viele Jahre lang aufs beste regierte, bis er schließlich Lord von ganz Gwynedd wurde.

Und was wurde aus Blodeuedd? Noch in derselben Nacht wurde sie von Gwydion aufgespürt, wie sie unter ihren Frauen auf dem Bergrücken jenseits des Flusses kauerte. Sie sank vor ihm auf die Knie und flehte ihn an, sie nicht zu töten. Gwydion blickte hinab auf das schöne, treulose Geschöpf, das er aus Blumen hervorzuzaubern geholfen hatte, dann schüttelte er seinen Kopf und sagte: „Nein, du sollst ein schändlicheres Schicksal haben als den Tod. Wegen der Schmach, die du deinem Mann bereitet hast, sollst du dein Gesicht nie wieder bei Tageslicht zeigen."

Dann nahm er seinen Zauberstab und berührte sie damit, und im selben Augenblick wurde sie für immer in eine Eule verwandelt, der Vogel, der von den anderen Vögeln am meisten gemieden wird und der mehr als alles andere das helle Tageslicht scheut.

Faszination der Mythen

Marie L. McLaughlin
Wir suchen das Feuer und lernen vom Wind
Die schönsten Mythen und Märchen der Sioux
Mit einer Einführung von Frederik Hetmann
Band 4550

Eine Frau, die unter den Sioux aufwuchs, erzählt deren Geschichten – so lebendig, daß wir beim Lesen das Lagerfeuer knistern hören.

Herder Lexikon Griechische und römische Mythologie
Götter, Helden, Ereignisse, Schauplätze
Band 4343

Wer sich für den Kosmos der antiken Welt, für seine Mythen und Sagen interessiert, wird hier überschaubar und griffig bedient.

Herder Lexikon Germanische und keltische Mythologie
Mit rund 1400 Stichwörtern sowie über 90 Abbildungen und Tabellen
Band 4250

Unverzichtbar zur Orientierung am Götterhimmel. Mit Artikeln zur Dichtung und zahlreichen Abbildungen.

Hans-Peter Hasenfratz
Die religiöse Welt der Germanen
Ritual, Magie, Kult, Mythus
Band 4145

Zurück zu den Ursprüngen unserer Geschichte: plastische, spannende Informationen über eine Welt voller Zauber und Magie.

Hugo Rahner
Griechische Mythen in christlicher Deutung
Band 4152

Aufregend neue Entdeckungen mit uralten, geheimnisvollen Mythen. Ein Schlüssel zum Verständnis unserer Kultur.